A última canção de amor

KALIE HOLFORD

A última canção de amor

São Paulo
2025

hoo
EDITORA

The Last love song
Copyright © 2024 by Kalie Holford

© 2025 by Universo dos Livros

Todos os direitos reservados e protegidos pela Lei 9.610 de 19/02/1998. Nenhuma parte deste livro, sem autorização prévia por escrito da editora, poderá ser reproduzida ou transmitida, sejam quais forem os meios empregados: eletrônicos, mecânicos, fotográficos, gravação ou quaisquer outros.

Diretor editorial
Luis Matos

Gerente editorial
Marcia Batista

Produção editorial
Letícia Nakamura
Raquel F. Abranches

Tradução
Gabriela Peres Gomes

Preparação
Monique D'Orazio

Revisão
Nathalia Ferrarezi
Alline Salles

Arte
Renato Klisman

Ilustração de capa
Larissa Ezell

Diagramação
Nadine Christinne

Dados Internacionais de Catalogação na Publicação (CIP)
Angélica Ilacqua CRB-8/7057

H675a	Holford, Kalie
	A última canção de amor / Kalie Holford ; tradução de Gabriela Peres Gomes. -- São Paulo : Hoo Editora, 2025.
	288 p. : il.
	ISBN 978-85-93911-56-9
	Título original: *The last love song*
	1. Literatura infantojuvenil 2. LGBTQIAPN+ I. Título II. Pares, Gabriela
25-0913	CDD 028.5

Universo dos Livros Editora Ltda. — selo Hoo
Avenida Ordem e Progresso, 157 — 8º andar — Conj. 803
CEP 01141-030 — Barra Funda — São Paulo/SP
Telefone: (11) 3392-3336
www.universodoslivros.com.br
e-mail: editor@universodoslivros.com.br

*Aos meus pais e a Ames, por terem me ensinado
a ouvir a melodia do meu próprio coração.
A Alex, por estar presente em todas as canções.
E a Leila, que, a cada repetição, deu significado às palavras.*

PLAYLIST

Faixa 1: "Never Yours", de Tori Rose Peters

Faixa 2: "Wayward Lanes", de Fate's Travelers

Faixa 3: "Meet Me in the Lyrics", de Tori Rose

Faixa 4: "Chasing Sunsets", de Tori Rose

Faixa 5: "What If We", de Tori Rose

Faixa 6: "Head Forever to Your Dreams", de Tori Rose

Faixa 7: "H(our)glass", de Tori Rose

Faixa 8: "The One Time You Regret Me", de Tori Rose

Faixa 9: "Forever 18", de Mia Peters

FAIXA 1

"NEVER YOURS"

*Canção nunca lançada da falecida
estrela country Tori Rose Peters*

MIA

DIAS ATUAIS

Becas de formatura não foram feitas para pularmos janelas, como logo percebo ao tentar passar a perna pelo peitoril da janela do meu namorado. A pontinha do traje ficou agarrada na esquadria e, por mais que eu puxe, não consigo soltar.

— Ah, *qual é...*

Dou um puxão mais forte e o tecido se rasga, os fios cada vez mais emaranhados. Como não tenho a menor intenção de continuar com a roupa, rasgo uma grande tira. A sensação de liberdade me embala, doce como mel.

Depois de me livrar da janela, sigo pelas telhas lascadas em direção à calha de chuva. A maresia sopra por entre as estrelas à minha volta, e a brisa envolve a casa de Jess à beira-mar. Só mais um pouquinho. Só preciso agarrar o galho do abeto, evitar as agulhas das folhas e descer até o chão: simples, fácil e livre de despedidas.

Às vezes, sinto que faria qualquer coisa para evitar um adeus.

— Mia? — A voz de Jess, suave e hesitante, vem de algum ponto às minhas costas. Com um copo de limonada em cada mão pálida, ele já não usa beca nem capelo de formatura. Está pronto para aproveitar a noite, com calça jeans e camiseta de gola v. O cabelo escuro está desgrenhado de propósito, tão artístico quanto o resto do corpo.

— Ãh, oi.

Sinto o tronco áspero da árvore na palma das mãos.

Jess se detém na porta do quarto e pergunta:

— O que você está fazendo aí?

Passo para o galho seguinte e me preparo para uma segunda fuga.

— Acho que não está dando certo.

— O quê?

Ele chega à janela em dois passos rápidos e apoia as mãos no mesmo peitoril que acabei de atravessar. Com o movimento, a limonada escorre pelas bordas dos copos. A mágoa reveste o tom de Jess, e tudo à nossa volta orbita a gravidade mantida por sua presença.

— Você vai embora assim, sem mais nem menos?

Folhas pontiagudas espetam minhas pernas conforme o silêncio se instala. Depois de saltar os últimos metros até o chão, levo a mão ao peito e sinto as batidas aceleradas do meu coração traiçoeiro: a única parte de mim que não consigo controlar. Tenho a impressão de lançar um olhar de desculpas enquanto me afasto. Talvez seja só uma esperança, pois um "foi mal" quase inaudível escapa dos meus lábios.

Por um segundo, toda a raiva e a mágoa se esvaem das feições de Jess, substituídas por uma expressão resoluta, como se ele já soubesse que isso ia acontecer. E deveria mesmo.

Anda. Vai embora. Esquece ele. Ao acenar, eu o vejo ao lado das réplicas de Da Vinci que revestem as paredes do quarto. Minha bicicleta está a poucos metros de distância. *Vou conseguir. Não tenho outra escolha.*

— Você está se iludindo, Mia.

O tom dele suaviza.

— Por quê? Vai dizer que nunca vou encontrar alguém como você?

Agarro o guidão com força e recolho o apoio lateral da bicicleta. Já ouvi isso antes.

— Não, porque você não está disposta a se jogar.

Com um tremor nos lábios, ele se afasta da janela. E de mim.

— Acabei de pular do telhado, Jess.

Se eu me fizer de desentendida, não preciso encarar o verdadeiro significado de suas palavras.

Mas Jess nem quer saber.

— Em um relacionamento, Mia. Você não está disposta a se apaixonar.

O veneno o abandona, dando lugar à esperança. Dessa vez, sou eu que me detenho.

Aquelas três palavrinhas estavam estampadas nos olhos dele uma hora atrás, quando nos reunimos com o resto da turma de formandos, aos gritos e aplausos. Estavam lá quando ele me abraçou e me beijou, quando me encarou e disse *Vamos dar o fora daqui*, como se não soubesse que não vou a lugar algum. Como se não soubesse que não posso ir. Como se não soubesse que nossa pequena cidade de Sunset Cove é o único "para sempre" que conheço e que minha permanência aqui é tão inevitável quanto o raiar de cada dia. Tentei dar no pé antes que ele pudesse fazer isso.

Se eu ficar, ele vai acabar indo embora.

Por isso, acomodo-me no banco da bicicleta e toco o sininho ao ritmo da batida que escrevi para a banda da minha melhor amiga. Equilibro os pés nos pedais e, com um meneio de cabeça, eu me despeço:

— Desculpa.

Não olho para trás.

O capelo de formatura voa para longe, levado pelo vento frio da costa do Oregon. Ainda sinto a sensação fantasmagórica da diretora passando a borla de um lado para outro, um rito para simbolizar o início de uma nova etapa na minha vida. Estou melhor sem o chapéu, sem as lembranças.

A bainha irregular da beca ondula ao meu redor a cada pedalada. Um arco-íris de casas de praia com varandas iluminadas embaça minha visão periférica. A rua está silenciosa, assim como a cidade. A maioria dos carros está na orla da praia, para onde vou mais tarde, para onde Jess está indo agora, para onde deveríamos ter ido juntos.

Trato de afastar o pensamento. Há coisas mais importantes em jogo, respostas — de que preciso desesperadamente — à minha espera em casa. E Jess vai ficar tão bem sem mim quanto eu estou sem o capelo e a tira rasgada da beca de formatura. Não importa se vou sentir saudade daqueles lábios sorridentes ou das péssimas cantadas. Ele vai dar o fora daqui, frequentar a faculdade de artes e se tornar curador de algum museu chique. Vai viver uma aventura, como o resto da nossa turma.

Jess vai ficar bem.

E eu... vou ficar bem aqui.

◄——•—— ♥ ——•——►

Nossa pousada, a Roses & Thorns, fica do outro lado da casinha que minhas avós construíram para nós dezesseis anos atrás. Abaixo do letreiro vermelho neon e da rosa brilhante mais acima, ainda dá para ver o local onde antes se lia *Peters*, o nosso sobrenome.

Estaciono a bicicleta perto da entrada e agarro o pingente de rosa que pendurei no guidão em homenagem a Tori Rose: a estrela mais brilhante de Sunset Cove... e minha mãe.

Respiro fundo e solto o ar depressa, forçando-me a seguir em frente.

— Cheguei — aviso.

Fecho a porta atrás de mim e sinto os nervos se acalmarem com as velas de baunilha que Vovó sempre acende. O aroma domina o corredor forrado de retratos da família ao longo dos anos, embora não haja nenhuma fotografia da minha mãe.

— Estamos na cozinha! — anuncia Vovozinha, a voz reverberando através da parede.

Tiro as botas e me dirijo para a sala de estar, traçando com os dedos o papel de parede floral descascado. Diminuo o ritmo e sinto a tensão deixar meus ombros ao ver duas das três pessoas que fazem meu mundo girar. Estão ao lado do fogão, ocupadas em mexer uma panela de onde vem um cheiro adocicado que remete a chocolate. Sob o brilho da lâmpada meio queimada, Vovó ri e leva a colher de pau aos lábios de Vovozinha. São tão apaixonadas uma pela outra que às vezes chega a doer. Essa franqueza entre as duas esconde todas as coisas que preferem não compartilhar.

A vida que construímos juntas com tanto cuidado me traz algumas certezas: as duas me amam infinitamente, ficaram arrasadas com a morte da minha mãe, têm dificuldade de falar sobre a infância dela e são tudo o que tenho.

— Oi, Mimi.

Vovozinha me puxa para um abraço apertado. Vejo o brilho nos seus olhos azuis, que ela passou para minha mãe e depois para mim.

— Experimente um pouquinho, meu bem.

Vovó pega outra colher da tigela em formato de rosa, gasta e preciosa, mas de origem desconhecida.

Dou uma colherada, e a doçura me preenche com a sensação de lar criada pelas minhas avós.

— O que é?

Cubro a boca com a mão e trato de engolir tudo.

— Ganache.

Vovó pega a colher e também prova um pouco.

— Tive a ideia de preparar um docinho para comemorarmos juntas lá no deque. Você acabou de se formar, querida.

Parece uma celebração, mas vem acompanhada de um quê de tristeza.

— Tem um tempinho livre antes da apresentação? — pergunta Vovozinha, com a voz embargada ao dizer a última palavra.

— Claro. Tenho, sim.

Troco o peso de perna, à espera do que vem a seguir. Na expectativa de que finalmente me revelem mais sobre o presente de formatura misterioso deixado pela minha mãe, aquele que eu antecipava no vazio de todas as perguntas e respostas esquivas que essa cidade não se importava em fornecer.

Durante toda a vida, colecionei fragmentos de Tori Rose como migalhas de pão, letras de música como talismãs, histórias como portos seguros. Aos oito anos, ao voltar de uma excursão da escola ao museu dela na foz de Sunset Cove, sentei-me à mesa de jantar entre minhas avós e perguntei:

— Quem era minha mãe?

Elas deram a mesma resposta ensaiada e vazia de sempre:

— Uma grande estrela.

— Um espetáculo.

Nunca apenas uma garota qualquer.

— Não — insisti, inquieta. — Quem ela era de verdade?

E foi aí que, em vez de a descreverem, as duas contaram que minha mãe havia me deixado algo. Não apenas a poupança para a faculdade e o legado inalcançável, mas uma coisa concreta, palpável, que eu receberia assim que me formasse.

Um pedacinho dela que poderia sanar todas as dúvidas que me corroem.

De volta ao presente, Vovozinha abre e fecha a boca, e seria a milionésima vez que quase vi a história escapulir dos seus lábios. As duas vivem na corda bamba entre falar da filha e proteger a neta.

— A sobremesa vai ficar pronta já, já.

E, com isso, ela dá o assunto por encerrado.

O silêncio me revira por dentro. Elas prometeram que seria hoje. Por anos e mais anos, juraram que aconteceria no dia da formatura. Por mais que a tragédia da minha mãe seja o fardo perpétuo, a pedra em cada sapato que calçamos, minhas avós nunca quebraram uma promessa que me fizeram.

— Vou me arrumar — aviso com um sussurro.

As duas assentem e se voltam para o fogão, trocando um olhar que não consigo traduzir em verdades. Mais tarde. Vão me contar mais tarde.

Ou assim espero.

A madeira envelhecida range sob meus pés à medida que entro no quarto e dou uma última olhada no corredor. Não há retratos nesta parte da casa, apenas pregos abandonados, como se elas tivessem desistido de adornar as paredes com as lembranças da filha. Esses espaços vazios são preenchidos por uma colagem da minha própria vida: corações incompletos, canções silenciadas, meu amor eternamente guardado. Não fazia nem meia hora que todas essas coisas estavam estampadas nos olhos castanhos de Jess.

Fecho a porta atrás de mim e me apoio no batente. O armário está coberto de pôsteres de bandas que minha melhor amiga, Britt, arrancou de revistas, além de letras que ela rabiscou para que eu compusesse as melodias. As paredes cor-de-rosa são tão estagnadas quanto tudo aqui. Há um violão pendurado no canto, algo que Vovó me deu quando já não aguentava mais ver o instrumento no próprio quarto. Aprendi a tocar sozinha graças a tutoriais no YouTube e noites de insônia. Não é o violão de Tori Rose, perdido em algum lugar da estrada e de sua história inacabada, mas serve para dar vazão à música que me assombra. Fica bem ao lado do balanço suspenso onde escrevo acordes depois de minhas avós irem dormir.

Quando meu olhar recai sobre o edredom com estampa de coração, sinto a respiração ficar entalada na garganta. Ali, apoiado no travesseiro, vejo um pacotinho cuidadosamente embrulhado com um laço em volta.

Espio por cima do ombro antes de me aproximar do embrulho retangular. O papel de presente está todo amarrotado, envelhecido e desbotado depois de anos de poeira, com um fundo branco estampado com pequenas rosas.

É isso. Tem que ser.

Abro a etiqueta dobrada, escrita à mão, e percebo que a caligrafia é idêntica à dos bilhetes espalhados por toda a cidade, um lembrete de como Tori Rose deixava letras de música por onde passava, fosse em bares ou restaurantes. É um hábito que Britt e eu compartilhamos, mas só escrevemos bilhetes uma para a outra.

Agarro o presente com mais força entre meus dedos trêmulos. Sinto o coração acelerar ao ritmo de cada uma de suas músicas ao ver aquelas palavras. As palavras *dela*. Minha mãe escreveu esta mensagem e a dedicou a mim:

Mia,
Parabéns pela formatura, filha. Aqui está uma
lembrancinha para o seu Verão dos Sonhos,
de mim para você. Vai se arriscar?

Com amor,
Mamãe

MIA

DIAS ATUAIS

*V*AI SE ARRISCAR?
Passo as unhas por baixo das margens do papel, revelando a borda de um livro cor-de-rosa. As letras douradas em relevo cintilam à luz do abajur de estrelas que Vovó projetou e Vovozinha construiu quando eu tinha seis anos.

Estou prestes a arrancar o resto do embrulho quando escuto uma risada baixinha vinda do corredor, seguida de um estrondo. Um lembrete de que minhas avós estão bem ali, com suas próprias dores, bondade e histórias não compartilhadas. Elas seguraram minha mão em filmes de terror, levaram-me até a escola em dias de chuva e de sol, abraçaram-me ao dormir e ao acordar, mas a verdade é que são iguaizinhas a mim: nunca foram muito boas em se despedir.

Não é hora nem lugar de abrir esse presente.

Pego minha bolsa no balanço suspenso e guardo o livro ainda meio embrulhado lá dentro. Depois, saio do quarto, sigo apressada pelo corredor e enfio a cabeça no vão da porta da cozinha.

— Esqueci um livro lá na pousada. Já volto.

Solto a mentira e me detenho por apenas um segundo enquanto minhas avós se entreolham, sem saber se vão tocar no assunto, se estão curiosas quanto ao conteúdo do embrulho, se vão se oferecer para abrir o presente comigo. Fico ali esperando que perguntem alguma coisa, mas só recebo silêncio. Tenho que me esforçar para esconder a decepção.

— Está bem, querida — responde Vovó, abrindo um leve sorriso. — Amo você. Acho que vamos ficar sem sobremesa. Vovozinha derrubou o chocolate. Mas a gente se vê depois da sua festa.

— Não derrubei, não — protesta Vovozinha.

Meu olhar se volta para os respingos nos azulejos e não consigo evitar o sorriso.

—Tudo bem eu ir, né? Prometo que não vou voltar muito tarde.

— Acho bom mesmo — acrescenta Vovozinha, mas também sorri. — Divirta-se.

Não dizem mais nada, mesmo quando os olhos de Vovó recaem sobre a bolsa e os de Vovozinha a evitam. Quando ela se abaixa para limpar a sujeira no chão, seus longos cabelos grisalhos se soltam da presilha. O silêncio sufocante de sempre retorna com a mera insinuação do assunto não dito, mas dessa vez posso descobrir por conta própria.

As nuvens baixas escondem a lua lá fora, como se por capricho, espalhadas no céu ainda claro. Atravesso o estacionamento meio lotado. A alta temporada de turistas só começa em meados de julho, bem na época em que as pessoas vão estar ocupadas comprando decorações para os alojamentos estudantis e se divertindo com os amigos da escola. Já eu estarei ocupada como recepcionista da pousada, tocando um ou outro acorde enquanto faço as reservas de quartos. Depois, compartilharei os acordes apenas com Britt e sua banda, a Lost Girls, que vai tocar na festa hoje à noite. São os planos para este verão, pelo menos. Daqui a dois meses, Britt pretende dar o fora daqui. Essa sempre foi a ideia dela, e agora que se formou, não tem mais nada que a prenda a Sunset Cove.

Nada deveria impedi-la de seguir em frente.

Aperto a bolsa com mais força ao lado do corpo.

A pousada está tranquila esta semana, e a maioria dos hóspedes só veio passar a noite ou se juntar à festa. Afinal, há poucas coisas que esta cidadezinha celebra tanto quanto Tori Rose ou a formatura.

Percorro o saguão vazio e deixo a mão deslizar sobre o piano de cauda empoeirado. Antes, eu tinha o costume de tocar músicas ali para atrair visitantes e alegrar minhas avós. Mas logo o processo se tornou doloroso demais, real demais, assustador demais.

O balcão desemboca em dois corredores, e decido tomar o da esquerda. É bem mais curto que o outro, com poucas instalações, e não contorna a piscina central nem as cerejeiras em flor nos fundos, mas tem mais história. E é fechado aos hóspedes e ao público em geral.

Antes de se mudarem de mala e cuia para nossa casa, minhas avós moravam com minha mãe nessa ala da pousada. As duas me deram a chave um tempão atrás, e eu a guardo em um cordão de prata com outra de origem desconhecida que Britt e eu encontramos. Essa chave é uma trégua silenciosa por tudo o que minhas avós não conseguem contar, mas em nada muda o que as tábuas riscadas do assoalho e os rabiscos nas paredes não me revelam.

O quarto da minha mãe fica bem à esquerda: cortinas de um rosa bem clarinho, cama desarrumada, penteadeira com o espelho coberto de letras de música rabiscadas. Há uma tábua solta secreta no chão onde ela escondeu um livro de canções com apenas uma página preenchida, um maço de cigarros e uma foto dela completamente apaixonada por quem a tirou, a julgar pelo sorriso radiante.

Mas não entro ali hoje. Também passo direto pelo antigo quarto das minhas avós, com todos os retratos dela, aqueles que nunca foram levados para nossa casa. Paro bem diante da porta mais dolorosa: o quartinho de bebê onde dormi pela primeira vez, quando ela ainda estava aqui.

Ao olhar para o interior do cômodo, reparo nas paredes rosa-douradas com as letras de música que inspiraram a estação de trem da cidade: *sempre siga em direção aos seus sonhos*. Às vezes, quando não consigo dormir, eu me aninho na cadeira de balanço no canto e finjo que estou no colo dela.

— Oi, mãe — sussurro, passando os dedos pelo pôster de turnê emoldurado na parede.

Vejo meu reflexo no vidro, com a mesma pele pálida, olhos azuis e cabelo loiro selvagem dela. Parecidas o bastante para toda a cidade saber quem sou, mas sem nada verdadeiramente partilhado entre as duas. É como um jogo dos sete erros. O sorriso presunçoso nos lábios dela e os cantinhos caídos nos meus. O brilho em seus olhos, em contraste com minha mágoa. As sardas nos meus ombros e a sugestão de uma tatuagem na clavícula dela. A coragem em seu olhar e a covardia no meu.

Dessa vez, tento abrir o embrulho com cuidado, apesar da vontade de rasgar tudo de uma vez. Devagar, retiro a folha de papel, que cai intacta no assoalho de madeira escura enquanto o livro se revela por completo. A palavra DIÁRIO está impressa na capa gasta de couro cor-de-rosa, que é presa por uma fita cheia de rosas. As páginas estão ligeiramente amareladas, e apenas as dez primeiras continuam ali.

Ao folhear, vejo sete envelopes guardados dentro do livro. Cada um deles representa uma das cores do arco-íris, e estão empilhados onde o resto das folhas arrancadas deveria estar. São adornados pelos dizeres ABRA AQUI e versos rabiscados das canções dela, passando por todos os álbuns de sua carreira. Por cima, está meu nome.

Volto à primeira página do livro, na qual a caligrafia rebuscada decora os espaços entre as linhas, como na etiqueta do presente. Quando começo a ler, minhas mãos parecem tão instáveis quanto meu coração.

> *Mia,*
> *Há tantas coisas que eu queria te dizer... E tenho pensado em como expressar todas elas. Em como poderia estar aqui, na sua vida, mesmo de longe. Por isso, organizei uma espécie de caça ao tesouro, por assim dizer. Essa jornada vai lhe permitir explorar Sunset Cove e todos os lugares mágicos que encontrei.*
> *Cada envelope traz uma pista no verso, nas letras das minhas canções. Quando achar que encontrou o*

lugar certo, abra o envelope. Repita isso sete vezes e descubra o padrão. As pistas dentro de cada um deles vão te levar às páginas arrancadas do meu diário.

Sei que você deve querer abrir tudo de uma vez, mas eu prometo que fará muito mais sentido se você revelar um por um antes de juntar todas as peças.

Espero que a gente se conheça melhor ao final desta jornada. Espero que em breve você saiba mais sobre mim e que um dia eu possa te contar minha história.

*Com amor,
Mamãe*

Solto uma respiração trêmula, incapaz de largar o diário de couro, com suas páginas rasgadas e os sete envelopes coloridos que formam o arco-íris de tudo que eu sempre quis. É uma caça ao tesouro, uma jornada, um livro inteiro de histórias da vida dela para descobrir.

Minha mãe *quer* que eu a conheça. Fez isso só para mim. Deixou para trás algo que o resto da cidade não pode ter nem esconder. Ela está bem aqui, nessas páginas.

É uma oportunidade de descobrir tudo: quem ela era, quem era meu pai, por que ela perdeu o estrelato e qual mensagem me deixou. É o conselho que eu sempre quis receber. Reconheço a voz dela das milhares de entrevistas que vejo na calada da noite, mas nunca a ouvi tão claramente quanto no bilhete que me deixou na primeira página.

Folheio o punhado de páginas restantes antes de chegar aos envelopes e vejo o que parece ser o trecho de uma música. De repente, sinto o celular tocar no bolso do vestido lavanda que escolhi com Britt no início da semana. O nome da minha melhor amiga aparece na tela, logo abaixo da foto que tirei dela no parque de diversões do festival de verão, depois de termos devorado dois pacotes de algodão-doce.

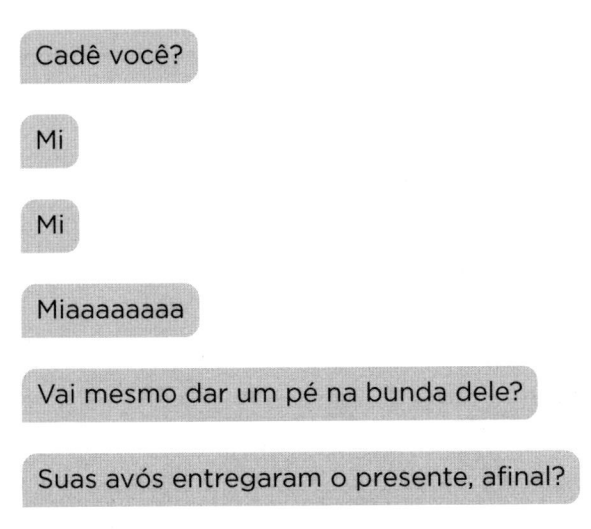

> Cadê você?
>
> Mi
>
> Mi
>
> Miaaaaaaaa
>
> Vai mesmo dar um pé na bunda dele?
>
> Suas avós entregaram o presente, afinal?

Digito uma mensagem rápida e, depois de um segundo de hesitação, volto a guardar o diário na bolsa. Promessas também não são algo que estou disposta a quebrar. Especialmente quando envolvem minha melhor amiga.

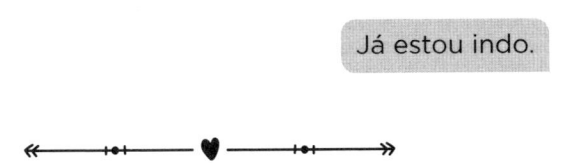

> Já estou indo.

Os gritos me alcançam antes do clarão da fogueira e do vaivém de vestidos e calças jeans rasgadas. Depois de deixar a bicicleta em um canto vazio do estacionamento, jogo o que sobrou da beca de formatura no lixo e escondo o colar de chaves na gola do vestido. Holofotes iluminam a faixa de areia, e as luzes piscam em tons de rosa e dourado. Sei que Britt me espera em algum lugar atrás do palco, então aperto o passo para chegar logo.

Enquanto abro caminho entre meus colegas de turma, um garoto que só conheço de vista agita o copo de um lado para outro, mas consigo desviar dos respingos de bebida. Aliviada, subo os degraus para encontrar Britt, entretida em uma conversa animada com as outras Lost Girls: a baterista, Amy Li, e a pianista, Sophie Jordain. As três tocam juntas desde o show de talentos do Ensino Médio, e nessa mesma época eu comecei a compor as melodias para as letras de Britt. Apesar de comparecer a todos os shows e ensaios, eu nunca piso no palco.

É melhor para todo mundo.

Ao ver minha expressão, Britt arqueia as sobrancelhas e se afasta das outras duas garotas. Amy e Sophie acenam para mim de longe e depois voltam a rir entre si.

Em um piscar de olhos, ela está ao meu lado, cutucando meu braço e sorrindo. Sinto a mistura de leveza, euforia e tontura que sempre me invade quando Britt está por perto. Seus cachos escuros estão presos com grampos em formato de Saturno, e a pele marrom-clara está salpicada de brilhinhos dourados do mesmo tom do vestido.

— E aí, como foi o término? Ficou entre os três melhores? — diz ela logo de cara, querendo saber.

Mas o ligeiro franzir dos seus lábios revela que essa não é a pergunta em sua mente. O diário parece arder dentro da bolsa, implorando para compartilhar o que minha mãe fez por mim.

— Haha. Muito engraçadinha. Valeu por me pintar de fútil.

Apoio o corpo no alto-falante ao lado dela e aliso as pregas rendadas da minha saia. Nem sei o que insisto em tentar provar a mim mesma; o que Aza, Mason, Jenna e Jess não conseguiram me dizer. Todo esse tempo em busca de algo e nenhum deles me fez sentir o mesmo que...

Talvez o amor, assim como a música, não seja para mim. Além das minhas avós, Britt é a única pessoa para quem cogitei dizer *aquelas* palavras, as mesmas que Jess tentou me confessar e das quais fugi. Mas esse não é um sentimento que devemos partilhar, e aprendemos isso da pior maneira.

— Não foi isso que eu quis dizer, você sabe.

Ela cutuca meu braço outra vez, uma conferência silenciosa, e eu desabo na hora. Apoio a cabeça com delicadeza em seu ombro, tomando cuidado para não colocar muito peso, e a sinto apertar minha mão. As roupas dela cheiram a lavanda e maresia, e certa vez tive que descartar uma música inteira porque os aromas se entranharam nos versos. Agora, eu me atenho aos acordes, não às letras.

— Está animada? — pergunto, ainda aninhada ao ombro dela.

— Para isso? Sempre — responde Britt, com a voz cada vez mais distante, à medida que se aproxima dos holofotes. Em seguida, ela se vira e apoia a cabeça na minha. — Por que você não se apresenta com a gente? É o último show do Ensino Médio. Vamos, Mia.

Dessa vez, há um quê de urgência em seu tom. Na última vez em que estivemos em um palco juntas, porém, os holofotes não foram a única coisa brilhante que vimos. *Ela está melhor sem mim.*

— Quem sabe na próxima? — digo, pois essa é minha resposta padrão.

Não chega a ser uma promessa, porque nós duas sabemos que não pode acontecer.

Britt se empertiga quando a banda de abertura encerra o show e nossa vice-diretora sobe ao palco para anunciar as Lost Girls, contando uma piada sem graça ao público.

— É sobre isso que eu queria conversar.

— Isso o quê?

Inclino a cabeça para encontrar seu olhar. A respiração dela acaricia meus lábios como sempre antes de algo acontecer. E nós sempre deixamos que aconteça.

O rosto dela traz à tona tudo o que não podemos ter, todos os motivos que me levam a correr para os braços de pessoas como Jess apenas para partir seu coração e dar no pé. Britt e eu? Bom, nós somos o tipo de história de amor não concretizada que nem eu mesma entendo.

Escorregamos vezes demais — sete, para ser exata — ao olharmos uma para a outra exatamente desse jeito, ao nos permitirmos ir além. Cada novo começo é mais nebuloso que o anterior, mas, entre os términos alheios, voltamos a ser algo só nosso. Nunca dura muito e nunca é muito sério. Desaparece quando a vida se coloca no caminho, e depois damos um jeito de contornar. Sempre soubemos que ela iria embora e eu continuaria aqui, que ela precisava de algo além desta cidade e eu não poderia ir a qualquer outro lugar… que a música a chamava e me prendia.

Nunca tivemos chance de ser algo diferente. Afinal de contas, como poderia dar certo se os olhos dela estão voltados para a estrada e os meus pés continuam fincados aqui, ainda presos ao passado?

A última coisa de que preciso é me entregar a alguém que certamente vai me deixar para trás.

A voz da vice-diretora se infiltra nas lembranças, elevando-se ao dizer:

— Com vocês, as Lost Girls!

Quando me viro para Britt, libertando-me de tudo o que éramos, vejo seus olhos arregalados, os lábios cerrados em determinação.

— Podemos conversar depois do show?

— Sim, claro — respondo.

E, em seguida, eu a observo pegar o violão azul-celeste e ir se juntar a Amy e Sophie. As três já tocaram em bailes, festas de aniversário e eventos esportivos, e, no fim do verão, vão se apresentar para o mundo todo, não só para nossa cidadezinha.

A batida começa, e eu a conheço tão bem quanto cada sardinha nos braços de Britt. É uma das primeiras músicas que criamos juntas para a banda: "Loveless Stars".

Nos últimos anos, eu só a tocava sozinha, sempre quando tinha acabado de terminar com alguém ou estava prestes a terminar. Agora, a voz baixa e poderosa de Britt se espalha pela praia, e eu me recuso a derramar as lágrimas que ardem em meus olhos.

Esta noite, sentada nos bastidores enquanto a vejo marchar com confiança pelo palco, percebo que a única maneira de conseguir uma parte disso, de me tornar quem nasci para ser, é ler as páginas que minha mãe escreveu. Pego o diário na bolsa e retomo de onde parei. Ali, apoiada no palco improvisado, começo a seguir o rastro que Tori Rose me deixou.

TORI

1989

Tudo começou no verão em que pedi para todo mundo me chamar de Tori Rose. Quando eu tinha um violão usado e uma mala cheia de sonhos.

Começou quando me dei conta de duas coisas:

Eu estava presa em Sunset Cove.

E não via a hora de ir embora dali.

Os dedos desajeitados de David envolviam a cintura do meu vestido floral enquanto minhas mães tiravam a milésima foto do dia. Meu pulso coçava com o arranjo de flores, e eu me apoiei em David com um suspiro, cantarolando Dolly Parton.

Com os braços relaxados, ele riu.

— Que música é essa?

— Se você não conhece, nem sei se deveria me levar ao baile.

Abri um sorrisinho por cima do ombro. Os olhos verdes dele brilharam como holofotes. Com cabelos louros desgrenhados, corpo bronzeado e gravata torta, David ainda era meu melhor amigo, meu parceiro de praia. A diferença era que vestia terno. Um bem ridículo e prateado, com direito a *gravata-borboleta*.

— Só mais uma — insistiu Mãezinha pela quinta vez, enquanto Mamãe usava uma Polaroid para se abanar ao sol da tarde.

Do outro lado do estacionamento vazio, o letreiro cor-de-rosa da pousada piscava como de costume, com o r de *Peters* queimado.

— Tori, olhe aqui.

Mãezinha riu.

— Desse jeito a gente vai se atrasar — avisei.

Normalmente eu não me importaria de chegar tarde, mas não queria perder a música.

— Querida, já está bom — disse Mamãe. — Eles precisam ir.

Mãezinha pestanejou ao baixar a câmera, passando os dedos pelas madeixas encaracoladas.

— Você está tão crescida.

A pele escura e o olhar bondoso a faziam parecer uma das princesas dos contos de fada que ela escrevia. Mamãe fez sinal para eu me aproximar. A brisa do mar soprava suas tranças ruivas em direção ao rosto pálido. As ondas arrebentavam na costa ao longe enquanto as duas me abraçavam.

— Tenha juízo — aconselhou Mamãe.

— Cante uma música para mim — pediu Mãezinha.

Assenti para as duas, mas só acatei a sugestão de uma (elas, porém, não precisavam saber disso).

— Você também — disse Mamãe para David. — Divirta-se.

— Sim, senhoras.

Ele sorriu e me estendeu o braço, todo cavalheiresco. Afastei-o com uma risada e enfim partimos.

O violão se chocava contra minhas costas a cada passo à medida que nos afastávamos da pousada, o motivo de minha família ter voltado a essa cidade. Corri para longe dela como quis fazer desde nosso primeiro dia aqui.

David avançou de ré pela calçada, soltando um grito animado, antes de erguer o punho no ar.

— Está quase no fim! Baile de formatura, aí vamos nós!

Apertei o passo para alcançar seu ritmo e acabei tropeçando diante da placa que levava à entrada da cidade. Nela, o oceano se estendia em tinta descascada. Acima da pintura, vinham os dizeres em formato de arco: "Bem-vindo a Sunset Cove, onde nascem os sonhos. Sua jornada começa aqui".

Era uma mentira descarada, claro. Mas o que esperar de um lugar onde só as marés mudavam e os sonhos se punham com o sol?

— Tori? — chamou David, parando de repente. — Vai ficar aí?

A placa acendeu uma faísca em mim. Com a formatura a uma semana de distância e o baile naquela noite, estava na hora de encontrar uma forma de ascender de verdade.

— Estou indo — respondi depressa e aproveitei a hesitação dele para ganhar a liderança.

«———•—— ♥ ——•———»

O baile de formatura aconteceu no Horizon. Só havia cinquenta alunos na turma, e todos eles já tinham debandado para a rua apinhada de lojas e flores. Era a única lanchonete decente da cidade, toda decorada com pisca-piscas. A máquina de karaokê que eu dominava toda sexta-feira ficava na frente do salão e, apesar da multidão na plateia, o palco estava vazio.

Vestidos longos e curtos. Ternos de cores vivas. Pessoas dançando e cantando ao som de uma *boombox* que mal fazia cócegas no ruído da multidão.

Pelo menos tinha música.

Avancei em direção ao mar de gente. Com uma piscadela, chamei David para a pista de dança. Demorou menos de um segundo para ele se aproximar.

Éramos melhores amigos desde os cinco anos de idade, até minha família se mudar de cidade para cuidar da minha avó. Foi uma época marcada por um punhado de cartas perdidas e uma torrente de canções de amor na ponta dos meus dedos. Nosso reencontro aconteceu dois meses antes, quando voltei. A travessura nos olhos dele era a única coisa interessante daquele lugar.

Coloquei as mãos na cintura dele, dançando ao ritmo da música.

— Acho que aquela menina está de olho em você — provoquei, apontando com o queixo para os fundos do salão, onde uma morena estudava os movimentos (empolgados, mas horríveis) dele.

David entrelaçou os dedos aos meus e me fez rodopiar.

— Já estou acompanhado.

Dessa vez, foi ele quem piscou. Mas não estávamos juntos de fato. Embora tenha partido de mim, nós dois tínhamos combinado que não iríamos nos envolver. Houve uma vez, logo quando voltei, que nos beijamos. Um pouco bêbados. Mas encerrei tudo ali mesmo. Não era certo. David representava o passado, essa cidade. Expliquei a ele que eu estava pronta para virar o disco.

Ele também precisava encontrar uma nova canção.

— Vou procurar Linnea — avisei, cutucando-o. — Vá socializar com os outros.

David fez careta e deu um apertinho nos meus dedos. Eu retribuí. Em seguida fui até o balcão, onde estava Linnea, a filha do proprietário. Era alguns anos mais velha e acenou ao me ver, depois prendeu o cabelo preto em um coque.

— Tori Rose? — chamou ela, e eu a amei por isso.

Linnea era uma das únicas a me ver como a pessoa que eu pretendia me tornar.

Não Tori Peters. Tori Rose. A artista. A sonhadora.

A *estrela*.

Rose era meu nome do meio, mas a decisão tinha um significado ainda mais profundo. Em uma cidade demasiado cinzenta para as cores do arco-íris, minhas mães tiveram seu primeiro encontro. Mamãe apareceu com um buquê de rosas na porta de Mãezinha, cujo coração amante de contos de fada logo soube que ela era a escolhida. As duas fugiram juntas. Na minha família, as rosas representavam o início de uma impenitente história de amor. Um amor que tomava a dianteira e dominava seus corações. Um amor mais forte que qualquer outro já visto. Eu queria um amor assim. Duradouro. Capaz de me guiar e me abraçar. A música foi o pretendente que escolhi.

Tori Rose parecia um bom começo.

Inclinei o corpo sobre o balcão e perguntei a Linnea:

— Cadê a música?

Ela apontou para o aparelho de som ao lado de David, que já se afastara da garota de antes.

— Ali.

— E a música ao vivo?

— O cantor cancelou de última hora. Arranjei outra pessoa, mas não sei se vai dar as caras. Nem o conheço.

Em Sunset Cove, não conhecer alguém era mais raro que ganhar na loteria.

— Sério?

Os olhos dela recaíram sobre meu violão.

— Só você mesmo para trazer esse trambolho para o baile de formatura. Vamos combinar o seguinte: se o cara não aparecer, o palco é todo seu.

Meu coração disparou. Quando Linnea voltou a limpar o balcão, decidi ir atrás de David. Mesmo sem banda, eu encontrava meu próprio ritmo em toda canção. O olhar de Linnea me seguiu a cada passo, e eu jurava que, a qualquer momento, ela me diria para assumir o microfone.

O palco era meu. Mesmo que fosse em Sunset Cove, já era melhor que nada.

De repente, veio o som de estática do microfone sendo ligado. Todos olharam para o palco, onde havia um rapaz alto com cabelos castanhos presos em um rabo de cavalo. Estava ocupado em ajustar o suporte do microfone à sua altura e estremeceu ao ouvir o ruído estridente do aparelho.

Estudei suas feições angulosas. Olhos azuis. Pele bronzeada. Devia ter mais ou menos nossa idade. O indício de tatuagem na nuca lhe rendeu alguns olhares feios e minha admiração imediata. Apesar de ele ter aparecido para estragar minha apresentação, senti vontade de me aproximar e descobrir o que estava gravado na sua pele.

— Quem é esse cara? — sussurrei.

— Seu próximo amor? — respondeu David.

— Ah, vai se ferrar.

Ele riu, e eu o cutuquei outra vez.

Depois de ajeitar o microfone, o cantor enfim se pronunciou:

— Olá, pessoal. Desculpem a demora.

Tinha um leve sotaque sulista, e eu troquei um olhar com David. *Quem* era esse homem?

— Vim acompanhado de Cash esta noite.

Ele deu um tapinha no violão vermelho preso às costas, com uma palheta do mesmo tom entre os dedos. *Ah*. O nome do instrumento era uma homenagem a Johnny Cash.

— Meu nome é Patrick Rose e preparei esta canção para vocês.

A multidão aplaudiu, mas eu nem me mexi.

— Por acaso ele disse Rose?

Patrick *Rose*.

— Acha que é obra do destino? — perguntou David.

Antes que eu pudesse responder, Patrick sorriu e se posicionou diante da máquina de karaokê. Em seguida, começou a tocar os primeiros acordes de "Don't Stop Believin'". E *cantou*. A voz dele era um mar de intermédios, entre o agudo e o grave, o alto e o baixo. Até mesmo Linnea parou para ouvir. Todos ali já tinham escutado essa música um milhão de vezes, pois a rádio local parecia repetir sempre as três mesmas canções de Journey, mas a forma como Patrick contava a história era única. Como se a tivesse vivido. Como se fosse *dele*.

Quando ele terminou o primeiro refrão, eu dei um passo à frente. Essa música também poderia ser minha.

A dança já tinha começado quando o silêncio forçado morreu. Não ouvia mais nada além da música à medida que atravessava o salão. Sabia o que precisava fazer como se uma força cósmica me impelisse adiante.

— O que você vai fazer? — quis saber David.

Mas ele já sabia a resposta quando eu subi os degraus do palco e agarrei o outro microfone.

Patrick ficou de queixo caído.

Ajeitei o violão diante do corpo e posicionei os dedos sobre os trastes.

Ele logo se recompôs e entrou na onda. Até que comecei a cantar. Minha voz era poderosa. Eu sabia disso. De imediato, Patrick também soube. Da plateia, uma pessoa assobiou. Outra revirou os olhos, como sempre acontecia quando eu era muito barulhenta em festas ou na sala de aula. Bem, fazer o quê?

A música se desprendeu do baile. Puxei o microfone para perto de mim e fui até a borda do palco, joguei o cabelo para o lado e continuei a avançar antes de me virar para Patrick. Seus olhos estavam fixos nos meus. Ele estava visivelmente abalado, instável no palco frágil. Se era por nossas vozes combinarem *tanto* ou por minha intromissão na música, eu não sabia.

E não me importava.

Os últimos acordes tocaram sem que desviássemos o olhar um do outro, e os aplausos vieram a seguir. Ele cruzou o palco na minha direção.

Tori Rose assumiu cada pedacinho de Tori Peters quando estendi a mão. Patrick a apertou, ainda sem tirar os olhos de mim.

— Patrick — apresentou-se ele. — Sou... Patrick Rose.

— É um prazer conhecê-lo, Patrick.

— E você... — continuou, com um pigarro. — Qual seu nome?

— Tori — respondi, e a caixa de som interrompeu nosso momento.

Mesmo assim, Patrick me observou. E então foi *ele* quem me esperou continuar. Senti uma onda de empolgação. Mas o mistério fisgava qualquer um, então simplesmente desci do palco.

— Tori o quê? — perguntou ele atrás de mim.

Olhei por cima do ombro.

— Tori Rose.

Quando cheguei em casa, já estava meio bêbada (Linnea deu bobeira, e David e eu servimos seu estoque secreto de vinho para a turma toda). A pousada estava silenciosa, com os poucos hóspedes já na cama. O saguão estava escuro, iluminado por uma mísera luzinha. A essa altura, Mamãe estaria dormindo enquanto Mãezinha lia, com a porta do quarto entreaberta para que eu pudesse me aninhar entre elas e contar tudo sobre o baile.

Mas não fui até lá. Apenas me acomodei no banco do velho piano, equilibrando o violão ao lado.

Lembrei-me de tudo. A forma como os lábios dele inspiravam contos de fadas e os olhos mostravam coisas bem menos cavalheirescas. Lampejos de momentos. O sorriso dele. A voz. A sugestão de tatuagem, da qual tive um vislumbre; era tão reveladora quanto seu nome: uma delicada rosa negra.

Milagres não aconteciam em Sunset Cove. O destino não se aventurava por essas bandas. Mas dessa vez foi diferente. Aquilo era um sinal. Eu estava determinada a interpretar assim.

Abri a tampa do piano e dedilhei as teclas. "Don't Stop Believin'" começou a soar, e me deixei envolver pela música. Ela sempre me tentava com algo ilícito. Toda vez que eu corria de volta aos seus braços. Uma história. Uma promessa. Um sonho.

De olhos fechados, cantei aos sussurros. Não podia acordar a cidade, mas me senti despertar dentro dela. Postes de luz e trens noturnos.

Qualquer lugar. Exatamente onde eu precisava estar.

E, como se o universo conspirasse a meu favor, uma voz se juntou à minha. Pisquei e lá estava ele. Patrick Rose. Camiseta limpa, calça jeans desbotada, cabelo solto, mas o rosto desconhecido inconfundível.

Não me mexi até a canção terminar. Só então me levantei e apoiei os braços no piano.

— Por acaso está me seguindo? — perguntei, encarando-o através dos olhos semicerrados.

Duas vezes.

Uma noite.

Destino.

Ele apontou para o corredor.

— Vou dormir aqui, na verdade. Fiz check-in antes do baile. Não sabia que você também era hóspede.

— A pousada é da minha família.

— Ah.

— Aí você simplesmente decidiu interromper minha música?

Minhas unhas pintadas tamborilaram em dó maior.

Patrick abriu um sorriso tão encantador quanto todo o resto.

— Pareceu uma troca justa, já que você me interrompeu primeiro.

— Ah, é? — devolvi, com o coração acelerado. — Bom, acabou a música. Boa noite.

Deixei meu ombro resvalar no dele quando passei, desafiando-o a dar o primeiro passo. Seus dedos roçaram os meus com delicadeza.

— Tori, espere.

FAIXA 2

"WAYWARD LANES"

Versão acústica com Sara Ellis e Tori Rose, do álbum
Once Upon and I Told You So, *lançado pela Fate's Travelers em 1990*

MIA

DIAS ATUAIS

Viro a página para continuar a história, mas encontro apenas os sete envelopes adornados por letras de música.

— Não, não, *não*.

Giro a folha como se fosse achar mais palavras entre as linhas, escondidas nas margens, mas não resta nada além da caça ao tesouro.

Essa história, a história dela, mostra minha mãe tal como eu a imaginava, tal como todos a descrevem: ousada, verdadeira e determinada — tudo o que não sou. Minha mãe sabia o que queria. Sabia para onde ia e por quê. A segurança em suas palavras, as coisas reveladas a mim aqui, nos bastidores, preenchem o lugarzinho no meu peito onde a culpa costuma se alojar.

Enquanto eu tiver esse diário, de alguma forma, eu a terei aqui.

Foi assim que tudo começou. Essa é a verdadeira história da minha mãe, contada por *ela*. Sempre estive ciente da existência de Patrick; sabia que a mídia especulava sobre a conexão entre a carreira e a vida amorosa dos dois. Ninguém sabe, porém, que essa história teve fim... e nunca vi nenhuma menção a David Summers na imprensa. Será que um dos dois é meu pai? Qual era a intenção dela com isso? Por que jogar tudo no ventilador?

Tiro o primeiro envelope da pilha enquanto Amy se joga em um solo de bateria. A música das Lost Girls vai me envolvendo como um cobertor macio, como sempre faz. A letra cursiva rebuscada da minha mãe forma meu nome no envelope escarlate, logo acima da letra de música e dos dizeres ABRA AQUI. Foi escrito com mais esmero que as outras palavras, com um coração pontilhando o "i".

Os versos da pista vêm do primeiro e único álbum de sua antiga banda, a Fate's Travelers, e leva o mesmo nome do single de maior sucesso. A música transpira saudade e remorso em agridoce justaposição.

Numa trilha de acasos descuidados, me vejo em pedaços,
Fotos desbotadas; da nostalgia só sobrou um traço
Ainda olho os lugares onde marcamos nossos nomes,
Aqui e por todos os cantos das cidades insones.

E sempre dizem que sou aquela que você não trouxe ao lar,
Um navio desgarrado, um mar de arrependimentos a reboque,
Mas, a cada fim que enfrento, vem uma vontade de recomeçar,
Com o gosto de cada mar e a lembrança do seu toque.

A canção se chama "Wayward Lanes" e traz referências sutis a vários lugares de uma cidadezinha, incluindo uma estrutura real bem na fronteira de Sunset Cove. Além de todas as recordações artificiais de Tori Rose, ali, naquele afloramento irregular de rocha, perto do teatro quase abandonado com espetáculos cada vez mais esporádicos, há uma casa.

Britt e eu a encontramos no ano passado.

Eu estava na aula de Matemática, no meio de uma equação de segundo grau, quando Britt chamou meu nome da porta da sala, avisando à professora que tinham me chamado na diretoria. Depois disso, nós duas corremos para o carro e demos o fora dali. Ela dirigiu tanto, tão depressa em nosso anseio, que nos mesclamos à brisa do mar.

Encontramos uma chave debaixo do capacho, mas não entrou na fechadura. É a outra chave que uso no colar, além daquela da ala oeste da pousada. Vez ou outra, quando passo por uma porta, tento ver se ela encaixa.

Aplausos irrompem da multidão diante do palco, afastando-me dos meus devaneios. A banda se curva em agradecimento e começa a sair do palco, liderada por Britt, toda vermelha e sorridente. Amy e Sophie se apressam a descer os degraus laterais para se juntarem à festa.

— Oi.

Fecho o livro e o enfio de volta na bolsa, ainda pensando na casa abandonada, quando encontro o olhar de Britt.

— O que é isso aí? — pergunta ela.

Depois se encosta ao meu lado no alto-falante e aponta para minha bolsa, sempre atenta aos mínimos detalhes.

— O que você queria me contar? — devolvo.

Encaramos uma à outra, sem desviar os olhos. Ela pende a cabeça para o lado, um pequeno desafio, e eu quase sorrio com o gesto, cruzando as mãos sobre o colo. Sinto o rosto arder sob seu olhar, mas me recuso a ceder. A maresia pinica meus olhos, mas ela pisca primeiro e solta um suspiro.

Nossa teimosia mútua chegou ao ponto de concursos de encarada terem se tornado a forma oficial de tomarmos uma decisão. Britt quase sempre ganha, porém, então deve ter algo errado.

— Tá, tudo bem — começa ela, respirando fundo.

Sinto um aperto no peito ao vê-la balançar a pulseira de prata que a prima lhe enviou da Colômbia no aniversário de dezoito anos. Há três berloques ali: o violão que ganhou da família, o coração da prima e uma estrela minha.

— Britt? O que aconteceu?

Tenho que me controlar para não me aproximar ainda mais.

— Arranjamos um show — conta ela, colocando um cacho solto atrás da orelha.

Os acordes da música de encerramento reverberam na minha caixa torácica. Consigo ver a animação contida no semblante apreensivo de Britt, que a afasta com um longo suspiro até só restar a confiança de antes.

— Isso é incrível! — exclamo, dando uma palmadinha no braço dela. — Quando? Onde? Posso ir junto?

— Vai ser em Nashville. Vamos pegar a estrada semana que vem. E, sim, claro que você pode ir junto.

Britt se vira para mim e, agora que as palavras foram lançadas, os olhos dela fervilham de possibilidades fugidias, mais brilhantes que as lantejoulas de sua saia e dos holofotes dos quais acabou de sair.

Outro grito irrompe da multidão para quebrar meu silêncio. Ela não desvia o olhar, mas eu sim.

— Mia — chama Britt, e ela está tão perto. Sua voz é um sussurro, e, ainda assim, eu a escuto tão claramente quanto os gritos dos formandos. — Vem com a gente. Nós sempre compomos as músicas juntas. Você sabe todas as letras de cor. E sua voz... sua voz é...

Ela se cala de repente. Deixar uma frase inacabada é tão fora do seu feitio, nada condizente com a pessoa que passou todo o Ensino Médio como representante do grêmio estudantil. E, justamente por isso, sei o quanto ela quer que eu vá.

Daqui a uma semana.

Por um milésimo de segundo, fecho bem os olhos para conter as lágrimas. Deixo a imaginação correr solta. Britt foi a primeira pessoa para quem cantei, debaixo do salgueiro no seu quintal. Na ocasião, ela olhou para mim e disse: "Sua voz é como o nascer do sol". Ela sempre foi a mais poética das duas.

— Uma semana? — acabo dizendo, dessa vez em voz alta.

O alto-falante vibra contra nossas panturrilhas. Viramos de lado até estarmos imprensadas entre cortinas e becas abandonadas, como aquela que descartei no lixo.

— Britt, isso é... isso é... maravilhoso.

E é mesmo. É tudo o que ela sempre quis. Em uma cidade que respira música, Britt deu um jeito de criar suas próprias canções e realizar o sonho de ir para Nashville.

— Você… — começo, hesitante. — Você vai voltar?

Ou acabou?, quero perguntar.

Quando Britt desvia o olhar, entendo tudo. A viagem a Nashville não é temporária. Ela pretende deixar Sunset Cove de vez.

Achei que ainda teríamos todo o verão. Dois meses dedicados a ajudar Britt a arrumar as malas, a vasculhar todos os brechós da cidade em busca de roupas para sua jornada país afora. Dois meses para absorver tudo e prolongar esse momento. Imaginei que, quando o dia chegasse, eu já teria aprendido a me despedir dela e de todos os outros. Acreditei que essas últimas lembranças poderiam facilitar o nosso adeus. Parece surreal o quanto sua viagem segue a melodia das aventuras da minha mãe, mas trato de afastar esse pensamento.

— Estamos ficando sem próximas vezes — continua Britt. — Não tem mais como adiar. É agora ou nunca. Vamos partir nessa jornada e adoraríamos que você fosse junto, mas não podemos esperar.

— Eu…

— Mia, eu sei que você ama isso. Sei que você quer.

— Não posso.

Balanço a cabeça devagar, depois nego com mais veemência e dou um passo para trás. A música fica emaranhada no meu peito, retorcida com cada veia, artéria e fibra do meu coração idiota e descuidado.

Os olhos dela gritam *Pare de se enganar*, mas os lábios se limitam a dizer:

— Pense no assunto. Esqueça o medo, as mentiras e a insistência de achar que não pode fazer isso… e dê uma chance.

— Não — respondo, ainda negando com a cabeça. — Não posso, Britt. Não posso seguir os passos dela. Minhas avós, a pousada, a história, o fim que ela levou e tudo nesta cidade lembra ela e… a última vez que nos apresentamos juntas e eu sei lá… só não quero estragar tudo…

Pressiono o punho contra a boca. Não vou chorar, não vou chorar, não vou chorar, *não vou chorar*.

— Eu não quero estragar tudo — repito.

Não posso ter uma parte dos sonhos dela nas mãos.

Os braços de Britt me envolvem antes mesmo de a última palavra verter dos meus lábios.

— Mi.

É tudo o que ela diz, mas eu retribuo o abraço e, de repente, o universo parece se realinhar à nossa volta.

— Desculpa — digo, e ela não responde que está tudo bem, porque não está.

Não me diz para deixar para lá, porque nenhuma de nós vai esquecer tão cedo. Britt não repete nenhuma das palavras vazias que costumam suceder um pedido de desculpas, e eu não as quero.

— Tenho certeza de que você vai estar maravilhosa — acrescento. — Uma semana, então? Uma semana para sua jornada rumo ao estrelato.

Uma semana dela aqui, em Sunset Cove. Uma semana antes de ela partir.

Só uma semana.

O diário parece ainda mais pesado na minha bolsa.

Britt dá risada.

— Pode acreditar que sim.

Depois começa a se afastar, fazendo sinal para que eu a acompanhe.

— Mas pensa no assunto, ok? — pede.

E eu culpo aquelas sardas, o sorriso e a música que ela acabou de cantar, porque me vejo sussurrar de volta:

— Ok.

Mesmo sabendo que não posso, mesmo sabendo que é mentira, a primeira que lhe conto.

Agora, mais do que nunca, preciso que minha mãe me ajude a descobrir a verdade.

— E aí, o que era?

Britt está deitada de barriga para cima, com os cachos espalhados ao seu redor e os joelhos levantados para o céu estrelado.

— Quando vai me contar qual foi o presente da sua mãe?

Sento-me de frente para ela, observando a vista de Sunset Cove do telhado da pousada. Os picos dos chalés são iluminados pelos postes da rua, e o brilho vermelho do letreiro neon esparrama sua luz sobre onde estamos. Uma vez resolvida a questão da sobremesa, minhas avós convidaram a família de Britt para se juntar à festa. Nossas famílias são bem próximas, e por isso Britt e eu fomos obrigadas a conviver desde a infância. Foi a música que transformou essa relação de proximidade forçada em escolha. A música entre nós que está prestes a desaparecer, quando ela partir e eu ficar para trás.

Nas primeiras páginas do diário, minha mãe descreveu o melhor amigo, David, como algo do passado. Será que estou condenada a me tornar apenas isso quando não estiver mais no presente de Britt, muito menos no seu futuro?

No saguão lá embaixo, sentadas perto do piano, mas nunca no banco, minhas avós conversam com a família Garcia, enquanto os hóspedes recém-chegados da formatura pedem toalhas limpas e dão a noite por encerrada. Faz meia hora que Britt e eu escapulimos para cá, mas os aromas da fogueira ainda se espalham pelo estacionamento da pousada.

Estou dividida entre revelar tudo a Britt e convencê-la de que vou ficar bem sozinha.

— É um diário — declaro e me viro para ficar de frente para ela. — O diário *dela*.

Britt se empertiga.

— Você já leu?

— Não está completo. É tipo uma... caça ao tesouro.

Eu o tiro da bolsa, que carreguei comigo desde que encontrei o presente. Depois, estendo-o para Britt.

Um acordo silencioso se firma entre nós quando Britt o pega e começa a folhear as páginas, mais boquiaberta a cada frase lida. Meu coração acelera ao ver seu rosto tomado de admiração e curiosidade ilimitada; ao perceber que a verdadeira história da minha mãe é mais importante para Britt que as lendas e as atrações em que Tori Rose acabou por se tornar.

O baque do diário sendo fechado preenche o ar noturno.

— Por que você não me contou antes? — pergunta ela, devolvendo-o a mim. — É um achado e tanto.

Porque você me contou sobre sua partida primeiro.

— Eu não sabia o que dizer. Nem sei o que isso significa, mas é ela. É minha mãe. A música nas primeiras páginas menciona aquela casinha abandonada que a gente encontrou.

— Eu vi.

Britt me estuda com atenção.

— Ela quer me dizer alguma coisa.

— Talvez seja um incentivo para você se entregar à música — sussurra Britt, e eu nego com a cabeça.

— Eu... ela... você sabe o que a música fez com a minha mãe.

Massageio as têmporas com a ponta dos dedos, voltando a me deitar ao lado de Britt.

Ninguém sabe como Tori Rose morreu. Nem a imprensa, nem os habitantes locais. É outro mistério, assim como a história da sua vida, o parceiro escolhido e o paradeiro do seu precioso violão. Todas as coisas que constituem uma *vida*, não apenas o estrelato. Sempre imaginei que tivesse sido um acidente de carro quando, em uma daquelas ocasiões em que deixavam escapar algo, minhas avós revelaram que ela nunca havia voltado da turnê *Regret You*. Sempre imaginei que minha mãe tivesse ido longe demais. Afinal, mesmo nesse minúsculo fragmento de sua verdade, ela se referiu à música como ilícita. Mas a hipótese de um grande acidente parece improvável. Algo dessa magnitude não passaria despercebido. Não com o brilho de seu estrelato, não com o mistério de sua queda.

Sei apenas que a música a levou de volta à estrada, que a impeliu a continuar a correr, a voar e a morrer longe da própria família. A música a tirou de nós. A música clamou minha mãe para si.

— Sim, eu sei — concorda Britt. — Mas eis a sua resposta. Bem aí. O que você tanto esperou. Então pare de remoer o assunto. Vamos botar as mãos na massa. Vamos resolver essa caça ao tesouro.

— Então você quer me ajudar?

Viro o rosto tão depressa que quase despenco em cima dela. Britt me estabiliza pelo braço e ficamos a apenas um fôlego de distância.

Não sei quem recua primeiro.

Antigamente, na época em que a música não me assustava, nós ouvíamos todas as canções de Tori Rose juntas, usando qualquer coisa de microfone. Se Britt quiser embarcar nessa aventura comigo, podemos terminar tudo antes de sua partida. A partir dali, posso descobrir como seguir em frente, como usar a mensagem da minha mãe para confessar a Britt tudo o que tenho a dizer.

— Vou dar meu máximo — acrescenta ela. — Pelo tempo que puder.

Levo um instante para digerir as palavras. Britt se ofereceu para desvendar os segredos da minha mãe comigo, e eu *quero* compartilhar esse momento com ela. Quero sua companhia nessa jornada.

— Coloca a música — sugere em seguida, já sabendo minha resposta a *essa* oferta. — Talvez desperte alguma coisa.

Abro o Spotify e apoio o celular na barriga enquanto ficamos ali deitadas, com os olhos voltados para o céu, sem nos sentirmos tão sozinhas, pois sabemos que vamos fazer isso juntas. A melodia começa suave, cuidadosa, embalada pelo leve ranger de um balanço. O piano ganha força pouco antes de parar, assim como todo o resto, e a voz dela surge, potente e crua.

De contar as bênçãos eu acabo me abstendo
Escuto bem, mas nunca aprendo.
Dizem "guarde essas palavras", mas as esqueço.
Ele diz "venha ver isso", e eu obedeço.

Nossos destinos se cruzaram no oceano,
Antes mesmo que o mar soubesse nosso plano
Eu parei quando você olhou para mim,
Sem saber que aquele era o nosso fim.

Sentada ao balanço, reconto nossos traços,
Tentando lembrar quando vivia em seus braços.
Numa trilha de acasos descuidados, me vejo em pedaços,
Fotos desbotadas; da nostalgia só sobrou um traço
Ainda olho os lugares onde marcamos nossos nomes,
Aqui e por todos os cantos das cidades insones.

E sempre dizem que sou aquela que você não trouxe ao lar,
Um navio desgarrado, um mar de arrependimentos a reboque,
Mas, a cada fim que enfrento, vem uma vontade de recomeçar,
Com o gosto de cada mar e a lembrança do seu toque.

Reinicio a música e deixo tocar até chegar a essa parte outra vez. O segundo verso menciona o balanço e a história por trás dele, mas esse não é o foco da primeira pista.

— Acha mesmo que é sobre a casa abandonada?

Volto a estudar o envelope e esfrego o dedo na chave presa ao meu colar, repousada bem na minha clavícula. Talvez tenhamos deixado passar alguma coisa.

Britt nega com a cabeça.

— Acho que não. A gente já revirou aquele lugar de cabo a rabo. Deve ter outra explicação. Mas é na praia. Só pode ser lá.

— Precisa ter outra explicação.

Fecho o Spotify e abro o aplicativo do YouTube, parando apenas para conferir o vídeo que Britt postou em seu canal na noite anterior. Ela vem construindo uma plataforma com canções originais desde os treze anos de idade, uma forma de se arriscar nessa indústria quase toda dominada por homens brancos e música country, em que canções de mulheres nunca são tocadas em sequência, em que canções sobre garotas se beijando podem ser tiradas de circulação a qualquer momento. Lá, Britt canta músicas em inglês e espanhol sobre o amor entre garotas, sobre desafiar os padrões impostos pelos outros.

— O que foi? — pergunta ela, espiando por cima do meu ombro.

Eu me apresso em deslizar o dedo pela tela.

— Nada, só vi um negócio — sussurro, guardando o vídeo para mais tarde.

Digito o título da música na barra de pesquisa e seleciono o clipe de "Wayward Lanes".

Começa sob um filtro sépia, na praia, tal como nos lembramos. Os cinco integrantes da banda caminham ao longo da costa, olhos voltados para baixo, com as roupas de verão sopradas pela brisa. Deixam um rastro de pegadas para trás, acompanhados por mais cinco pares feitos por ninguém. A maré cobre as marcas a cada passo, apagando o caminho trilhado à medida que eles avançam e se afastam.

Todo o primeiro verso oscila entre cidadezinhas, risadas entre amigos, a dança de um casal à beira-mar. Sei que um desses cinco lugares é Sunset Cove, e vislumbres da cidade somem e reaparecem por toda parte. A música, sugere o artigo da Fate's Travelers na Wikipédia, aborda a saudade que os integrantes sentem de casa, embora seja a única faixa cujo significado nunca foi revelado pela banda.

O casal reaparece no refrão, iluminado por uma forte luz vinda de trás. É um farol e só pode ser o de Sunset Cove, com as velhas redes de pesca em suas paredes desbotadas de rosa, os caixotes empilhados para esconder o buraco deixado por alguém nos anos 1980, durante a festa dos formandos do Ensino Médio.

Ninguém sabe ao certo como aconteceu, e o furo continua lá até hoje.

Na cena, o farol está aceso como não fica há anos. Antes um porto, Sunset Cove já não precisa do mar como guia, não quando se agarra tão firmemente à sua própria estrela.

Quando o clipe alcança o último verso escrito no envelope, a imagem se afasta até revelar a linha do horizonte. Pauso o vídeo e observo a praia mais além, onde o farol assoma sobre o oceano longínquo. De repente, algo chama minha atenção.

Eu me viro para Britt, e os olhos dela se arregalam quando resvala a ponta dos dedos no meu cotovelo. Mantenho o olhar voltado para a vista, longe de onde a mão dela está, porque somos melhores amigas e compartilhamos esse toque antes de nos rendermos ao *outro*. Juntas, levantamos meu celular. Todos os pensamentos se dissipam quando o horizonte mostrado na tela se alinha perfeitamente com a cidade vista do telhado da pousada.

O casal do clipe dança, sem sombra de dúvidas, na torre do farol.

MIA

DIAS ATUAIS

À s onze horas daquela noite, quando Britt está prestes a se esgueirar pela janela do meu quarto para sairmos em busca das próximas páginas do diário, ouço uma batida na porta. Ajeito a postura e fecho as cortinas atrás de mim para o caso de ela aparecer.

— Pode entrar — aviso, com um falsete na voz.

Droga. Trate de se controlar.

Vovó aparece no vão da porta, com os olhos castanhos voltados para a bagunça do quarto, a pele escura já livre da maquiagem usada para o jantar.

— Oi — diz ao entrar. Em seguida, fecha a porta atrás de si e cutuca um montinho de roupas com o pé. — Que tal fazer uma faxina amanhã?

Tenho que conter o sorriso ao perceber que algumas coisas nunca mudam. Apenas aceno em concordância, fazendo de tudo para não espiar por cima do ombro.

— Pode ser. O que foi, Vovó?

Depois de atravessar o quarto, ela se acomoda na beirinha da cama, apoiando os braços nos joelhos.

— Sua avó e eu só queremos saber como você está. Percebemos que ficou muito quietinha durante o jantar com a família Garcia. Nem ficou de risadinhas com Britt, como de costume.

Será esse seu jeito de perguntar sobre o presente que minha mãe me deixou, sobre o que encontrei?

Talvez ela queira mesmo saber, apesar de todo o sofrimento. Talvez seja melhor contar tudo de uma vez. Pode ser mais tranquilo do que eu espero.

— Vovó — começo a dizer, sondando o terreno —, acha que minha mãe tinha algo a dizer?

O olhar dela viaja para longe, sempre desfocado à menção de sua única filha. Em seguida, passa a observar o espelho, onde repousa uma rosa solitária. Foi um presente das minhas avós depois de uma apresentação de talentos na escola, quando fãs alucinados de Tori Rose apareceram com câmeras — então percebi que nunca poderia ser eu mesma sob os holofotes; só conseguiria criar uma imagem, um eco dela, além de causar dor a todos que amo.

Nesse único gesto, vejo tudo que minhas avós enfrentaram por mim. Está sempre escancarado na forma como Vovó se recusa a usar a caneca cor-de-rosa guardada no armário, mas não consegue jogá-la fora. Está no jeito como Vovozinha contempla a janela por minutos a fio, com a desculpa de estar apenas distraída ouvindo as ondas do mar. Fica ainda mais claro na maneira como Vovó segurava minha mão um segundo a mais que o necessário ao me deixar na escola e na forma como Vovozinha me observa quando não estou olhando, como se tentasse encontrar minha mãe em mim — como eu sempre fiz, como esta cidade sempre fez. Já vi toda a mágoa da qual sempre tentaram me proteger, sem se darem conta de que o fato de eu não conhecer minha mãe às vezes dói mais que todo o resto.

— Não sei, Mia. Mas sua mãe sempre levou jeito para se expressar, então tenho certeza de que ela teria encontrado algo para lhe dizer.

Há um ar de saudade melancólica em seu tom, mas nunca se sobrepõe à dor. Não posso fazer isso com ela, com mais ninguém. Outra coisa que não mudou.

Se quiserem mesmo saber, vão perguntar. Talvez não queiram.

De repente, escuto um farfalhar na janela e me levanto depressa. Passo os braços ao redor de Vovó, aninhando a cabeça no cantinho de seu pescoço, como quando eu era pequena e me refugiava no colo dela depois de um pesadelo. Nessas ocasiões, Vovó passeava comigo pela casa e me ninava com canções, porque, mesmo com toda a tragédia provocada, a música e as histórias ainda correm em nossas veias, por mais que lutemos contra.

— Estou bem — sussurro, pois sei que ela precisa ouvir isso, e o bem-estar dela é mais importante que minha sinceridade. — Eu te amo.

— Eu também te amo — responde Vovó e então respira fundo. — Eu te amo tanto, meu bem.

As lágrimas ameaçam vir à tona de novo quando ouço essas palavras devolvidas por uma das duas únicas pessoas que ainda não me abandonaram nem cogitaram me deixar. Eu me afasto porque, se nos abraçarmos por mais um segundo, vou cair no choro e enchê-la de preocupação.

— Como você está se sentindo com a partida de Britt semana que vem? — pergunta ela, sem me olhar nos olhos, como se soubesse o que vai encontrar ali.

Pense no assunto.

Pisco com força.

— É melhor eu ir dormir, Vovó. Estou um pouquinho cansada.

Ela se levanta e acaricia meu rosto.

— Claro, querida. Estou aqui se precisar de alguma coisa. Durma bem.

— Boa noite — despeço-me baixinho.

Quando Vovó se afasta e fecha a porta atrás de si, eu corro para a janela, enfio o diário na bolsa e a jogo sobre o ombro antes de abrir as cortinas. Ao olhar para os abetos nos limites da propriedade, não vejo ninguém. Britt não está aqui. Afrouxo o aperto nas cortinas.

De repente, há uma batida suave na janela. Avisto Britt lá fora, dobrando-se de rir ao ver minha cara assustada. Olho feio para ela.

— Vem logo — apressa-me ela, dando uma piscadinha em resposta à careta que não consigo manter por muito tempo.

Enquanto abro a janela e deslizo para o lado de fora, percebo que essa semana de decisão, de aproveitar Britt enquanto posso, talvez seja o mais perto que chegarei da minha mãe. E, por mais que eu queira respostas, também preciso arriscar essa chance, essa oportunidade de finalmente conhecer Tori Rose, durar.

―――― ♥ ――――

Quando Britt e eu passamos por baixo da fita de isolamento no farol, sou tomada por uma sensação de *déjà vu*. É impossível esquecer o trajeto até aqui: a vista obscurecida pelo meu cabelo, a paisagem de Sunset Cove no vidro do carro, os dedos de Britt batucando o volante a cada música do rádio.

Observamos os arredores, sem expressar em voz alta como todas as músicas que criamos nesta torre costeira encheram o ar de nostalgia. Vindos da praia lá embaixo, os aromas de perfume, maresia, vodca barata e maconha pinicam meu nariz — resquícios do baile de formatura.

— Será que a gente deve abrir? — questiona Britt, olhando em volta. — Sua mãe disse para revelar o conteúdo do envelope quando achar que encontrou o lugar certo, não foi?

Pego o envelope vermelho e tracejo a pista com os dedos, aquela canção que nunca mais ouvirei da mesma forma. Naquela primeira carta, minha mãe dizia que, assim que eu encontrasse o local correspondente à música, receberia novas instruções para me guiar às páginas seguintes.

— Sim. Acho que sim.

Só pode ser aqui.

Levanto a aba do envelope, com cuidado para não rasgar. Um papel de carta escorrega para fora, todo decorado com rosas, com um cheiro que lembra livros antigos e perfume floral. Prendo a respiração e então começo a ler em voz alta.

Mia,

Pelo jeito, você também é uma aventureira. Bem-vinda à primeira pista oficial. Minha Mãezinha (sua Vovó) sempre disse que eu tinha um coração selvagem. E ela sempre me aconselhou a nunca o domar. Espero que você nunca tente domar o seu, filha. Deixe-o bater por você.

Quero te mostrar o que fiz quando estive aqui.

Eu voltava à cidade de vez em quando para visitar minhas mães e criei esse projeto para me ajudar a passar o tempo. Não sei se a pessoa a quem se destinava chegou a ver, mas imaginei que poderia significar algo para você. Deixei minha marca nas lembranças.

Logo você vai entender. Procure as iniciais que deixei. Afinal, eu sempre gostei que as pessoas soubessem o meu nome.

Há mais instruções depois disso, mas paro nesse ponto, pois se destinam aos passos seguintes.

Britt e eu procuramos as iniciais juntas, vasculhando cada centímetro do local mostrado no clipe. Depois nos esgueiramos para a torre, envoltas pela brisa fresca do oceano. Ao subir para a barra inferior, inclino o corpo sobre o peitoril, como a mulher do clipe. Mas sinto o estômago embrulhar e não consigo ir além. Não consigo chegar tão perto da queda.

Quando a parte externa não dá resultados, voltamos para onde estávamos. Puxamos os painéis, espiamos atrás das lonas, espreitamos além da amurada que rodeia o farolete apagado na escuridão — qualquer coisa para descobrir por que minha mãe nos trouxe a este lugar.

— Mia.

Britt se agacha de repente, bem onde as bordas das tábuas do assoalho encontram a amurada.

Diante dela, mergulhados na penumbra, há pequenos arranhões no assoalho. Pego o celular e ilumino a tábua, revelando a inscrição: *TR esteve aqui.*

De repente, ouvimos um estalo.

Britt levanta uma das tábuas e revela um grande buraco quadrado, com alguns metros de largura e comprimento.

— Mas que raios é... — começo a dizer. Aproximo-me e a ajudo a empurrar a tábua, as nossas mãos se sobrepondo ligeiramente enquanto contemplo o vazio lá embaixo. — O que a gente faz agora? — pergunto.

Britt sorri para mim com uma suavidade que tem contraste próprio.

— Quando foi a última vez que você mandou a cautela para as cucuias?

E ela desliza pelo vão antes que eu possa responder, antes que eu possa me perguntar se existe outro significado por trás dessas palavras, se são direcionadas ao que aconteceu no início da noite, quando desmoronei depois do show. O baque da aterrissagem ecoa até mim, e eu sigo Britt. Pulo no buraco enquanto as palavras dela abalam nosso silêncio. Hesito por apenas um momento, mas sei que se estende para sempre entre nós duas. Tropeço ao chegar ao solo e ela me segura, nossos braços entrelaçados no escuro.

— Obrigada — sussurro.

— Não foi nada — diz Britt.

A lanterna do celular dela se acende, e nós duas enfim nos afastamos. Pelo que consigo ver na penumbra, as escadas destes estranhos aposentos serpenteiam até a base do farol. Velas queimadas pontilham os degraus, algumas tão gastas que mais parecem poças de cera no chão. Ao nosso lado, há uma porção de fotografias enfileiradas. É uma colagem aparentemente interminável de Polaroids e fotos impressas, velhas e novas, esquecidas e desbotadas pelo sol.

Fotos desbotadas, da nostalgia só sobrou um traço.

Tal como a canção.

Minha atenção é atraída para a primeira foto, que dá início ao fluxo de imagens que vai se estendendo antes de se tornarem infinitas e desaparecerem nas profundezas. Ali, entre um grupo de garotas de biquíni e chapéus de praia, há uma placa: *Bem-vindo a Sunset Cove, onde nascem os sonhos. Sua jornada começa aqui.*

Não pode ser coincidência. *Sua jornada começa aqui.* É a placa que minha mãe mencionou nas primeiras páginas do diário.

Britt está com o olhar voltado para o mesmo lugar, a mão esticada para alisar o canto da foto.

— Leia a próxima parte — diz.

E é isso que faço, enquanto o celular dela banha as palavras da minha mãe em luz.

> *Aqui estamos nós. Aqui está você. Está pronta? Respire fundo, como sempre fiz. Antes de cada show (grandes ou pequenos), eu respirava fundo exatamente vinte e sete vezes. Nunca fui muito supersticiosa, mas a fama nos leva a explorar as partes mais estranhas da realidade.*
>
> *Seu pai sempre me acompanhava nos exercícios de respiração. Quando eu caminhava em direção aos holofotes e aos aplausos, ele estava sempre ali, me esperando.*
>
> *Respire fundo e siga os passos. Conte até vinte e sete. E assim vai me encontrar.*
>
> *Com amor,*
> *Mamãe*

Sinto o coração martelar no peito. Meu *pai*. Ela o menciona de fato, refere-se a ele de uma forma que minhas avós se recusam a fazer e que a imprensa e as pessoas desta cidade são incapazes, uma vez que também não o conhecem, apesar de todas as especulações. Minha mãe, por sua vez, *escolhe* me contar.

Sob o brilho sinistro da lanterna, revelando cada vez mais fotografias, toda a cena parece ter saído direto de um filme — tão verdadeira quanto irreal. Minha mãe criou todas essas coisas quando esteve aqui. Com as próprias mãos. E eu não vou estragar isso, como faço com todo o resto.

Deve ter levado horas, dias, semanas, anos. Muito mais tempo do que tenho à disposição.

Para quem foi feito?

— É como uma cápsula do tempo — comenta Britt. — Como é que nunca soubemos disso? Já estivemos aqui um milhão de vezes.

Foi aqui que cometemos o sexto deslize, bem no comecinho do outono, quando tínhamos acabado de sair do mar e decidimos roubar o calor uma da outra.

Dou mais um passo cauteloso para longe dela.

— Todo mundo gosta de segredos, acho.

— É, até demais.

Há algo no tom dela que não consigo decifrar.

Mas nem me arrisco a tentar agora. Chegamos aos vinte e sete lentamente, trocando olhares de esguelha, mas sem nos encararmos de fato.

— Espera, aquela ali é *Linnea*?

Britt para diante do retrato de uma jovem de cabelos pretos e sorriso largo, acenando para a câmera e rindo de algo que não podemos ver. É mesmo Linnea, a dona do Horizon, o melhor restaurante da cidade. Nós trabalhamos lá por meio período quando eu não estou na pousada e Britt não tem ensaios ou afazeres na galeria de arte da mãe. É a segunda vez que Linnea aparece na caça ao tesouro. Será que devo tocar no assunto amanhã, durante meu turno?

Meu olhar percorre a parte seguinte da parede.

— *Britt*.

Ela se aproxima e nós olhamos juntas.

Ao lado de Linnea, no degrau seguinte — exatamente vinte e sete degraus abaixo do topo da escada —, há uma foto de Tori Rose adolescente e um garoto loiro beijando sua bochecha. Não se parece com Patrick Rose, então deve ser David Summers. Os dois parecem tão jovens, tão felizes. Eu me aproximo, traçando as margens do retrato. Tenho quase certeza de que minhas avós queimaram todas as fotos do meu pai no dia em que ele decidiu nos abandonar.

Patrick ou David? David ou Patrick? Qual dos dois é meu pai, isso se for mesmo um deles?

Alguma coisa se projeta atrás da fotografia. Enquanto Britt continua a examinar a parede ao lado, eu afasto uma pilha de papéis escondida ali, cuidadosamente embrulhados em saco plástico e colados ao concreto com uma camada generosa de fita adesiva.

Retiro a capa improvisada para revelar as palavras da minha mãe.

— Achei — anuncio.

A primeira pista verdadeira, a continuação daquelas páginas, o motivo de Patrick Rose ter pedido à minha mãe para esperar e como ela partiu — todas essas informações estão aqui, ao alcance das minhas mãos.

TORI

1989

David nem ergueu o olhar quando atravessei a janela e despenquei no chão do quarto.

— E aí, T? — cumprimentou ele. — Decidiu invadir minha casa só porque deu na telha?

— Não conta como invasão se você deixou a janela destrancada.

Apontei por cima do ombro e aproveitei a deixa para observá-lo. Estava sentado na cama lendo Shakespeare, vestindo apenas as calças de pijama do *Doctor Who*. Lá fora, as ondas arrebentavam na costa.

— Vamos chamar de crime casual. — Ele sorriu e pousou o livro. — O que se passa?

Depois foi sua vez de me observar. Eu ainda estava com o vestido da formatura, uma peça escarlate com estampa de rosas que eu o tinha obrigado a me levar para buscar. Reparei nas paredes do quarto, todas cobertas de fotografias.

Eu aparecia em mais de metade delas, incluindo a que estava emoldurada junto à cama, em que andávamos de bicicleta pela praia. Na foto, eu pedalava à frente, enquanto ele se esforçava para me alcançar. Eu ainda não sabia quem a havia tirado.

— Tori?

Meus olhos encontraram os dele, e eu me afundei ao seu lado na cama.

— Lembra de Patrick?

— O Sr. Destino? — perguntou David, achando graça. — De duas horas atrás?

— O próprio.

Brinquei com as páginas do livro largado no colchão. Podia seguir em frente com ou sem David. Com ele era sempre melhor, por alguma razão. Um dia ele ficaria para trás e eu iria embora, mas, dessa vez, ele poderia me acompanhar. Por ora. A ideia rondava minha mente desde que ouvi a proposta de Patrick. Daria certo.

— O que tem ele? — perguntou David.

— Está hospedado na pousada.

— E...?

— David, é coisa do destino. Só pode ser. Patrick me convidou para ir a Nashville com ele. A Cidade da Música. Para nos tornarmos estrelas.

As palavras saíram apressadas. Quando aconteceu, estávamos no saguão da pousada, iluminados pelo brilho pálido da luminária. Patrick falava de forma tão grandiosa para alguém de tênis surrados e sorriso travesso. Algo me atraiu para ele, uma força que era maior do que eu. O universo. A música. Uma jornada. *A* jornada.

David ficou literalmente boquiaberto.

— *O quê?*

— Ele disse que vai se tornar alguém. Vai dar tudo de si. E me convidou para ir junto, para cantarmos como fizemos esta noite.

Normalmente, David não questionava minhas ideias, por mais malucas que fossem. Pular da ponte na calada da noite e ver qual era a sensação de mergulhar na água lá embaixo? Sem hesitar. Ficar na caçamba da caminhonete da sua amiga Leah e abrir os braços ao vento para *voar*? Chegamos a repetir duas vezes. Ali, porém, ele pressionou as pontas dos dedos nas têmporas, como se o cérebro estivesse prestes a entrar em combustão.

— E se ele for um assassino? — perguntou. — Você entrar no carro dele e...

— Mas eu não vou até lá com *ele.*

Desviei os olhos das imagens que o luar pintava no seu peitoral nu. Tive que me lembrar de que só Tori Peters prestaria atenção a essas coisas. Tori Rose não daria a mínima. Não quando tinha diante de si a música e suas possibilidades muito mais abundantes.

David olhou pela janela por onde eu havia entrado.

— E desde quando você tem carro?

— Não tenho futuro aqui — insisti. — Não tenho nada a perder.

— Bom, mas isso não muda o fato de que não tem um *carro*. Além do mais, por acaso suas mães a deixariam ir?

— A música é o meu sonho. Elas entendem isso.

Foram elas que me deram o primeiro violão. Mãezinha me ensinou a afinar. Mamãe me apresentou à Dolly Parton. As duas ouviram todas as canções que escrevi.

— Já falamos sobre ele ser um assassino em potencial, certo?

— Cantando daquele jeito? David, havia alguma coisa ali. Eu *senti*.

— Tori...

— Quero que você venha junto.

— Quê?

Essa não era a resposta que eu esperava.

— Vamos juntos — repeti e me aproximei dele. — Consegui guardar um dinheiro graças ao trabalho na pousada e ao emprego de antes. E posso arranjar mais trabalho enquanto estiver lá. É o nosso último verão...

— É o nosso primeiro verão juntos em anos — refraseou David, baixando o olhar.

— Primeiro e último. Não quer que seja maravilhoso? — perguntei, respirando fundo. — Tenho uma ideia.

— Além de seguir um cara que você acabou de conhecer?

— Não estou seguindo um cara. Estou seguindo minha vocação. O universo está me dizendo para ir.

— O universo não tem nada que mandar em você.

— Tem tudo.

David suspirou, cedendo.

— Qual é a sua ideia?

— Passamos metade do verão em Nashville. Depois vamos para Nova York e você pode assistir a todas aquelas peças de teatro que sempre quis ver. Vamos fazer deste o *nosso* Verão dos Sonhos.

Aquela situação poderia ser tão proveitosa para mim quanto para ele.

Um silêncio agonizante dominou o cômodo. David olhou para a frente, para aquelas fotografias congeladas de nós dois.

— Está bem, vamos — disse ele.

— Vamos mesmo? — gritei o mais baixo que pude para não acordar os pais dele e os três irmãos mais novos.

Em seguida, atirei os braços ao seu redor. Ele limpou a garganta, dando palmadinhas nas minhas costas de uma forma estranhamente desajeitada. Logo me afastei, achando graça.

Com o rosto todo corado, ele de repente olhou para baixo e deu pela falta da camisa. *Oops*.

— Sim, é isso. Vamos dar o fora daqui.

A antecipação, o nervosismo e a sede de viajar se aquietaram quando respirei fundo. Apoiei a cabeça no seu ombro. Estava *farta* de esperar.

David levantou a mão, os dedos percorrendo as pontas do meu cabelo com delicadeza antes de a recolher e voltar a pegar o livro.

— Vai continuar aqui? — perguntou.

Eu já tinha fechado os olhos, entregue aos meus próprios sonhos.

Minhas mães foram mais difíceis de convencer. Na manhã seguinte, as duas se sentaram à minha frente na mesa da cozinha. Mãezinha limitou-se a abanar a cabeça enquanto o pedido pairava entre nós. Mamãe estava em silêncio ao lado dela, batendo a colher na borda da tigela de cereal. Os dedos dela descansavam sobre a madeira manchada, bem no lugar onde eu havia riscado minhas iniciais quando tinha sete anos.

— Você quer que a gente te deixe atravessar o país... — começou a dizer Mamãe e ergueu as mãos quando fiz menção de protestar. — Só quis conferir. Para saber se escutei direito.

— É isso mesmo.

A música cantava em cada uma das minhas veias, enchendo-as onde deveria haver sangue.

— Tori — chamou Mãezinha. — Querida, isso é... um pouco precipitado. A formatura é daqui a uma semana.

— Sim, eu iria depois.

Inclinei o corpo para a frente, batucando o pé nas tábuas do assoalho. Eu tinha que ir a algum lugar depois da formatura. Seria o fim de uma era, um rito de passagem ou coisa parecida.

— Quero ver coisas novas — continuei. — Fazer coisas novas.

— Sabemos disso.

Os olhos de Mãezinha suavizaram um pouco. Foi dela que herdei esse coração inquieto. Afinal, foi ela quem sugeriu que as duas deixassem a cidade e vivessem a própria vida.

— E se alguma coisa der errado?

As juntas dos dedos de Mamãe estavam brancas de tanto segurar a colher.

— Aí eu dou um jeito. David vai estar comigo.

— Espera aí. Por acaso pretende cruzar o país com um rapaz?

Dois rapazes.

— Isso. Porque somos amigos. Melhores amigos.

As duas trocaram mais um dos seus olhares telepáticos. Aquela mesma natureza bondosa estava lá sempre que seus olhos se encontravam. O mesmo olhar que exibiam quando trocavam cochichos no café da manhã e cantavam para mim antes de dormir durante a infância. O mesmo olhar de todos os momentos românticos nos domingos de verão, quando ficávamos acordadas até meia-noite para ver histórias de amor na televisão. Como se fossem outras pessoas apaixonadas.

Embora não fossem casadas, elas eram o exemplo mais verdadeiro de amor que eu já tinha visto. Um amor demasiado puro e belo para que os votos de eternidade fossem ilegais.

E então as palavras saíram dos lábios de Mãezinha:

— Está bem.

Tal como David dissera na noite anterior. Essas duas palavrinhas continham todas as aspirações. Eram a chave.

— Sério?

— Não vamos te impedir. *Mas* vamos estipular algumas regras.

Mamãe concordou com a cabeça.

— *Muitas* regras. A primeira é que deve ligar para nós todas as noites. Não importa o que aconteça.

— E vai ter que esperar a formatura.

— E precisa planejar a viagem e os gastos com a gente antes de partir.

— E tem que saber a hora de voltar para casa, meu bem — acrescentou Mãezinha. — Não se perca. Saiba que sempre terá um lugar aqui.

Quase em sincronia, as duas estenderam as mãos sobre a mesinha, e eu entrelacei os dedos aos delas.

— Podem deixar.

Sempre consegui me adaptar à maioria dos ritmos, mas a escola era a exceção. Embora tivesse passado de raspão, cá estava eu na formatura, espiando David no fim da fila enquanto fazia caretas. A mudança de volta para Sunset Cove bagunçou tudo, a música tirou meu foco do trabalho e dos estudos, e me levou a deixar a escola de lado, encontrando uma enseada escondida para me aninhar com o violão. Naquele dia, porém, tudo chegaria ao fim. Algo novo podia finalmente começar.

A multidão estava muito alegre e chorosa, e eu vibrava com a perspectiva das luzes da Cidade da Música e de tudo o que teria que provar. Mesmo assim não me apressei, pois nunca fui de recusar um palco, mas desci assim que recebi o diploma, acenando e mandando um beijo para minhas mães.

Depois de uma eternidade, David também cruzou o palco e veio me encontrar. Abrandou os passos conforme se aproximava, com um sorriso despontando nos lábios.

Dei um leve peteleco na borla de seu capelo e sorri.

— Oi, parabéns.

Ele me envolveu em seus braços.

— Parabéns para você também, T.

Permanecemos mais um segundo assim, abraçados, enquanto eu sorria com o rosto apoiado em seu ombro.

Adeus, Ensino Médio. Já vai tarde.

— Está pronto para ir embora? — perguntei. — Patrick vai encontrar a gente na praia.

— Tanto quanto possível.

David se afastou, e deixamos os capelos despencarem feito confete.

Perto da costa, estava o rapaz com a tatuagem de rosa. O sorriso dele revelava seus cumprimentos e sua empolgação. O que o motivava? Só o destino poderia dizer.

— Olá — disse ele quando o alcançamos, e seus olhos de poeta encontraram os meus.

— Oi.

Parei diante dele. Um pouco perto demais, tal como quando me convidara para viajar com ele, naquela noite, em frente ao piano.

— Pronta? — perguntou Patrick, quase um sussurro.

— Sempre — respondi, quase um grito.

※

Quando passamos por aquela placa zombeteira que nos levava para fora da cidade, pedi a David que parasse o carro. Em seguida, descemos e riscamos as nossas iniciais no poste com uma moeda que ele encontrou no bolso da calça. Depois disso, a estrada se tornou um borrão. O verão se espremeu em uma coleção de dias. Risadas. Paradas pelo caminho. Música. Danças no banco da frente. Estacionamentos iluminados onde David ia buscar comida enquanto eu cantarolava novas canções de Journey ou da Dolly Parton com Patrick Rose. Sessões de fotos com David, que decidiu trazer a câmera para registrar nossos sonhos. Refeições apressadas e lojas de discos antigos e mais música.

Sempre música.

David era uma presença confiável ao meu lado a cada momento, mas Patrick era algo novo. Desconhecido. E eu me vi lançando muitos olhares para aquela tatuagem com pétalas delicadas e espinhos. Um sinal do universo.

Patrick nos seguiu com seu próprio carro pelas estradas sinuosas. David assumia o volante da sua minivan surrada, e eu seguia de copiloto, responsável por nos guiar com o mapa desenrolado no painel. Enquanto dedilhava o violão no meu colo e sussurrava canções que escrevi, eu pensava no rapaz que vinha logo atrás.

E, certa noite, quando outro pôr do sol beijou o horizonte e nos banhou em rosa e dourado, vi a cidade pela primeira vez. Vi o lugar com o qual eu sonhara acordada todas as noites daquela semana antes de dormir.

— Tori Rose — disse David ao meu lado, tendo diminuído a velocidade para que pudéssemos apreciar a vista. — Está pronta para o Verão dos Sonhos?

FAIXA 3

"MEET ME IN THE LYRICS"

Do álbum solo de estreia de Tori Rose,
Forest in the Sea, *lançado em 1991*

MIA

DIAS ATUAIS

Elas a deixaram ir. Elas a *deixaram* ir. No banco do passageiro do carro de Britt, observando a noite da janela, vejo as casas de praia, as faixas de areia e as lojas passarem em um borrão. O farol desaparece atrás de nós à medida que folheio os envelopes na bolsa. Faltam seis e, quando o relógio do painel muda para meia-noite, faltam seis dias para Britt e as Lost Girls partirem.

O apelo de Britt para eu *pensar no assunto*, o olhar que me lançou nos bastidores há apenas algumas horas, é tudo o que consigo ver ou ouvir, mesmo que esteja ao lado dela no carro.

No fim das contas, minha mãe não fugiu, como sempre imaginei, inescapavelmente envolvida pela atração do seu sonho. Ela não fez as malas e partiu na calada da noite por causa da música. Antes, pediu permissão às minhas avós, as mães dela, e as duas a deixaram ir.

O sofrimento perene no olhar das minhas avós, a tristeza contida, será tudo culpa por minha mãe ter partido daquela última vez, por ter morrido longe de casa? Por não ter voltado depois daquela última turnê? É por isso que não falamos dela? Será que elas se arrependem daquele momento, de a terem deixado partir?

Batendo o pé ao som de "You All Over Me", que soa pelo celular de Britt, penso na partida da minha mãe, em como a música a chamava. Eu queria ser capaz de esquecer tudo por apenas um segundo. Queria ser capaz de remover o peso, a dor que causo, e descobrir quem eu sou sem isso, descobrir se essa vida poderia ser destinada a mim. Porque essas primeiras vezes, essas primeiras canções... De certa forma, são o mais perto que já me senti da minha mãe, o mais perto que já me senti de mim.

Vou me despedir de mais do que apenas Britt daqui a seis dias. A questão é que... minhas avós a *deixaram* ir.

— Mia — diz Britt, quebrando nosso silêncio.

Ao virar o rosto, eu a vejo com as mãos posicionadas no volante, em vez de ter apoiado o braço na janela aberta, como de costume.

— Você está bem? — pergunto.

— *Você* está bem? — Ela dá uma leve risada quando não respondo. — Estou dirigindo. Não posso ficar de olho em você.

— Estou bem.

Começo a torcer os dedos no meu colo.

Britt acena com a cabeça, a boca crispada em uma linha fina, e acrescenta:

— Que bom, fico feliz.

A viagem até Sunset Cove nunca é longa o bastante, e, com essas palavras, o letreiro de neon da pousada espreita por entre as casas, as árvores e as ruas. Mesmo assim, Britt não responde à minha pergunta e apenas continua a olhar para a estrada.

— Vou conversar com Linnea durante o meu turno amanhã — comento, guardando os envelopes antes de me ajeitar no banco de couro. — Acho que ela sabe de alguma coisa.

Não tenho ideia se minha mãe contou a mais alguém sobre a caça ao tesouro, mas Linnea deve estar envolvida nessa história. Tem que haver uma razão para tudo isso. Ela guardou todas aquelas coisas com tanto cuidado, planejou tudo com tantos detalhes.

— Tudo bem.

Britt assente outra vez.

— Você também trabalha amanhã?

Passo o polegar sobre o enfeite em formato de violão pendurado no retrovisor. Normalmente, nós trabalhamos juntas aos sábados.

Ao estacionar diante da pousada, os pneus guincham sobre o cascalho, e o Honda prateado, carinhosamente apelidado de Dorothea, balança suavemente de um lado para outro sobre o chão irregular.

— Não trabalho mais lá. Conversei com a Linnea logo antes da festa.

Em seguida, ela me olha como se quisesse verificar se ainda estou bem. Trabalhar no Horizon sem Britt não parece certo. Em contrapartida, viver em uma cidade sem ela, ouvindo qualquer outra pessoa cantar todos os nossos momentos importantes, também não.

Deixo a mão cair frouxa sobre o colo.

— Vai ensaiar?

— Uma ou duas vezes por dia. Vamos pegar pesado na estrada e quando chegarmos lá. Mas ainda preciso fazer as malas e... Putz, esqueci de buscar a roupa na lavanderia.

— Lavanderia? — pergunto, lançando um olhar confuso para ela. — Desde quando você manda as roupas para a lavanderia?

— Quero usar meu vestido da sorte no show.

Britt sorri, e sinto meu coração acelerar com a lembrança.

É o vestido que ela usou na primeira apresentação das Lost Girls no primeiro ano de Ensino Médio. Como ela teve o estirão de crescimento ainda no fundamental, a roupa continuava servindo. É um vestido fluido, violeta, e o mesmo que usou logo após o deslize número três, debaixo das arquibancadas no baile de formatura, pouco depois de as Lost Girls terem animado a plateia com a última música que escrevemos. Nada é tão afrodisíaco quanto ver as pessoas se apaixonarem por uma canção.

— Chegamos — anuncia Britt quando o silêncio se prolonga, e nós duas nos encaramos por um momento a mais.

Seis dias.

Abro a porta do passageiro e estico as pernas para fora. Minhas botas pousam no cascalho.

— Obrigada pela carona. E pela companhia.

— Obrigada pela aventura.

Britt abre aquele sorriso ridiculamente presunçoso que sempre faz algo se agitar no meu peito, o mesmo de quando ganhava uma aposta, roubava um beijo, vencia-me no pedra, papel e tesoura pelo último picolé.

— A gente se fala amanhã?

Com a mão apoiada contra a porta do carro, algo me leva a inclinar o corpo para baixo, ainda observando a forma como o luar se espalha sobre Britt.

Ela concorda com um aceno, as mãos enfim relaxando no volante e o braço caindo para se apoiar na lateral.

— Amanhã depois do ensaio. Talvez a gente possa explorar mais um pouco, que tal?

— Precisa de ajuda para arrumar a mala?

— *Pfft*, até parece, não conhece Mile?

Depois de revirar os olhos, ela abana a cabeça, referindo-se a todas as pessoas da família pelo primeiro nome, como sempre faz para evitar as típicas conformidades de gênero. E tem razão. Qualquer traço de determinação em Britt é obra de senhore Garcia.

— Tchau, Britt.

Quase estendo a mão para apertar a dela e a vejo fazer o mesmo, movida pelo hábito. Tratamos de recolher os braços, porém, como se soubéssemos que não estamos prontas para lidar com outro deslize.

O olhar dela é intenso, ainda preso ao meu, mas sei que é orgulhosa demais para perguntar se já me decidi, e eu sou medrosa demais para responder. Sou a primeira a desviar o olhar desta vez e viro o rosto em direção à pousada que deveria ser meu futuro, que *tem sido* meu futuro desde que Tori Rose não voltou para casa.

Fecho a porta do carro de Britt e viro as costas, respirando fundo. Os pneus tornam a esmagar o cascalho quando ela sai do estacionamento, e arrisco espiar por cima do ombro uma vez, observando as luzes traseiras do carro avançarem pelas ruas de Sunset Cove ao se afastarem.

E talvez não tenham sido só as minhas avós que deixaram minha mãe ir embora. Talvez tenha sido a cidade inteira.

———— ♥ ————

Linnea e eu passamos a primeira hora do meu turno em silêncio. Primeiro os negócios, depois o acolhimento maternal; esse é o lema dela. Por isso, logo me coloca para trabalhar. Enquanto ela anota os pedidos, serpenteando por entre as mesas, eu encho a máquina de lavar louça. A natureza eclética de Sunset Cove se faz presente no restaurante, com o seu piso xadrez, as mesas com tampo de mosaico feitas à mão, os pôsteres emoldurados de celebridades, incluindo minha mãe, e a máquina de karaokê quebrada no canto.

As palavras que minha mãe escreveu só para mim sussurram no meu ouvido, e mantenho o envelope alaranjado guardadinho no bolso do casaco enquanto a música do verso se repete sem parar no meu fone de ouvido. Não há tempo a perder. Minha mãe quer me dizer alguma coisa, e eu tenho menos de uma semana para me manter perto dela e ouvir.

Preciso dar uma resposta a Britt, mas tenho que descobrir a história toda primeiro.

Tori Rose é a única que já se dispôs a me contar e, em suas canções, ela continua.

Ao término de cada canção, ao seu lado eu sorria,
Não esqueça que era a música o destino que nos unia.
Me encontre nas letras se tiver coragem,
Me encontre nas letras se for verdade,
Apenas me encontre nas letras, então
Para voltarmos a ser um só coração.

Tantos lugares poderiam estar escondidos nessas palavras. O clipe dessa música não se passa em Sunset Cove. Foi filmado no Bluebird Café, em Nashville, no que era praticamente apenas uma apresentação ao vivo. Minha mãe, porém, tinha presença de palco suficiente para fazer qualquer show parecer um espetáculo.

— Mia? — A voz de Linnea surge atrás de mim, e eu a sinto bater no meu braço gentilmente com um pano de prato. — Quero dar uma palavrinha com você, menina.

— Hum?

Tiro o fone da orelha e me apoio no balcão comprido, que, tal como as mesas, também foi decorado com mosaicos. Soube por um colega da escola que os azulejos do restaurante eram parte de um projeto artístico estudantil de Linnea. Estão aqui desde então, com uma nova mesa acrescentada por diferentes turmas durante sete anos consecutivos até a prática acabar, desaparecendo como é praxe entre algumas tradições.

— Como você está?

Ela torce o pano entre as mãos. Está com seu macacão característico todo coberto por várias flores silvestres bordadas com esmero. A esta altura, já deve ter seus cinquenta e tantos anos, mas só a conheço como uma pessoa calma, cansada e mais madura que a idade pela simples forma como observa o ambiente, como se pudesse ver o coração de todos ali.

— Estou ótima. E você, como vai?

O envelope fica mais pesado no meu bolso. Passei horas matutando sobre o que perguntar a ela até adormecer, às três da madrugada, ainda com o sorriso de Britt na cabeça.

Sempre conheci Tori Rose em fragmentos, todos revelados sem querer. Como ela aprendeu um álbum inteiro da Dolly Parton no mesmo dia em que ganhou o primeiro violão, como o tal instrumento nem sempre teve as rosas características na madeira, como ela compôs as suas melhores canções à meia-noite, em meio a gargalhadas. Os fragmentos de um ícone caído, uma superestrela ou uma garota.

O que Linnea sabe sobre isso?

— Mia? *Mia?* — repete ela.

Preciso perguntar alguma coisa para começar essa conversa. Qualquer coisinha que seja.

— Desculpa, o quê?

Abano a cabeça e me viro para Linnea, tentando me estabilizar.

— Está tudo bem? Você parece meio desligada. — Seus lábios se curvam para cima, tristes, cautelosos. — Então, acho que ficou sabendo que Britt vai sair mais cedo?

Por que as pessoas insistem em falar de tragédia? *Não*, não é uma tragédia. Afinal de contas, Britt só decidiu seguir os próprios sonhos. Isso é o mais importante, seja lá quais palavras eu acabe por dizer.

— Eu…

Dou um passo para trás e pego um pano de prato.

— Linnea, como é que a minha mãe morreu?

A pergunta sai em um sussurro, mas, pela expressão no rosto dela, parece até que a gritei. *Merda*. Quase me aproximo e a abraço, dizendo que nem precisa responder.

— Caramba, por essa eu não esperava.

Linnea assobia baixinho.

— Desculpa.

— Não precisa se desculpar, minha menina. A propósito, eu queria te contar uma coisa.

Por acaso era um jeito de evitar a pergunta? De ignorá-la completamente? Ou estava apenas contornando outra história como esta cidade sempre faz em nome da glória, da fama de Tori Rose?

Linnea parece disposta a passar por cima do assunto, e parte de mim quer pegar o envelope, dar o fora e procurar mais por conta própria. De repente, porém, ela diz:

— Achei que você gostaria de saber que decidi consertar a máquina de karaokê. Talvez até retomar aquelas apresentações de sexta-feira à noite.

Há uma suavidade no seu semblante, um ar nostálgico no seu olhar quando ela sorri na direção do palco.

— Acho que já está na hora — acrescenta.

Nem respiro, apenas deixo a informação assentar.

— Linnea, eu…

Ela está perdida em pensamentos.

— Trazer de volta um pouco da Tori do dia a dia nunca é demais. Céus, aquela garota tem discos e monumentos a dar com rodo.

Abro a boca outra vez, pronta para interromper, para tentar de novo e possivelmente até mesmo revelar uma parte da verdade, mas nenhuma palavra sai. *Monumentos.*

É isso.

— Acho que é uma ótima ideia — respondo, às pressas.

Linnea sorri e pousa a mão no meu braço por um breve instante antes de ajeitar o avental, afastando-se sem terminar a conversa. Já estou com o celular em riste, pronta para fazer a ligação. Por ora, as perguntas para Linnea vão ter que esperar.

Quando acho que a ligação vai direto para a caixa-postal, Britt atende.

— Oi, acabei de sair do ensaio. O que rolou?

— Eu sei onde está a próxima pista.

MIA

DIAS ATUAIS

Saio do carro quando Britt estaciona em frente ao Back to Me & You, o clube em homenagem à minha mãe. As paredes são cor-de-rosa e o teto é de vidro, iluminado pelo céu minguante. O lugar fica aberto do anoitecer ao amanhecer, e o estacionamento está abarrotado de carros e motos, mas todas as pessoas já estão lá dentro.

Ao ouvir a música no Horizon e ler a pista, imaginei que estava nas entrelinhas e na história, como no caso do farol. Não está bem ali, escancarado na letra.

Apenas me encontre nas letras, então / Para voltarmos a ser um só coração. E cá estamos, neste clube de vinte anos que brilha na escuridão. É um verdadeiro monumento a quem ela era, um refúgio criado por suas músicas com um ar menos turístico e superficial que o restante da cidade. Pelo menos aqui, ao contrário do pub na Main Street, não servem uma bebida chamada Tori *Rosé*.

Depois de atravessar o estacionamento, Britt e eu nos dirigimos para a entrada, que é toda decorada por canhotos de ingressos rasgados de shows de Tori Rose. Seguro a porta para Britt, e ela entra, seu cardigã vermelho se destacando no mar de gente. Entro logo em seguida, alisando as mãos sobre a saia de couro semelhante à usada por minha mãe no pôster da turnê *Regret You*, seu último álbum, apesar de não ter nada a ver com meu estilo.

A voz da minha mãe ressoa nos alto-falantes, a mesma canção que minhas avós dançaram no casamento delas dez verões atrás: "Remember Me".

Como a lembrança funciona, se permite que você me esqueça?
Como o esquecimento funciona, se pensar em você
me faz perder a cabeça?
Mas eu não trocaria essas memórias, não importa aonde eu vá,
Pois amar você foi o melhor que eu pude mostrar.

Eu passava todos os fins de semana no Back to Me & You antes de o lugar se tornar um clube noturno. Costumava atravessar a cidade de bicicleta, prostrar-me diante da entrada e perguntar a qualquer um sobre a minha mãe. Sempre recebia as mesmas respostas indiferentes: estrela, lenda, estilosa, cabelo lindo, aquela *voz*…

Espreitando por cima do ombro, Britt pergunta:

— *Vamos?*

Parece seguir os holofotes como as borboletas que tentávamos apanhar durante a infância, voando mesmo ao pousar em sua armadilha.

E mesmo assim eu a sigo.

Corpos se agitam no espaço aberto, enquanto vestidos de paetê e terninhos sob medida passam por nós. Pessoas carregam instrumentos pelo palco, que é duas vezes maior que o do Horizon e está equipado com um holofote funcional. Britt e eu encontramos uma mesa nos fundos, entre um casal afinando violões e um grupo de estudantes da faculdade local amontoados ao redor de um cardápio. Esse é meu futuro.

No próximo ano, vou parar de ziguezaguear entre o restaurante e a pousada, abandonar meu refúgio no Horizon e passar a trabalhar em tempo integral com minhas avós. Vou frequentar a faculdade local e pronto. Evito o olhar daquele grupo, atraindo a atenção de muitos moradores de Sunset Cove.

Ainda tenho tempo.

— Oi.

Britt sorri do outro lado da mesa.

— Oi — respondo, com o coração acelerado, e examino os arredores conforme a música e as risadas aumentam. — Como foi o ensaio? Está tudo bem com a banda?

A expressão dela ganha vida com a pergunta.

— Tudo ótimo. Só falta Amy e eu conseguirmos chegar a um acordo sobre a última música do setlist. Aí já vamos ter tudo definido.

— Quais são as opções?

Passei o tempo entre as poucas horas de sono de ontem à noite e a enxurrada de perguntas para fazer a Linnea vendo e revendo o último vídeo que Britt postou em seu canal. Memorizei cada palavra que ela escreveu sobre uma garota que perseguiu o sol e se apaixonou pela chuva. A música é embalada por uma melodia suave que deixei na mesinha de cabeceira dela, com um piano delicado, e os dizeres *Acordes por Mia Peters* aparecem com um coração roxo na descrição.

— "How to Say Goodbye" e "Heart-Shaped Looking Glass". Amy acha que a segunda combina com a temática de contos de fadas, mas acho que precisamos de algo diferente, para dar uma mudada.

— E qual é a opinião de Sophie?

— Ela acha que a gente deveria acrescentar um solo de piano maior nas duas — responde Britt, com uma risada. — Então ela que vai escolher.

— Concordo com você.

Minha mãe sempre fazia exatamente o que Britt sugeriu: dava o tom do álbum, mas acrescentava uma música inesperada capaz de virar o resto do álbum de cabeça para baixo e trazer uma nova perspectiva à obra. Minhas palavras seguintes saem mais silenciosas, e sinto o ímpeto de as pegar de volta assim que escapam dos meus lábios:

— Estou sempre do seu lado.

Há uma variação do seu sorriso que ela guarda só para mim. Parece um segredo sussurrado, um juramento sagrado.

— Ah, é? Queria que você pudesse votar, então.

Há uma pausa, tão pesada quanto longa, e evitamos o olhar uma da outra enquanto as palavras repousam entre nós. A verdade é que eu poderia votar. Se eu fizesse mais do que compor melodias e assistir aos ensaios, se não tivesse tanto medo, se minha presença no palco não fosse um lembrete de tudo o que se perdeu com a morte de Tori Rose.

E, ainda assim, não consigo. Será que estou me enganando ao pensar que há mesmo uma decisão a tomar? Será que já não foi tomada?

— Vou lá pegar alguma coisa para a gente beber.

Britt se afasta da mesa quando não consigo encontrar as palavras para responder.

— Claro — concordo. Giro o saleiro em formato de violão, mantendo os olhos voltados para o objeto. — Parece ótimo.

Quero que você venha junto.

Assim que os saltos dela ecoam pelo piso, ergo o olhar e a vejo se afastar com a identidade falsa entre os dedos enquanto se dirige ao balcão. Há uma quantidade suficiente de forasteiros para ela passar despercebida. Britt não bebe com frequência, só em festas ou depois de passar de ano — quando nós duas afanamos alguma bebida do esconderijo da Vovozinha e a substituímos por água —, mas, nessas ocasiões, consegue usar uma identidade falsa como ninguém. Arranjamos a nossa no verão passado.

Tiro o envelope laranja da bolsa. Tenho que encontrar a mensagem da minha mãe e o que significa para mim. Só me resta acreditar que vai me mostrar como agir sem magoar nenhuma das pessoas que são importantes para mim. Coloco o envelope na mesa, bem ao lado do sal e da pimenta.

Ao analisar a caligrafia da minha mãe, não consigo me habituar à forma como ela escrevia meu nome com tanto cuidado; quando nada mais a seu respeito era cuidadoso. Minha respiração sai entrecortada.

— O que devo fazer? — sussurro.

O envelope me encara de volta, as letras transformadas em meros borrões entre uma piscada e outra.

Uma garçonete que não reconheço se aproxima. No seu crachá, vejo os dizeres "Proprietária (ela/dela)", sem nome. A mulher se detém, equilibrando uma bandeja com copos usados e pratos vazios.

— Quer pedir alguma coisa? — pergunta.

Quando seu olhar recai no envelope, eu quase o escondo.

Tem cabelos roxos bem clarinhos, quase brancos. Sardas pontilham o nariz e as bochechas pálidas, e os olhos são infinitamente azuis. Parece ter entre quarenta e cinquenta anos, quase a mesma idade de Linnea. Sua maquiagem é impecável. Deve ter sido ela quem transformou este lugar em um clube noturno, a *dona*.

— Não, obrigada — respondo, ainda de olho no crachá preso na gola da sua camisa. — Minha amiga já foi buscar as bebidas.

Ela me encara de volta.

— Você costuma vir aqui?

— Não.

Agora não.

Mas ela não desiste. Fica ali parada, como se tentasse entender de onde me conhece. De repente, sua boca forma um "O" perfeito, a típica reação de quando as pessoas percebem quem eu sou. O olhar dela se volta para o pôster atrás de mim, e só então reparo que está ali. É a capa do álbum *Regret You*. Uma metade mostra o rosto da minha mãe, com peruca vermelha e selvagem, e a outra revela uma roseira só com espinhos.

— Você é...

A expressão nos olhos dela me atinge de imediato. Vai além do simples reconhecimento.

— Você é a filha dela, não é?

— Mia. Sou Mia Peters.

É evidente, pelo crispar em seu semblante, pelo franzir dos seus lábios, pela forma como olha para o envelope sobre a mesa, que há algo de novo que não vi antes. Britt aparece com um copo em cada mão; alterna-se entre olhar para mim, para a proprietária e para o legado da minha mãe no meio. A mulher me encara com tanta intensidade que sinto o estômago dar cambalhotas.

— O que se passa?

Britt desliza para o meu lado do nicho, colocando-se entre nós duas.

— Nada — respondo.

A proprietária se inquieta, o cabelo roxo a cair pelos ombros. Britt não acredita em mim.

— Olá — diz ela, com um tom seco que eu nunca tinha escutado antes. — Eu sou Britt.

A mulher aponta para o crachá na camisa, mesmo com a falta de nome, e assente. Depois vai embora tão subitamente quanto chegou. Quero me levantar, mas meus pés não colaboram. Quero que se mexam, que sigam atrás dela, mas só me resta olhar para a silhueta cada vez mais distante da *dona* de um clube dedicado à minha mãe. Quando estou prestes a me levantar à força, Britt desliza o copo na minha direção.

— Isso foi bem esquisito — comenta ela. — O bar estava tão lotado. O cara nem pediu para ver minha identidade. Quem era aquela?

— Não faço ideia. Ela conhece a minha mãe.

— Conhece *de verdade*? — pergunta, com o copo a meio caminho da boca.

— Acho que sim.

Havia algo na forma como a mulher olhou para o envelope. Eu o agarro com mais força.

Minha mãe deve ter me mandado aqui por algum motivo.

Não digo mais nada, e o olhar de Britt está perdido na multidão. Ainda ofegante, abro a carta e começo a ler, embalada pelas canções da minha mãe, que estão reverberando de todas as direções.

Mia,
Bem-vinda ao último lugar onde o sol se põe. Todos sabem que meu ego não precisava do estímulo adicio-

nal dessa homenagem, mas estou contente por você estar aqui. Quero que conheça alguém muito importante para mim.

Provavelmente vai encontrá-la no bar. Diga a ela que eu e a música mandamos um "oi". Ela vai conduzi-la às próximas partes da nossa história. Ela saberá o que eu quero dizer.

*Com amor,
Mamãe*

É ela. Só pode ser. Observo seu cabelo roxo, quase invisível conforme ela se afasta. Em seguida, a mulher sobe ao palco retangular diante da lanchonete, à esquerda do bar, sob a claraboia piscante e os decalques de rosas nas paredes.

— Quem quer cantar? — pergunta ela à multidão do bar com um entusiasmo surpreendente. Por um instante, acho que vai começar a cantar uma das músicas de sucesso da minha mãe. — As regras das apresentações do clube são simples. Quem for chamado deve arrastar o traseiro até o palco, e nunca vaiamos ninguém… a não ser que mereçam.

Uma onda de risos irrompe da plateia. Britt e eu nos levantamos, abrindo caminho entre a multidão para chegar ao palco. Não é possível que essa mulher não seja a pessoa mencionada na carta.

— Temos algum voluntário? — quer saber ela.

Britt levanta a mão. Ela está sempre pronta para a música.

Em seguida, vira-se para mim.

— Uma música? — pede ela, com a mão ainda erguida. — Canta comigo.

Uma música. Depois de todo esse tempo, não posso dar a ela uma mísera música?

Não canto desde aquele show.

Houve um tempo em que cantávamos juntas para as pessoas, quando esse era nosso lance e as músicas não pertenciam a mais ninguém. Tantos anos atrás, minha mãe subiu ao palco para traçar o próprio destino. Eu não deveria tentar também? Se há algum lugar seguro em Sunset Cove, é aqui, onde a homenagem não se estende apenas a seu legado. Foi para este lugar que ela me conduziu. Bem ao lado de Britt.

A mulher no palco aponta para Britt no meio da plateia, e eu agarro a mão dela, apertando-a com força. Seu sorriso ilumina meu mundo ao levantar nossas mãos entrelaçadas no ar.

Eu consigo. *Eu consigo.*

Por Britt. Por Tori Rose.

O rosto da mulher despenca quando me vê com Britt, e ela lentamente abaixa o braço apontado, mas já é tarde demais. Estamos a abrir caminho entre a multidão.

— E quem são vocês? — pergunta ela ao microfone, de forma ensaiada.

— Sou Britt Garcia.

Britt parece ganhar vida. Ela é tão linda. Tão brilhante. São nesses momentos que os deslizes acontecem, porque como é possível não querer beijar uma garota assim?

— Mia Peters — sussurro, torcendo para que seja abafado pelo barulho.

Os aplausos ecoam quando a multidão me reconhece, como sempre faz, pelo nome e pela aparência. Minha mãe era Tori Peters antes de ser Tori Rose e, pelo jeito, decidiu ir embora de Sunset Cove só para fugir dessa sua antiga versão. Com a permissão das minhas avós.

Mas esta é mais uma oportunidade de cantar com Britt antes que ela vá embora depois de uma vida inteira de melodias sussurradas e trocadas. Seis dias estão prestes a se transformar em cinco, e a dor da despedida parece um pouco menor com a promessa de uma canção.

As pessoas nos encorajam a subir no palco, e a mão de Britt ainda está entrelaçada com a minha. Eu deveria aproveitar cada momento que pudesse — e, além do mais, a dona já está lá em cima. Avanço atrás de Britt, um passo atrás, e me embrenho pela multidão que se afasta, seguindo em direção ao microfone. Cedo demais, porém, olho para trás e vejo meus próprios olhos refletidos através do retrato da minha mãe em uma janela próxima.

— Está pronta? — grita Britt em meio aos aplausos, virando o rosto sob a luz da claraboia.

As lanternas dos celulares piscam na plateia, balançando ao som de uma música inexistente, e as câmeras são levantadas. Por trás disso tudo, o retrato me encara: são os olhos azuis da minha mãe que a tudo perscrutam.

É tarde demais.

Já repeti o jogo dos sete erros tantas vezes enquanto procurava semelhanças, mas as diferenças são tantas, tão numerosas, e a confirmação está bem ali, em seu olhar corajoso.

Começo a me afastar, sem tirar os olhos do retrato, e enfim descubro quem sou, à medida que a multidão se aproxima. Este lugar é um tributo à minha mãe, a tudo que ela sempre foi. As pessoas aqui se lembram dela melhor que qualquer um desta cidade, melhor que qualquer um dos festeiros meio bêbados da formatura, dos hóspedes na pousada ou dos clientes no Horizon. Este lugar representa o legado que eu nunca conseguirei igualar.

O diário é tudo; já me mostrou parte de quem ela realmente era. Mas também sei, pelas minhas próprias intenções para este verão e por suas palavras, que *não sou ela*. Tenho os ângulos de suas feições quando os procuro, tenho suas músicas gravadas no coração, mas nunca terei o seu destino e nunca sairei desta cidade.

Então eu fujo como sempre faço. Pela primeira vez, porém, é para longe de Britt, empurrando a porta e adentrando a noite fria. Quando não há mais para onde ir, eu me sento no meio-fio, ofegante. O silêncio reina no estacionamento e, por um instante, eu me pergunto se Britt virá atrás de mim. *Por favor, não venha.* Quando olho para trás, ela já subiu ao palco e vasculha a multidão, ainda me procurando de uma forma que espero que um dia — em seis, quase cinco dias — já não faça, nem que seja para eu deixar de ser a pessoa que sempre a decepciona.

Afundo o rosto nas mãos.

Passo alguns minutos sentada na calçada fria com o envelope laranja ao lado antes que a porta se abra atrás de mim e a voz de Britt, ao som de "How to Say Goodbye", espalhe-se. Botas prateadas param ao meu lado, e meu olhar viaja para o rosto de quem as usa. A pessoa foge como um cervo sob os faróis.

— Espera! — chamo, com a voz falhada enquanto me levanto. — Espera. Por favor.

A atenção da proprietária do clube se volta na minha direção conforme ela se acomoda no banco do carro, um modelo esportivo preto que me faz pensar em funerais e despedidas.

— Por favor — repito.

É um concurso de encaradas.

Ficamos as duas paradas ali.

Eu: trêmula nos saltos altos, com regata e uma saia que agora está apertada demais, diante de outro lugar onde minha mãe foi imortalizada. Ela: dentro do carro, com respostas tão necessárias quanto o ar que respiro. Abana a cabeça antes de virar a chave na ignição, prestes a me abandonar no meio do estacionamento, ainda trêmula e com a sensação de que vou botar para fora tudo o que tenho no estômago.

— Espera — peço a ninguém quando ela arranca para a estrada sob luzes vermelhas e o céu crepuscular.

O vento fustiga minha pele, e as chaves no cordão congelam meu pescoço. Não posso voltar; não posso sair; não posso ficar.

Não posso fazer nada.

E, já que não me resta nada, tiro o cordão, pego a chave misteriosa e contorno a lateral do edifício. Arranco os saltos altos, com os pés latejando, e tomo cuidado para não pisar nos cacos de vidro, todos espalhados pelo chão em estilhaços multicoloridos. Há cinco portas, e eu testo a chave misteriosa em todas elas, como às vezes faço. Aqui, a música finalmente se calou, e por isso estou em paz.

A chave nem sequer entra na primeira fechadura, como eu já imaginava. Nunca entra, mas eu insisto. Preciso clarear as ideias, recuperar o controle. A segunda encaixa, mas não gira. A terceira e a quarta são iguais, e a respiração fica um pouco mais fácil, um pouco mais lenta. Mais uma. Respiro fundo.

Na quinta porta, algo acontece. Por um momento, acho que estou apenas abalada pela música, pela saudade, mas a chave se encaixa na fechadura, gira e me deixa entrar.

MIA

DIAS ATUAIS

Depois de meses testando a chave daquela casa abandonada em todas as portas desconhecidas que encontro, ela me permite entrar em um depósito. Luzinhas rosadas cintilantes revestem o teto, tão próximas umas das outras que praticamente formam uma laje, e uma iluminação tênue realça os objetos do cômodo.

Tomada pelo frio, uso um engradado de cerveja vazio para manter a porta aberta.

Caixas, discos, CDs e instrumentos decrépitos aglomeram-se pelo chão, não muito diferente da ala oeste da pousada. As paredes estão cobertas de pôsteres da Fate's Travelers, a antiga banda da minha mãe, composta de cinco membros: uma pianista com tranças de ébano e pele escura; a artista prodígio Sara Ellis; uma guitarrista de cabelo roxo bem clarinho...

Edie Davis.

Então era *ela*. A dona do clube. Por trás dos pés de galinha e das olheiras fundas, foi difícil perceber. Eu deveria ter visto as pistas em suas feições envelhecidas e, no entanto, concentrei minhas buscas apenas em Tori Rose.

Mas o que Edie Davis veio fazer em Sunset Cove? Ela não nasceu aqui, nunca viveu aqui. A única ligação que supostamente tem com nossa cidade é sua antiga parceria, talvez até amizade, com a minha mãe.

Volto a analisar os pôsteres, observando os outros integrantes: um baterista com pele cor de oliva e cabelos pretos como a noite, Mateo Ramirez; um rapaz bronzeado com cachos castanhos que lhe caem até os ombros, Patrick Rose, do diário; e, por fim, a minha mãe. Está de costas para Sara, de braços cruzados e olhar risonho.

Do outro lado do cômodo, há retratos casuais. Vejo Polaroids dela de mãos dadas com uma silhueta desfocada, e as fotografias formam uma colagem como aquela escondida no farol. Logo abaixo há um verso de "Remember Me". Avanço um passo, tropeçando em outra caixa, e meus olhos recaem no último pôster, pregado na parede à minha frente.

Está emoldurado com um disco de ouro na parte inferior. A imagem mostra minha mãe com o cabelo jogado para a frente, o vestido de paetê rodopiando ao redor das pernas e o microfone em riste, como se pedisse ao público para cantar junto. Fiz isso uma vez, sozinha no meu quarto, fingindo ser ela em frente ao espelho.

O pôster diz: *Tori Rose, 2006, Turnê Regret You.*

A última turnê, aquela da qual ela nunca voltou. Dou mais um passo em direção à parede e alcanço o retrato.

— Mia? — A voz de Britt está perto, fora do palco. — Mia? O que foi isso? Cadê você? Por que é que...

Ela perde o fio da meada. Bem na hora, a porta se abre e eu a vejo entrar.

— Mas que raios é... — continua a dizer.

O olhar dela não está voltado para mim. Britt analisa o ambiente, meneando a cabeça enquanto sua mão encontra a minha. De vez em quando, seus dedos tocam melodias distraídas na minha pele e esta noite tamborilam "Remember Me", uma espécie de conforto silencioso.

— Acho que preciso encarar o que essa semana realmente significa — declara Britt, por fim. *Um adeus* é o esclarecimento que ela não acrescenta, e eu engulo em seco.

Parece que ela está desistindo de mim. Finalmente.

— As pessoas *sabem* o seu nome, Mia — retoma ela. — E, caramba, eu quero isso. Quero tanto. Todo mundo quer te ouvir cantar antes mesmo de você abrir a boca. Mas a música não foi feita para quem tem medo.

Respiro fundo e a encaro, depois seguro sua outra mão.

— Você tem razão. Sinto muito por não ter conseguido te dar uma música. Eu... eu queria.

Não consigo dizer mais nada depois da confissão, por isso agarro seus dedos o máximo que posso antes de termos que nos soltar.

Com delicadeza, ela levanta a chave em volta do meu pescoço, e o metal reflete a luz.

— Você encontrou a porta.

— A chave funcionou.

— Bem que eu imaginei. Mas será que...

— O quê?

Ela se desvencilha de mim e dá a volta, batendo o dedo no cantinho do pôster. A unha ligeiramente roída cutuca a moldura, e eu observo o lugar indicado. Ali, atrás do vidro, há um maço de páginas do diário.

Avançamos em direção a elas, tirando o pôster da parede. Juntas, abrimos os fechos da parte de trás da moldura, levantamos o retrato e desenterramos os papéis enfiados por baixo.

TORI

1989

O PRIMEIRO DIA DO RESTO DA MINHA VIDA COMEÇOU COM UMA canção. De minha autoria, claro. No banco do passageiro do carro de David, deixei meus dedos dedilharem o violão conforme a noite dava lugar à madrugada. Encontrei melodias ávidas por serem ouvidas quando entrávamos no lugar onde os sonhos *de fato* se tornavam realidade.

Inclinei-me o máximo possível para a frente, com o violão no colo, e senti a conexão com o lugar se alojar nos meus ossos. Era como se chamasse por mim.

Era uma megalópole disfarçada de cidade pequena: cheia de luzes e letreiros neon. As ruas eram mais calmas do que eu imaginava, mas emanavam uma energia que Sunset Cove nunca seria capaz de igualar. Pessoas com instrumentos musicais variados saíam das lojas e atravessavam as ruas. No escuro, brilhavam. Com ambição. Com expectativa. Com música. As placas ao longo da estrada cintilavam. Um arco-íris de imagens e sons.

Alguém acenou para mim, e eu abaixei a janela para acenar de volta, o que arrancou um sorriso de David. O distrito Music Row reluzia ao luar. O Centennial Park brilhava sob as luzes da rua. Avançamos como se tentássemos descobrir todos os segredos da cidade antes de sequer cogitarmos parar em um hotel. Aquele lugar fervilhava de *oportunidades*.

E eu estava determinada a aproveitar todas elas.

— É tudo o que você sempre imaginou?

Havia uma nota incomum no tom de David que não consegui identificar.

— É.

O nascer do sol tingiu o céu. Tínhamos acabado de estacionar quando a calmaria do amanhecer quase nos fez cair no sono. Encontramos uma biboca decadente a cerca de vinte minutos de East Nashville — a música e a arte transbordavam por lá.

Patrick nos encontrou na calçada. O brilho no seu olhar deixava claro que ele sentia o mesmo que eu ao caminhar por aquelas ruas. As músicas irradiavam dele, e eu o puxei pela mão, conduzindo-o adiante. Enquanto David abria a porta do hotel, nós dois entramos juntos no sonho de que Patrick tanto falava.

Apesar de decrépita, era a hospedagem mais barata que tínhamos conseguido encontrar. As paredes do saguão estavam cobertas de rachaduras, com carpetes manchados e uma mesa velha que ocupava quase todo o espaço disponível. De alguma forma, era perfeito.

Havia um homem com colete risca de giz sentado atrás do balcão, ocupado em folhear um livro. Não consegui ver a capa.

— Posso ajudar? — perguntou ele conforme nos aproximávamos.

As rodinhas das bagagens rangiam atrás de nós. Assim como no Horizon, estrelas revestiam as paredes. Mas ali era diferente. Ali significavam alguma coisa.

— Gostaríamos de fazer o check-in.

Tomei a dianteira, vasculhando minha mala cor-de-rosa. Captei o olhar de David e acrescentei:

— É mais barato se dividirmos o quarto?

Ele encolheu os ombros.

— Provavelmente.

— É mais barato — avisou o homem, sem tirar os olhos da página que estava lendo.

Patrick se alternou entre olhar para nós dois enquanto pagava por seu próprio quarto.

Troquei minhas economias pela liberdade e por uma chave de hotel prateada.

— Querem apostar corrida até lá?

Sorri para David e Patrick, e, sem esperar uma resposta, disparei por entre as paredes lisas e os lustres falsos de cristal. O hotel tinha apenas dois andares, e o elevador ostentava uma placa de "fora de serviço" que parecia mais um acessório permanente que um aviso temporário. Por isso, fomos pelas escadas, e eu ri enquanto tropeçávamos degrau acima.

No segundo andar, passamos os dedos pelos números prateados nas portas, procurando os correspondentes a nossas chaves. E então lá estavam eles: quartos 4B e 7B, bem de frente um para o outro. Pousei a mão sobre a maçaneta do primeiro.

— Vamos procurar alguma coisa para comer depois de guardar as malas? — perguntei a Patrick.

Ele assentiu com a cabeça, lançando-me um sorriso rápido antes de desaparecer porta adentro. David e eu entramos nos nossos aposentos. Era um quartinho todo bege, com cômoda, uma janela que dava para a sacada de ferro frágil, uma tapeçaria de margarida na parede e uma cama.

— Chegamos — anunciou David.

Seu cabelo louro estava despenteado. Os olhos verdes brilhavam.

— *Chegamos*.

Afundei na cama, na direção voltada para a janela.

— Eu fico com este lado — avisei.

O rosto dele ficou vermelho feito pimentão, e eu revirei os olhos. Já tínhamos dividido uma cama antes, além do saco de dormir no acampamento de verão, quando os outros moleques encheram a cabana dele de formigas. Poucos dias antes, naquela mesma semana, eu tinha acordado com a cabeça no ombro dele. Mas, de certa forma, entendi. Aquilo era diferente. Nashville era um lugar cheio de possibilidades.

Levantei-me de um salto.

Desfizemos um pouco as malas enquanto eu cantarolava e ele sorria. Havia uma natureza abrangente em nossos movimentos à medida que arrumávamos as coisas, mas não consegui ficar sentada ou parada. Larguei a mala pela metade e fui até a janela. Depois de abrir a vidraça, passei a perna pelo peitoril e saí para o ar noturno, respirando fundo. A sacada bambeava aos meus pés enquanto eu admirava Nashville e as constelações que a coroavam. Apoiei o corpo na grade e contemplei as luzes brilhantes da Cidade da Música.

Com um rangido, David se juntou a mim. As pontas dos seus dedos roçaram minha lombar enquanto eu tentava manter o equilíbrio. A bainha da sua camiseta vermelha tremulava ao sabor da brisa.

— Obrigada — sussurrei, sem olhar para ele.

— Pelo quê?

— Por ter me trazido aos meus sonhos.

Por um segundo, David apenas permaneceu ali, sem saber o que dizer. Os lábios se curvaram ligeiramente, e ele virou o rosto antes de voltar a encontrar meus olhos.

— Claro, não tem de quê — respondeu.

— O que você pretende fazer aqui?

— Escrever uma peça de teatro.

— Sério? Caramba, David, isso é incrível. Sobre o quê?

Ele deu uma piscadela.

— Um dia eu te conto.

E ficou por isso mesmo. Com um pequeno sorriso, voltei para a janela, que ele tinha escorado com o sapato; nem reparei no seu pé descalço.

— Tenho que ligar para minhas mães.

— Diga que eu mandei um "oi".

David voltou a observar a cidade, com os braços apoiados na grade da sacada.

Já dentro do quarto, peguei o telefone, disquei o número e ouvi chamar. Enquanto esperava, forcei-me a desviar os olhos da poeira estelar que rodeava a silhueta de David.

— Mamãe? Mãezinha? — sussurrei, encostando o fone ao ouvido. Uma onda de frio se instalou na minha barriga, e eu a recebi de bom grado. — Eu *cheguei*.

David ficou na sacada observando a cidade por muito mais tempo do que minha paciência aguentava, por isso atravessei o corredor com meus chinelos de unicórnio, blusa e calça jeans para bater à porta de Patrick Rose.

Ele a abriu depois da primeira batida e encostou o corpo no batente.

— Olá, Tori Rose.

Quando afastou os cabelos soltos do rosto, tive vontade de entrelaçar os dedos nos seus cachos.

— Olá, Patrick Rose — respondi, já entrando.

Se não fosse por David e sua surpreendente capacidade de organização, meu quarto de hotel provavelmente teria aquele mesmo aspecto. Violão acomodado em segurança na sua própria poltrona. Roupas jogadas por todo lado. Sapatos esparramados pelo chão.

Patrick chutou um par de meias para longe, um pouco envergonhado.

— Não repara na bagunça.

Sentei-me ao lado de Cash na poltrona verde puída, traçando um pequeno amassado na madeira vermelha do violão, que de resto era imaculada.

— Para a sua sorte, eu floresço no caos.

— Sorte a minha mesmo — respondeu ele, apoiando-se na parede. — Então, o que a traz aqui?

— Quero descobrir o que vem agora.

Eu queria começar a realizar os nossos sonhos.

— Ãh... — Patrick se remexeu no lugar. — Antes de tudo... você e David... estão juntos?

Ele olhou para a porta como se pudesse ver o nosso quarto através dela. Não era a minha intenção.

— Não.

— Ah, achei que...

Neguei com a cabeça e sorri.

— Achou errado.

Houve uma época em que quase ficamos juntos, naquele dia em que David me beijou, mas eu deixei claro que tinha sido um erro, que não podíamos repetir se eu quisesse manter meu coração livre para explorar o mundo. David era o amor de Tori Peters. Era o menino de ouro de Sunset Cove. Ele era uma parte do meu passado. Antes de o nome artístico se tornar minha identidade e a música se transformar na única alma gêmea capaz de me manter. Melhor amigo ou não, David ainda era a única coisa que me ligava àquela cidade. Eu o queria ao meu lado, mas não *nesse* sentido.

O rapaz enviado pelo destino com a tatuagem de rosa não parecia muito convencido, mas tentava agir como tal.

Dei mais um passo à frente, mais perto do que nunca. Inclinei o rosto e disse:

— Não há nada ali. Não com ele. E você, rapaz misterioso? Tem alguém à sua espera em casa?

Ele negou com a cabeça e só tinha olhos para mim.

— Não — respondeu, um sussurro ofegante.

Voltei a perguntar:

— O que vem agora?

O olhar de Patrick recaiu sobre meus lábios, e aquele sorriso travesso dele voltou com força total.

A Cidade da Música sabia como festejar, e eu achava que também sabia. Era a alegria de todas as festas em Sunset Cove. Dançava em cima das mesas. Bebia tudo o que via pela frente. Beijava estranhos. Flertava com garotas entre um gole e outro. Piscava para os rapazes antes de sumir de vista. Enchia a cara de vida e de qualquer outra coisa. Mas *aquilo*. Aquilo ali estava em outro patamar.

Música country dominava o porão de um clube artístico perto de Music Row, transbordando de vida e de pessoas. Violões apoiados no colo. Casais enroscados nos cantos e no bar. Holofotes iluminavam o ambiente, e eu brilhava debaixo deles, igual a todo mundo ali.

David ficou perto da porta, tendo encontrado um canto sossegado para se acomodar de uma forma atipicamente contida.

— Está tudo bem? — murmurei.

Ele assentiu com a cabeça e fez um sinal de positivo. Quando tirou um bloquinho do bolso, eu o deixei em paz.

Não demorou muito para Patrick e eu nos misturarmos ao resto da multidão. Eu mal o conhecia, mas isso fazia parte do charme. Fazia parte da magia de como nos fundíamos nas melodias um do outro.

Acabamos nos entrosando com um grupo da nossa idade lá nos fundos, todos extasiados ao falar sobre como a música os havia conquistado.

Edie Davis. Uma garota pálida, de cabelo roxo, com jaqueta de couro, encostada em um sofá manchado de uísque. Contava sobre sua primeira banda de rock, sobre ter beijado uma garota depois da missa, o que a motivou a tocar canções de amor.

Sara Ellis. Uma garota negra com tranças sobre os ombros e óculos escuros cujas lentes refletiam os holofotes a cada gole de bebida. Era uma pianista prodígio convertida ao country pelas histórias que contava.

Mateo Ramirez. Um rapaz de pele cor de oliva, com um chapéu de festa torto na cabeça, criado na Cidade da Música com as melodias sempre nas veias. Dividia a cadeira com Sara, que estava com as pernas estendidas sobre o colo dele enquanto equilibrava o copo no joelho. Durante a conversa, ele batia as duas baquetas, a que chamava de Dungeons & Dragons, na mesinha lateral.

Sara voltou a atenção para nós quando nos aproximamos. Não disse oi. Não quis saber nossos nomes. Apenas perguntou:

— Como foram capturados pela música?

Ninguém sabe muito bem como aconteceu, mas, naquela festa, entre bebidas e conversas, uma banda se formou. Sara, Mateo, Edie, Patrick e eu. Decidimos nos chamar de Fate's Travelers, viajantes do destino. Ensaiamos no salão de eventos vazio do meu hotel. Tocamos milhares de canções. Aprendemos a construir os ritmos dos corações uns dos outros.

Mas nos faltava algo importante.

À meia-noite, debruçadas sobre algumas partituras enquanto Sara tocava piano, ela e eu enfim descobrimos o que era.

FAIXA 4

"CHASING SUNSETS"

Do segundo álbum de Tori Rose, lançado em 1992,
Bittersweet Beginnings

MIA

DIAS ATUAIS

O *PRIMEIRO DIA DO RESTO DA MINHA VIDA COMEÇOU COM UMA CANÇÃO.* Estou esparramada no sofá da sala da família Garcia, tão à vontade em seu chalezinho roxo, quase tão perto do mar quanto possível, quanto me sinto na minha própria casa. Talvez mais. Por mais que a culpa me invada quando penso essas coisas, a casa dessa família parece cheia, feliz, *completa*. O frescor da maresia paira no ar, atravessando as portas de vidro, misturando-se com tinta acrílica e uma pitada de perfume.

Britt sempre me disse que a sede de viajar é uma característica hereditária, que ela nasceu com os olhos voltados para o horizonte, em busca de algo além, de uma coisa grandiosa. Até os retratos nas paredes mostram isso, realçando aquela expressão perpétua em seu olhar.

Enquanto ela encontra ritmos ao piano, senhore e senhora Garcia circulam pela cozinha, com a louça tilintando ao som da própria melodia, e nos olham de relance, sorrindo.

De repente, eu me viro de lado, repousando a cabeça na dobra do braço, e observo como Britt se senta, com as costas retas e os braços relaxados, enchendo o ambiente de música. Logo atrás, quadros emoldurados se estendem como se ela tivesse sua própria versão das lendas nas paredes do Horizon. Há pinturas a óleo semelhantes às que a mãe de Britt expõe em sua galeria, além de fotografias da família: Britt e os primos na Feria de Cali, sua primeira bicicleta, seu primeiro show, até uma de nós duas, quando éramos pequenas, sentadas com um ukulelê no quarto dela. Britt cresce a cada retrato.

— Britt?

Sai tão baixinho que nem sei se ela escuta. Mas escutou, sim.

— Oi, Mi?

Seu cardigã cintila na luz fraca do lustre, e minha saia preta engole qualquer brilho lançado na minha direção, qualquer holofote voltado para mim. Como um presságio, como um daqueles sinais de que minha mãe tanto fala no diário.

Na cornija da lareira, há um retrato da família Garcia, a risada eternizada naquele momento.

— Como se sente em relação a Nashville?

Não é sempre que a pego de surpresa, pois já estamos tão sintonizadas a essa altura, mas ela me encara com espanto.

— O quê?

A dança que vínhamos fazendo para fugir do assunto é interrompida, mas eu preciso saber se ela está bem.

— Nashville, o lugar, tentar para valer. Ir embora. Quer conversar sobre isso?

Os olhos dela se desviam das teclas do piano para mim.

— Se eu quero conversar sobre isso? Mia, tenho feito de tudo para evitar esse assunto.

Mordo o lábio, odiando o fato de a ter feito se sentir assim.

— Pensei que talvez, quando você se tornar uma estrela, eu pudesse assistir aos seus shows. Torcer por você.

A música pode não ser para mim, e posso não pertencer a ela, mas talvez isso não precise ser eterno. Meu pai, quem quer que seja, ainda comparecia aos shows da minha mãe, ajudando-a a respirar fundo nos bastidores, vendo-a brilhar. Não sei se consigo aguentar outro adeus definitivo.

Um sorriso triste desliza pelas feições de Britt.

— Você é a primeira pessoa com quem eu quero celebrar.

A primeira pessoa.

— Mas não precisa ser assim — continua a dizer, desviando o olhar. — Não quero que se sinta tão magoada só para me ver, para me prestigiar.

— Eu sempre quero te ver.

É o mais perto da verdade a que já cheguei. Imagino como seria ver Britt todos os dias, viajar com ela.

De repente, vêm os holofotes, o nome de Tori Rose nos gritos da plateia. Mais uma vez, não sou parecida o *bastante* com ela, apesar de ser parecida *demais*, um lembrete constante a todos. Um lembrete constante a mim mesma.

O olhar de Britt segue o céu além da janela ao dizer:

— Acho que estou nervosa. É uma experiência nova, e olha só como sua mãe a descreveu.

— Um salto de Sunset Cove.

Endireito o corpo no sofá, apoiando os braços nos joelhos.

— O maior de todos — sussurra ela. — É para onde eu quero ir. É o que quero fazer. Mas estou nervosa e cansada das expectativas que existem aqui, das que vão surgir lá. Estou cansada de as pessoas acharem que devem ser louvadas por cumprirem o que acreditam ser uma cota limitada de diversidade ou coisas do gênero. Quando eu chegar a Nashville, só quero cantar.

Britt respira fundo, e eu me levanto e avanço pela sala até me acomodar ao seu lado. Seu braço resvala no meu, e seus dedos traçam um dó sustenido.

Dou uma cutucadinha nela, depois a encaro e digo:

— Cante aqui. Agora. O que você quiser.

Há um breve silêncio quando o tracejar das suas unhas ao longo das teclas para e seus ombros relaxam com o pedido da música. Ela fecha os olhos, e eu escuto antes de ver os movimentos de seus dedos — a canção que eles criam nessa jornada. Eu a reconheço logo de cara.

"Loveless Stars."

Prendo a respiração ao ouvir essa canção de despedida verter da ponta dos dedos dela. A voz de Britt sai baixa, hipnotizante, suave ao meu ouvido.

Algo em você me chama, clamando para eu partir,
Mas sabíamos, desde sempre, que eu nunca estive aqui.
Avisei que meu coração há muito se aposentou,
Seguiu seu próprio caminho e nunca em nós se firmou.
As memórias se desfazem, e logo vêm as despedidas
Somos duas garotas com o mesmo coração e mil feridas.

Sua voz fica embargada ao cantar sobre o coração partido, e sou cativada pelo tom, pela maneira como cada palavra se prolonga.

Nas sombras dessa mágoa, me reencontro enfim,
Nunca pedirei desculpas por não poder amar assim.
E, quando o brilho dessas estrelas sem amor cessar,
Quando a traição no céu transparecer,
Saiba que um adeus rápido é o melhor que pode ter.

Quando o brilho das estrelas sem amor cessar
E enfim chegar a nossa vez de voar,
Saiba que as constelações não duram além do olhar.
Por entre supernovas, luzes perdidas e caminhos brilhantes,
Elas sussurram as verdades, poetas até seus últimos instantes.

A segunda estrofe começa, e eu a ouço derramar o coração na música, dominando o momento.

Quando pergunta por quê, quando implora para que eu não vá,
Vou te dizer: é melhor assim, deixar tudo como está.
Melhor sem beijos à meia-noite que nunca chegam ao alvorecer,
Melhor sem conversas noturnas que nem veem o sol nascer,
Melhor sem corações escancarados, já que o meu vive cativo,
Melhor sem verdades nuas; nas mentiras temos abrigo.

A voz de Britt se intensifica quando a música pede, e cada nota soprada dos seus lábios fica suspensa no tempo e no pouco espaço que existe entre nós. Ela conduz a canção até o fim. O piano silencia, o canto para, e ela fica sem fôlego a olhar para as teclas. Ficamos as duas sem fôlego enquanto eu a observo com atenção.

Britt se afasta do piano, o banco arrastado pelo chão com o movimento. É impossível resistir àquela força, à gravidade *dela*.

Nas aulas de ciências do Ensino Médio, aprendemos que as estrelas quase nunca existem sozinhas. A maioria tem ao menos pares, estrelas binárias que rodeiam umas às outras a cada movimento. É assim com Britt e a música, aqui e agora, mas acho que, por um momento brilhante, nós duas também éramos assim. Embora esse momento tenha chegado ao fim, isso não me impede de despejar todos os meus desejos nela. Não me impede de a ver aqui e acreditar que só tive sentimentos por ela. Não sei como ter necessidade de outra pessoa que vai embora, e, apesar de me esforçar tanto para poupar meu coração, parece impossível não ser atraída para perto quando ela canta assim.

— Posso perguntar uma coisa?

Sua respiração está ofegante ao se aproximar, pousando as mãos nos meus ombros.

Inclino o queixo para cima, e estamos protegidas pelas cortinas dos nossos cabelos, ao menos esta noite, no banco do piano da sua sala de estar.

— Qualquer coisa.

Só não me peça para ir outra vez. Não me peça a música. Não me obrigue a te decepcionar.

— O que você quer encontrar na caça ao tesouro da sua mãe?

Ela se agacha para ficarmos na mesma altura, e como é possível querer e *não* querer beijá-la tanto assim?

Fecho os olhos e respondo com sinceridade:

— Eu quero um sinal.

Britt se afasta, mas a intensidade do seu olhar não diminui. Está com a mesma expressão de quando me obrigava a acordar para repassar a matéria antes das provas e depois me acertava com o travesseiro que eu lhe atirara na cara até me fazer ceder. Ela olha para mim como sempre faz, como se não quisesse se afastar.

— Tudo bem — concorda e acena lentamente com a cabeça. — Então vamos atrás dele.

Deixo um bilhete com os acordes na mesinha de cabeceira de Britt e, pela primeira vez, não fujo pela janela. A banda está prestes a chegar para o ensaio matinal, por isso apenas visto a jaqueta jeans por cima do pijama. Dou uma última espiada em Britt, aninhada no travesseiro com os lábios ligeiramente entreabertos, e então desço as escadas.

Chego ao último degrau, onde se vê o vasinho de lavanda no aparador do hall, e sorrio para a sra. Garcia, que está sentada à bancada com uma tela, sempre a primeira a acordar. Faz mais ou menos um ano que começou a trabalhar nas próprias pinturas para expor na galeria, e elas se provaram um sucesso de vendas.

— *Hola, señora* Garcia — digo, ainda sorrindo.

Estudei espanhol durante anos, uma tentativa de entender as letras das músicas bilíngues de Britt, de aprender cada melodia sussurrada por seus lábios entre beijos e conversas. Mas essa não era a única razão. Naquela época, eu nos imaginava juntas por mais tempo, para sempre, antes de parar de acreditar nisso. Antes de perceber que o amor era uma coisa para a qual eu não levava muito jeito. Naqueles dias, eu imaginava como seria me casar com ela, quando éramos pequenas o suficiente para brincar de casinha e construir um lar de faz de conta. Antes de nos tornarmos o que somos agora, seja lá o que for, antes de eu sequer tê-la beijado. Houve uma época em que eu imaginava como seria fazer parte desta família, como seria fazer uma refeição sem ter a mágoa como prato principal.

A família de Britt sempre me acolheu. Agora que ela vai embora, porém, não sei com que frequência vamos nos encontrar.

Cinco dias.

— *Hola*, Mia.

A sra. Garcia sorri de volta e me deixa ver a pintura — um parque de diversões noturno com uma garota no topo de uma roda-gigante. Britt sempre aparece nos quadros da mãe, e eu gostaria de ter algo assim. Gostaria que minha mãe estivesse aqui. Queria saber se, quando ela cantava, alguma vez pensou em mim.

Ela está aqui. Tenho os envelopes. Tenho esse pedacinho dela. Tenho cinco dias. Só preciso encontrar as respostas e enfim terei minha mãe comigo.

Agora, só há um lugar para onde devo ir.

MIA

DIAS ATUAIS

Em Sunset Cove, existe a regra tácita de que ninguém retorna ao Back to Me & You antes de o sol se pôr. E, ainda assim, eu me acomodo no meio-fio como costumava fazer, e o edifício cor-de-rosa atrás de mim perdeu um pouco do seu mistério a esta altura, mas nada do seu encanto.

Releio a letra no envelope amarelo enquanto espero.

Eu lhe ergueria um altar, mesmo quando você se for,
Construiria um castelo para mostrar, mostrar todo o meu amor.
Sussurraria doces nadas ao crepúsculo e à aurora,
Tudo para trazer o amor que você levou embora

Mas, em vez disso, volto ao início, onde tudo começou,
Refaço a trilha das memórias, a mão que não segurou.
Eu me desfaço, me refaço e no fim encontro a razão,
Mas tudo o que quero é o doce começo, a primeira emoção.

Britt está no ensaio com a banda agora, divertindo-se. É a primeira vez, em mais de três anos, que perco o ensaio das Lost Girls. É a primeira vez que não estou sentada em um canto, ocupada em escrever novas partituras para acompanhar as letras. Em vez disso, estou no meio do estacionamento, fitando o nada. De repente, um carro esportivo preto aparece.

Bom, Britt disse para arranjarmos um sinal, então cá estou eu.

A motorista desce do carro, afasta o cabelo roxo do rosto e coloca os óculos escuros estilo gatinho antes de caminhar em direção ao edifício. Lugares tão descolados como esse sempre precisam de tempo para conceber suas melhores ilusões, e pelo jeito Edie vai botar as mãos na massa.

Fico de pé e, quando ela me vê, o sorriso morre em seus lábios. Mesmo assim, ela se encaminha na minha direção, lançando-me um olhar distante antes de abrir a porta, passando por sacos de lixo e garrafas vazias.

— Olá — digo à mulher que pertenceu ao passado da minha mãe.

— O que você quer?

O tom dela é frio, mas há algo além, tal como vi no seu olhar na noite anterior. Ela chuta um saco de lixo para fora do caminho.

Decido ir direto ao ponto:

— Você conhecia a minha mãe.

Estou farta de ceder, de me afundar em dúvidas sem nunca saber a verdade, de juntar os retalhos de Tori Rose nos bastidores. Ela merece mais que isso. E eu preciso dessas histórias. Agora mesmo.

O silêncio de Edie é uma resposta por si só.

Ela mexe nas chaves, inquieta.

— Não posso discutir esse assunto com você.

— Mas você estava na banda dela. Era a guitarrista principal — rebato, enquanto ela estuda seu reflexo nas portas de vidro em vez de olhar para mim.

Agarro o envelope com mais força e dou um passo à frente.

— Minha mãe me deixou uma caça ao tesouro para descobrir mais sobre a vida dela. Sei que você está ciente disso. Ela queria que eu te conhecesse.

Ela é a primeira pessoa, além de Britt, a quem eu conto sobre a caça ao tesouro, e a pressão diminui ao ser compartilhada.

Edie se vira para mim, a agonia evidente no franzir dos seus lábios.

— Bem que me perguntei se era por isso que você estava aqui.

— É por isso que eu estava aqui ontem à noite também.

Outro período de silêncio.

Eu o quebro, porque ela não o faz.

— Por que veio falar comigo, então? Por acaso pretendia apenas dizer que eu era parecida com ela, ferrar com a minha cabeça e dar no pé? — As perguntas são feitas em voz baixa.

— Eu nunca disse isso abertamente — responde ela, desviando o olhar.

— Mas reconheceu que eu era filha dela.

Agora, Edie volta a me encarar.

— Menina, esta cidade inteira sabe que você é filha dela. É isso que você é, quem você é.

Faço careta, mais uma vez retornando ao meu eco. É tudo o que eu quero ser e tudo o que tenho medo de me tornar.

— Por que nunca te vi por aqui antes?

— Porque fiz questão que não visse.

— Por quê?

Ela se encosta na parede rosada, cruzando os braços. Parece jovem, como se nunca tivesse chegado à sua idade. Há algo na sua postura, um efeito colateral da música, que me diz que ela continua a ser aquela guitarrista em ascensão, seja lá quantos anos tenham passado.

Também me apoio à parede, tentando parecer tão solene e convincente quanto ela. O que Tori Rose faria nessa situação? As duas estavam na mesma banda. Minha mãe devia saber como falar com Edie. Mas não consigo encontrar as palavras certas, nunca consigo, por isso lhe entrego a letra da música. Estico o braço, passando o envelope amarelo para Edie, com as mãos trêmulas.

As sobrancelhas dela franzem antes de me devolver o envelope sem pensar duas vezes.

— Não tenho como ajudar.

— Mas você faz parte dessa história — argumento, enquanto ela se encaminha para a porta. — Por favor. Preciso conhecer minha mãe. Preciso descobrir até onde isso vai.

As lágrimas ameaçam vir à tona, e todos que amo me deixaram ou foram deixados para trás. Todos que conheço encontraram algo a mais.

Edie se detém na soleira, com a mão no vidro, a chave na fechadura. Empurra a porta, sem afastar os olhos dos meus. Parece estar prestes a dizer alguma coisa, como Vovó e Vovozinha tantas vezes fazem quando estão prestes a revelar algo sobre minha mãe, mas ela apenas fecha a porta, desaparecendo no clube em homenagem a Tori Rose.

Vovozinha está no meu quarto, sentada de pernas cruzadas sobre a coberta, à minha espera. Ao contrário de Edie, a proximidade com a música a envelheceu. Ainda tem sardas nas linhas de expressão e um olhar travesso por trás, o mesmo de minha mãe nas fotografias que sobraram. Mas a expressão da minha avó foi suavizada e desgastada pela dor, enquanto a de Tori Rose permanecerá livre para sempre.

— Oi. — Ajeito a bolsa, deixando o diário afundar ainda mais lá dentro. — Está tudo bem?

Será que ela vai perguntar? Será que ela quer saber o que a filha me deixou?

Mas minha avó se limita a perguntar:

— Como foi a festa do pijama?

— Foi boa.

— Como é que a Britt está?

E dá um tapinha ao lado dela na cama.

Atiro a bolsa para cima da cadeira e me acomodo no colchão, com as pernas dobradas sob o corpo.

— Está bem. Feliz. Vai embora em breve.

Ela já sabe, graças aos jantares em família.

Com delicadeza, a mão de Vovozinha acaricia minhas costas, traçando pequenos círculos na minha coluna.

— Sinto muito, meu bem. Eu sei o quanto ela é importante para você.

A culpa me sufoca, sentada aqui com ela, mas ainda não posso mostrar o diário às minhas avós, não até deixarem claro que querem saber. Não posso dizer a elas o quanto me dói ver todo mundo encontrar algo com que sonhar, *encontrar a si mesmo*. O quanto me dói ver que minha mãe também encontrou.

— É, mas ainda tenho vocês duas — respondo e sou extremamente grata por saber que é verdade. — Está tudo bem. Sério. Eu sabia que ela iria embora um dia.

A mão dela interrompe o movimento, e o pânico se apodera de mim.

— Como está se sentindo em relação à faculdade?

Um véu recobre meu coração.

— Ah é, a faculdade. Igual à escola.

Lembro-me da cara das duas quando contei meus planos para depois do Ensino Médio — faculdade comunitária, pousada — e como elas ficaram aliviadas. Ela ri baixinho, dá-me um beijo na testa e afasta alguns fios de cabelo teimosos do meu rosto. Percebo que sua blusa está amarrotada e tenho certeza de que nas próximas semanas a verei passando ferro em todas as roupas da casa, como sempre faz quando fica inquieta.

— Você tem um futuro brilhante pela frente, Mia Peters.

Eu não tenho futuro nenhum.

— Obrigada, Vovozinha.

Depois de se levantar, ela caminha em direção à porta. Para ali por um instante e me lança um olhar.

— Vamos almoçar daqui a uns vinte minutos. Nossa especialidade.

— Vão pedir pizza?

— Acertou na mosca.

Assim que ela vai embora, volto a afundar na cama, cruzando as mãos sobre a barriga enquanto encaro o teto. Ao meu lado, na mesa de cabeceira, vejo uma fotografia que me chama a atenção.

Está em uma moldura prateada, entre post-its rabiscados com acordes e letras que Britt deixou. É uma foto de nós duas na formatura, que minhas avós devem ter tirado quando não estávamos olhando, depois emolduraram e colocaram aqui. Isso foi antes de Jess me encontrar, antes de eu terminar com ele, quando estávamos nos preparando para subir no palco. Apesar do pânico que me dominou naquele dia, no retrato estamos rindo, com os capelos de formatura tortos e as mãos entrelaçadas.

Estamos rindo e eu olho para Britt de uma forma que nem sabia que era capaz de fazer. É a primeira vez que me vejo assim. Penso no retrato da minha mãe sob o assoalho do seu quarto, com um olhar suave e esperançoso para a câmera. Aqui, estou parecida com ela. Mesmo aos meus próprios olhos, de um jeito que parece importante.

O diário, a formatura, a faculdade, a calçada diante do clube, a noite passada no piano com Britt — tudo isso está retratado nessa moldura. Cada vaivém, cada recusa e aceitação, e eu abraço a fotografia junto ao peito.

E, claro, a primeira vez que realmente encontro minha mãe em mim é quando estou com Britt. Ela é a personificação de uma canção de amor, e eu não consigo tirá-la da cabeça. Ainda mais agora, sem saber a oferta que me resta. *Você é a primeira pessoa com quem eu quero celebrar.* Na minha mente, conheço tudo: sua risada mágica, o toque dos seus lábios, a sensação da sua pele sob meus dedos, sua voz, as histórias que me conta tarde da noite, as canções brilhantes que escreve, o franzir das sobrancelhas quando me dá bronca, o sorriso nos lábios quando tem razão mais uma vez.

Afundo ainda mais no colchão, frustrada porque também não consigo entender o que tem acontecido entre nós, e devolvo o retrato à mesinha de cabeceira, pegando o diário mais uma vez.

Com Britt ainda no ensaio e a letra no envelope amarelo me convidando a voltar no tempo, vou ao início da história da minha mãe, desesperada para encontrar algo novo para compartilhar.

Todos sabem que Tori Rose nasceu no sótão da pousada antes de ser uma pousada de fato. Antes de a Pousada Peters se tornar Roses & Thorns, quando o lugar não passava de um pequeno cinema administrado por uma grande amiga da minha avó e as duas moravam juntas aqui em cima, antes de retornarem para comprar o estabelecimento.

Puxo a escada do teto e, subindo um degrau de cada vez, deixo o quarto de criança para trás e entro no sótão.

Eu me desfaço, me refaço e no fim encontro a razão,
Mas tudo o que quero é o doce começo, a primeira emoção.

Esse foi o seu início. Esse foi o seu fim. Foi onde ela nasceu, onde imagino que as minhas avós tenham escondido o presente antes da formatura, onde ela escreveu todas as músicas antes da última turnê — um dos pormenores acidentais que entreouvi em conversas alheias.

Há caixas empilhadas em todos os cantos, e uma única lâmpada se esforça para iluminar o ambiente. Respirando fundo, abro o envelope amarelo, pondo tudo de lado para me concentrar apenas nisso. Leio seu conteúdo, pronta para mais páginas.

> *Mia,*
> *Fiquei na dúvida se você encontraria o seu caminho até aqui. Espero que também tenha passado muitos bons momentos entre essas paredes. Deixar esse lugar para trás sem uma despedida adequada é um dos meus maiores arrependimentos.*
> *Enquanto escrevo isto, estou olhando pela janela de um ônibus de turnê. Cheguei aqui. Finalmente conquistei tudo o que queria. Vivo para isso. Mas, enquanto admiro essa paisagem, escrevendo minha*

próxima canção, também imagino o mar da minha cidade natal.

Agarre-se às suas lembranças, filha. Elas vão te ajudar a superar os dias solitários. Consegue ver o mar comigo?

*Com amor,
Mamãe*

Agarre-se às suas lembranças. Estou tentando, mãe.

Depois de tirar o envelope do caminho, arregaço as mangas e começo a trabalhar. Passo horas vasculhando tudo, separando anuários antigos e fotos de turnê que já vi centenas de vezes. Encontro o retrato dela na formatura da escola com o resto da turma, depois outra foto usando um vestido rendado diante das cerejeiras da pousada. David Summers, com seu cabelo louro e sua familiaridade repentina, está a apenas alguns passos de distância. Mas não há mais nada. Esvazio todas as caixas fechadas e as que já estavam abertas. Os retalhos dela se empilham à minha volta; mas, para onde quer que eu olhe no sótão, encontro as mesmas flores de cerejeira além da janela e da piscina no meio. Nada mais. Nada além disso.

Não consigo ver o mar com ela.

MIA

DIAS ATUAIS

— Mia, vem cá — chama Linnea, do canto, curvada sobre a máquina de karaokê, munida da sua caixa de ferramentas cor-de-rosa.

Depois de uma noite passada em claro enquanto ajudava Britt a fazer compras na loja de conveniência vinte e quatro horas de Sunset Cove, ainda não encontrei o início da vida da minha mãe. Se não é no sótão nem em qualquer outro quarto que vasculhei na pousada, onde ela considera que é?

Abandono os saleiros pela metade no balcão e atravesso a lanchonete meio cheia até onde Linnea está ocupada em *finalmente* consertar a máquina que minha mãe tanto adorava. A carcaça vermelha reflete as luzes do teto e os raios de sol que se infiltram pelas janelas abertas. Todos os pôsteres na parede estão voltados para a máquina, especialmente o de Tori Rose.

Também me viro para olhar. Dois cabos de microfone entrelaçados se estendem em direção aos degraus do palco do Horizon, exatamente os mesmos com que a minha mãe cantava. Qual dos dois era o preferido dela?

— Tudo bem aí?

Eu me sento no último degrau, a um passo de onde Linnea está polindo a máquina. Ela enxuga a testa com a manga da camisa de flanela, o cabelo branco preso por uma grande presilha.

— Tudo ótimo, minha menina. Daqui a pouco já vai dar para testar.

Há um significado por trás das suas palavras, algo sugestivo.

— *Oh.*

— Convidei as Lost Girls para virem aqui mais tarde. Imaginei que você ia se divertir ao ver a banda rebatizar a máquina.

Fazia tempo que eu não a via sorrir tanto assim.

— Ah, sim, claro.

Cutuco o rasgo da minha calça jeans, expondo uma pequena cicatriz no joelho de quando Britt e eu pensamos que esgrima era uma boa ideia. O corte nem veio da espada, e sim de tropeçar em uma pedra, distraída, enquanto olhava para Britt.

— Só preciso de uma mãozinha para levar esse trambolho de volta para o palco. Já não sou tão ágil como antes.

Linnea faz sinal para eu ajudar a carregar do outro lado, por isso me viro, dobrando os joelhos, e levanto o melhor que posso a máquina elegante e quadrada.

— Um, dois, três e já...

Conseguimos tirar a máquina do chão e, de alguma forma, acabo por subir os degraus de ré, um passo por vez. A máquina de karaokê vacila ao ser carregada a quatro mãos, pesada como uma lembrança. Estou prestes a pisar no degrau mais alto, com o pé direito esticado para trás, quando Linnea diz:

— Só um segundinho...

Não dá para saber quem pisou em falso ou se foi um erro coletivo, mas a máquina escorrega das nossas mãos, desabando no chão de madeira com um barulho que é tudo menos musical.

— Ai, merda. Que merda. Que merda. Merda.

Desço o palco correndo, agachando-me ao lado da máquina. Como é que eu sempre dou um jeito de estragar tudo relacionado a Tori Rose? Talvez *este* seja o sinal.

— Ei, ei, ei, minha menina, está tudo bem. — Linnea corre até mim, virando a máquina para cima. — Nada quebrou. Esse treco é resistente. — Ela bate na lateral. — Já sobreviveu a muita coisa pior, acredite se quiser.

— Desculpa mesmo, Linnea.

— Escorregou, meu bem. Está pedindo desculpa por quê?

Ela me observa tão atentamente que preciso desviar o olhar, coçando a bochecha.

— Venha, me ajude a levantar — pede ela. — Vamos tentar de novo.

A expressão de Linnea não deixa espaço para discussão, por isso faço o que ela diz, usando o palco como apoio. Assim que olho para as tábuas onde minha mão repousa, reparo em entalhes sutis junto ao meu polegar, bem escondidos na borda, quase totalmente disfarçados pela poeira e pelas farpas.

TR esteve aqui.

A máquina de karaokê é estreada com "Don't Stop Believin'" nas vozes profundas das Lost Girls. De pé atrás do balcão, com o queixo apoiado na palma da mão, vejo Britt andar de um lado para outro do palco com sua calça jeans azul e sua camiseta favorita, que comprou em um show da Taylor Swift. Linnea encontrou mais um microfone enfurnado em algum canto do depósito, e Sophie o usa agora, com o braço enlaçado nos ombros de Amy.

Mesmo durante a performance, os olhos de Britt nunca deixam os meus, e é assim que percebo que ela escolheu essa música para mim.

Assim que termina, com as notas se mesclando ao burburinho de fim de tarde, ela desce do palco e se encaminha para onde estou, ao lado de Linnea, que enxuga as lágrimas do rosto. Os clientes aplaudem. Dois garotos com calções de banho, os cabelos ainda úmidos do mar e as pranchas encostadas nas cadeiras, assumem os microfones. Enquanto isso, Sophie e Amy se acomodam em uma mesa.

— O que você encontrou? — pergunta Britt, mostrando no celular a mensagem de texto que lhe enviei, assim com uma foto que pelo jeito não carregou.

Linnea lança olhares alternados para nós duas, então dou a volta no balcão, afundo no banco ao lado de Britt e me aproximo.

— Você sabe que vai ser uma estrela, né?

Ela nega com a cabeça.

— Estrelas se apagam. Quero ser uma galáxia inteira.

As palavras pairam no ar, e meu olhar recai sobre seus lábios antes de me forçar a fitar seus olhos castanhos.

— Claro — concordo, e ela sorri.

— O que você encontrou? — repete Britt e também se acomoda, enquanto Linnea caminha até Sophie e Amy.

— Iniciais — conto. — Na beira do palco. Iguais às do farol.

— Então você acha que ela começou aqui? — conclui Britt.

— Bom, a aventura dela meio que teve início aqui. Mas dei uma olhada durante o turno. Não tem nada atrás das molduras nem debaixo das tábuas… E tenho certeza de que Linnea acha que estou escondendo alguma coisa, e, pensando bem… não estou mesmo?

As frases jorram de uma vez.

Britt encolhe os ombros.

— Ou você está encontrando alguma coisa.

— Ou isso — sussurro.

Ela batuca a melodia da música que acabou de cantar, os dedos tamborilando sobre a bancada.

— Procurou no sótão, afinal?

— Na pousada? Sim. Foi o primeiro lugar onde procurei.

— Não. No sótão daqui.

Em seguida, aponta para o teto, a pulseira de berloques tilintando ao redor do pulso. Há um pingente novo, uma pequena mala de viagem.

Estico a mão, traçando os desenhos intrincados.

— De onde veio este?

Britt fica vermelha.

— Dania e Mile me deram ontem à noite. Disseram que não é qualquer mala que pode guardar todos os meus sonhos.

Meu coração aperta com essa ideia.

— Eu adorei! Mas… tem um sótão aqui?

Como é que trabalhei aqui por três anos e só descobri agora?

Os olhos dela se iluminam com o segredo, e ela faz sinal para que eu a siga.

— Linnea?

Britt caminha até lá.

A mulher ergue os olhos, entretida em uma conversa animada com Sophie e Amy.

— O que se passa? Aliás, arrasou no karaokê, querida.

— Obrigada — agradece Britt, e dá para ver que está radiante.

— Quero pesquisar umas coisas para outra música. Pode ser minha última chance de fazer isso aqui. Mia e eu podemos dar um pulinho no sótão?

Última chance.

— Claro — responde Linnea, já retornando à conversa com as outras duas.

Com isso, Britt faz sinal para que eu a siga de novo, e, mais uma vez, eu vou. Passamos por uma porta violeta e entramos na pequena cozinha com superfícies metálicas e inúmeras janelas. As ondas quebram na praia mais à frente, acariciando a areia.

Consegue ver o mar comigo?

Pelo jeito, estamos no caminho certo.

Depois de se empoleirar no banco ao lado da bancada, Britt puxa o cordão de contas pendurado no teto. A escada desliza para o chão diante de nós, estranhamente parecida com a do sótão da pousada.

— Eu nunca subi aí — comento, e minha voz ecoa conforme avançamos.

Ao chegar ao topo, com as mãos na cintura, Britt diz:

— Bem, então é a sua vez.

— Minha vez de quê? — pergunto quando a alcanço.

Ela não responde, e nem precisa, porque entro no sótão do Horizon e logo descubro por conta própria. É como se todas as pessoas desta cidade tivessem decidido guardar algo aqui. São todas as peças esquecidas e mal utilizadas de Sunset Cove reunidas em um só lugar. Há instrumentos musicais abandonados, quadros cobertos de pó e discos empenados, tudo formando um cemitério das artes. A janelona dos fundos lança um brilho estranho e tênue sobre o ambiente.

Quando me aproximo da vidraça, percebo que não está manchada, como o padrão sugere. Na verdade, está coberta por uma camada de tinta velha e riscada.

— Já não consigo ver o mar.

As pontas dos meus dedos percorrem os tons de rosa e laranja.

— Dá para ver um pouquinho. — Britt se aproxima de mim. — Se você espiar por entre essas marcas na pintura.

— O que são essas coisas?

Elas se espalham à nossa volta, formando uma espécie de padrão iluminado no chão.

Britt dá um passo para trás e caminha até as caixas, arrastando as unhas pela superfície empoeirada.

— Não sei. Não era o que eu estava procurando na primeira vez.

— Como você sabia que tinha tanta coisa aqui em cima?

Ela me olha de relance, com um sorriso travesso nos lábios.

— Onde acha que encontrei as histórias para a música que cantei no festival? Naquela noite do nosso…

Primeiro beijo. Deslize número um.

Aquele dia ainda sussurra na minha pele quando o imagino, não importa quantos anos passem. Foi no verão anterior ao Ensino Médio, quando, a cada semana, nossa amizade parecia descambar mais e mais para uma amizade colorida, mas foi naquela noite que os limites de fato se cruzaram.

Foi depois de a música dela ter me atraído de novo, depois de ela ter transformado as histórias de Sunset Cove em melodias no festival de verão. Nós nos esgueiramos para a enseada tranquila que havíamos descoberto em maio daquele ano, longe das brisas carregadas de algodão-doce, dos brinquedos barulhentos e das luzes piscantes. Com os pés mergulhados no mar, os dedos ligeiramente enrugados pelas ondas, o sal no seu cabelo castanho, eu lhe disse: "Foi mágico".

Porque foi mesmo, porque ela era mesmo.

Ainda não sei quem beijou quem primeiro.

Nenhuma de nós preenche o silêncio agora, e Britt deixa as memórias do que construiu no palco do festival se perderem. Para uma pessoa tão decidida a sair daqui, ela sabe mesmo como deixar a sua marca.

Depois de um bom tempo, respondo:

— Enfim, acho que é só uma questão de procurar o que ela queria que a gente encontrasse.

Britt não diz nada, mas procuramos juntas. Neste lugar marcado pelo início da minha mãe, começa minha busca por outra verdade de Tori Rose. Prendo o cabelo com um elástico, espano a poeira e procuro a história perdida de Sunset Cove. Eu a imagino abrindo caminho por toda essa bagunça tão caótica que parece ter sido atingida por um furacão, só para deixar uma pista para mim.

O tempo passa em silêncio, aos sussurros de *Olha isso aqui* e *Vem cá*. Não chega a ser constrangedor, nunca é com Britt, mas é pesado saber que muito em breve não terei nem o silêncio com ela, muito menos a música.

Só consigo pensar nas Lost Girls, em "Don't Stop Believin'" e naquela noite ao piano. Já vi do que a música é capaz. Sei como ela funciona. Minha mãe era tão corajosa, tão livre. A música a arrebatou para longe, deixou minhas avós para lidarem com o adeus não dito, com a tristeza silenciosa.

Foco.

Aqueles estranhos pontos de claridade na janela pintada se transformam em um borrão. Pisco até que eles também pareçam uma mensagem. Até mesmo a iluminação parece zombar de nós, sinalizar mais um lugar nesta cidade onde ela descansa, e então eu percebo que é *exatamente* isso.

São letras, não riscos. É uma mensagem, não um aviso.

— Precisamos limpar o chão — anuncio.

— Por quê?

Britt enrolou um boá cheio de penas ao redor do pescoço e vestiu um chapéu de vaqueira.

Desta vez, meu sorriso é verdadeiro, completo. O peso desaparece, ainda que por um instante.

— Porque é aí que está a história.

Passo de caixa em caixa, pondo-as de lado. Pode ser que Linnea nos bote no olho da rua por arrumar sua bagunça. Ela gosta de organizar, de fazer tudo sozinha. Mas isso não importa. Este sótão deu a cada uma de nós aquilo de que precisávamos. Se eu ainda puder voltar aqui depois de hoje, vou perguntar a Linnea por que ela guardou tantas coisas, por que fez deste lugar um santuário para a cidade que nos criou.

Dedicamos mais meia hora a empilhar e organizar as tralhas, como em uma partida meticulosa de Tetris e Jenga, e só então desentulhamos tudo. Agarro uma vassoura encostada em um canto e varro os tufinhos de poeira para revelar as tábuas do assoalho. As palavras da minha mãe estão entremeadas na luz. Escapam pelas frestas pintadas na vidraça e soletram a letra do envelope no chão:

Eu me desfaço, me refaço e no fim encontro a razão,
Mas tudo o que quero é o doce começo, a primeira emoção.

Os raios de sol esculpem um coração ao lado das palavras iluminadas, bem em cima de uma tábua solta no chão, onde TR *esteve aqui* foi escrito novamente.

Troco um olhar com Britt e levanto a tábua com meus dedos. Por baixo, aninhado no espaço livre, está o próximo capítulo da história de Tori Rose.

TORI

1989

Sara Ellis me deixou um bilhete para ir ao seu encontro no Centennial Park.

Tão logo o sol tocou o céu, eu saí porta afora. Avancei sorrateira pelo corredor enquanto David dormia na cama (roncava com a boca aberta e babava no travesseiro). Não havia qualquer sinal de vida vindo do quarto de Patrick Rose, por isso fui até lá e bati na porta. Como não tive resposta, encostei o ouvido na madeira. Não escutei nada.

O corredor estava vazio àquela altura. Fechei as mãos atrás das costas. A música me esperava lá fora. No parque. Ele teria que me encontrar lá.

Deixei para trás o hotel e o sujeito na recepção (naquela manhã, com um colete estampado de raposa). Passando por ruas que dançavam com melodias, cruzei uma cidade onde finalmente me senti em casa.

Durante todo o percurso, analisei tudo ao meu redor. As placas. Os tijolos. As pessoas.

Assim que cheguei ao Centennial Park, pedi instruções para chegar ao Parthenon. A grama estava verdinha e o céu brilhava com o sol que me acariciava os ombros.

Sara estava deitada com o teclado sobre o peito, admirando as nuvens enquanto tocava uma escala cromática em dó maior. De calça jeans e blusa roxa, parecia pronta para qualquer coisa; pronta para a música. Ao lado dela, Mateo e Edie jogavam pedra, papel e tesoura.

Edie estava com o cabelo trançado em marias-chiquinhas, com um sorriso nos lábios pintados de roxo ao derrotar Mateo em outra partida. Ele vestia uma jaqueta jeans, os olhos castanhos radiantes ao observar Sara de esguelha. Parecia haver algo ali.

— Oi — cumprimentei, dirigindo-me a todos eles.

Sara virou a cabeça para mim e revirou os olhos para os outros, mas não se levantou.

— Ei, senta aqui. Vamos compor um grande sucesso.

— Isso, senta aqui — repetiu Edie, e Sara a empurrou de leve.

E eu me sentei. Nunca fui de seguir instruções, mas só ouvi a promessa de música. Nas últimas noites, a banda tinha se reunido no salão de eventos do hotel para tentar compor nossa primeira canção. Tínhamos arranjado uma apresentação dali a alguns dias, mas nada soava bom. Patrick havia se mantido estranhamente silencioso naquelas ocasiões, tendo até saído mais cedo nas duas últimas noites.

Ainda não havia sinal dele. Logo daria as caras.

Enquanto tivéssemos a música, estávamos seguindo nosso chamado.

Uns dias antes, perguntei à Sara como ela encontrava suas canções. Eu sabia onde arranjava as letras que compunha em Sunset Cove, mas aquilo não era bom o bastante para a Cidade da Música.

De volta ao parque, ela começou a tocar. Adorei o fato de ela ter levado um teclado para um lugar tão tranquilo. Adorei o fato de ela carregar a música consigo para onde quer que fosse. As palavras de Linnea no Horizon voltaram à minha memória. Eu já não era a única.

A música ganhou força. Sara não cantava. Era mesmo uma pianista de primeira. Os acordes contavam uma história diferente de tudo o que eu já tinha ouvido.

Os olhos dela se abriram por um segundo, as sobrancelhas arqueadas na minha direção.

Um desafio.

E eu aceitei.

Busquei uma letra para acompanhar sua melodia, e as notas se intensificaram para se mesclar ao meu canto.

> *Então eu te digo: incendeie o mundo inteiro,*
> *Pois eu logo aprendi a seguir esse roteiro*
> *Mesmo separados, eu daqui e você de lá,*
> *Juntos veremos tudo e todos a queimar.*

> *Havia uma melodia no seu fervor, uma verdade que clama,*
> *Meu amor, tudo o que canto tenta capturar a sua chama.*
> *E aqui, entre o mar e o fogo desta noite estrelada,*
> *Seu coração incendeia e faz de mim sua morada.*

Mateo pegou as baquetas; começou a batucar contra a grama. Edie se juntou a ele, munida de seu violão.

As letras se estendiam ao nosso redor, enredando-se aos nossos cabelos e corações. Quando a canção terminou, meu olhar se voltou para Sara. Edie. Mateo.

Sara negou com a cabeça.

— Ainda não está bom.

Concordei com um aceno de cabeça.

E começamos outra vez.

Quando o sol se pôs no horizonte, Edie ficou entediada e Mateo foi para a loja de discos ali perto, onde trabalhava.

Sara perguntou se eu podia ficar. Aceitei. Sabia que nenhuma de nós iria embora até resolver a questão.

— Por que decidiu se juntar à Fate's Travelers? — perguntei.

— Você faz muitas perguntas, Tori Rose.

— É, eu sei.

Ela se sentou e aninhou o joelho junto ao peito, fazendo-o de apoio ao cotovelo.

— Gosto da adrenalina de poder trocar olhares com alguém do outro lado do palco. Mateo e eu já planejávamos trabalhar juntos, e eu gostei da energia da Edie. Algo se encaixou naquela noite, e não sou de ignorar pressentimentos. Um dia, quero trilhar meu caminho sozinha. Mas, por enquanto, quero compartilhar a música. É disso que se trata, não? — pontuou, com um meneio de cabeça. — Eu quero ser parte de algo grandioso. Quero *fazer* algo grandioso. Acho que a Fate's Travelers tem futuro, se a gente se arriscar. Eu sabia que poderia nos transformar em uma banda grandiosa. E acho que você também vê isso.

Aproximei-me dela, e nossos ombros resvalaram. Ela sorriu, com uma expressão travessa que fez meu estômago revirar.

— Vejo, sim.

Sara se espreguiçou.

— E você? Por que entrou na banda?

— Porque eu precisava de alguém que aparecesse no parque com um teclado a tiracolo. Alguém que cantasse por nada. Por tudo. Eu precisava não ser a única com uma canção para compartilhar. Assim que entrei naquela festa, senti que a música ganhou vida ao conhecer todos vocês.

— Aquele garoto louro que aparece nos ensaios também é músico?

— Não, é o meu melhor amigo.

— Ah, entendi.

Os acordes que tínhamos delineado juntas se dissiparam por um minuto. Outra coisa tomou seu lugar.

— Como você conheceu Patrick?

Sara voltou a tocar algumas notas de um jeito distraído, como se nem as percebesse. Como se a música fosse um hábito.

Pensei em Patrick, que nem apareceu. Soltei um suspiro.

— Ele cantou no meu baile de formatura, e eu me juntei ao palco. Não consegui me conter. Havia algo naquela voz. Ele cantava como se tivesse vivido a letra da música. E você, como é que conheceu Mateo?

— Eu era artista de rua na Music Row. O mesmo cara sempre aparecia nas apresentações. Ele deixava bilhetes no estojo do meu teclado, e as coisas foram evoluindo a partir daí. Acho que algumas músicas nos levam a quem estamos destinados a encontrar. Umas são um começo, outras são um fim.

As últimas palavras dominaram o momento e minha linha de raciocínio de uma só vez.

— É *isso*. Você é um gênio.

— Eu sei, mas por quê? — perguntou Sara, sem tirar os olhos de mim.

Peguei um dos muitos papéis jogados à nossa volta. Ela começou a tocar enquanto eu rabiscava a página. Cantei aos sussurros conforme ela mudava o ritmo, ajustando a batida até ficar perfeita, com uma pitada de pop misturado com country. Uma música dançante. Uma música digna de um palco.

Sara assentiu com a cabeça.

— É isso.

Lá pelas duas da manhã, o céu se abriu em tempestade. Sara e eu recolhemos tudo às pressas, correndo por baixo de folhas e árvores chorosas, com os casacos jogados sobre a cabeça para proteger os cabelos. Ela mal se despediu antes de dar no pé, mas a música que tínhamos criado falava por nós. Eu a observei chapinhar rua abaixo, através da luz trêmula dos faróis.

— Ei, está com frio? — perguntou uma voz atrás de mim, e eu me virei.

David estava ali, segurando um guarda-chuva preto estampado com o rosto da Dolly Parton. A capa de chuva amarela combinava com o sorriso alegre nos lábios dele.

— O que você veio fazer aqui?

Eu tinha deixado um bilhete para avisar onde estava, só para ele não ficar preocupado — ou ligar para as minhas mães —, mas não esperava que fosse se juntar a mim.

David deu de ombros.

— Achei que você precisaria de alguém para te lembrar de descansar um pouco. Faz muito tempo que você saiu. Sabe que já é amanhã, certo?

— Tecnicamente, hoje é hoje.

Ele balançou a cabeça, estendendo o guarda-chuva, e eu me acomodei ao seu lado.

— Onde está o Rose? — perguntou David.

Entrelacei meu braço ao dele, roubando seu calor conforme avançávamos depressa pela rua.

— Ele...

Nem apareceu.

O olhar de David estava fixo no meu rosto, como se tentasse ler tudo ali, mesmo sem intenção.

Peguei o guarda-chuva e o fechei. A chuva caía forte sobre nós. Eu comecei a rir, admirando as lágrimas do céu. A música que Sara e **eu** tínhamos acabado de compor fluía através de mim enquanto David sorria.

— Vem dançar comigo — pedi. — O clima está perfeito.

Depois de fazer uma mesura, David me ofereceu a mão. Coloquei os braços ao redor do seu pescoço e deixei aquela música recém-escrita rodopiar na minha cabeça. Tentei não me perguntar por que o garoto com tatuagem de rosa nem se dava ao trabalho de aparecer para uma canção, enquanto fixava meus olhos azuis nos verdes de David.

Os cachos ondulados cobriam-lhe a testa bronzeada.

— E aí... compôs um sucesso?

Girando para longe dele, abri de novo o guarda-chuva.

— O que você acha?

Bati na porta de Patrick Rose quando David voltou para o nosso quarto. Na terceira batida, ele finalmente a abriu. Apoiou o corpo no batente da porta, vestido com uma calça de pijama tão sem graça que logo me fez pensar nas inúmeras roupas temáticas que David tinha.

Seu olhar era envergonhado, e essa era toda a prova de que eu precisava.

Patrick tinha *escolhido* não ir ao parque.

Fiz careta e cruzei seus olhos azuis com os meus.

— Eu não te conheço.

Ele deu risada.

— Só percebeu agora?

Os olhos dele ainda tinham aquele mesmo ar despreocupado de antes, mas a empolgação de um garoto desconhecido em uma cidade familiar havia desaparecido. Tudo era novo ali, e eu precisava dele ao meu lado.

— Você aparece no meu baile de formatura, promete a música e depois não se compromete? O que você fez hoje?

— Ãh… quer sair para dar uma volta?

— Eu quero saber por que você quebrou a sua promessa.

Suas sobrancelhas se franziram.

— Minha *promessa*?

— Você disse que estava aqui pela música. Disse que íamos seguir esse caminho juntos.

— Tori…

— Sim?

Esperei o tempo de uma respiração, depois outra. Um milhão de possibilidades preencheram o silêncio. Talvez ele não soubesse o que dizer. Talvez estivesse ocupado repassando os nossos ensaios na cabeça. Ou quisesse pensar, questionar-se.

— Eu… — começou a dizer, mas logo abanou a cabeça.

Eu estava preparada para qualquer uma dessas possibilidades, menos para aquela em que o rapaz com a tatuagem de rosa fechava a porta na minha cara.

FAIXA 5

"WHAT IF WE"

Do álbum That Summer, *de Tori Rose, lançado em 1994*

MIA

DIAS ATUAIS

— Vocês passaram um tempo lá em cima — comenta Linnea, quando Britt e eu voltamos para o restaurante.

Quase toda a multidão já se dispersou a essa altura, mas alguns clientes ainda continuam nas mesas. Pedem petiscos e bebidas ao som das músicas da minha mãe, que tocam sem parar na única estação de rádio de Sunset Cove. Usam roupas de praia, trajes de banho e calças jeans rasgadas. Nem imaginam o que acabou de acontecer acima de suas cabeças.

— Obrigada por deixar a gente olhar o sótão — agradeço, de pé neste cômodo ao mesmo tempo que estou sentada no Centennial Park com Sara Ellis e Tori Rose enquanto escreviam o primeiro sucesso da Fate's Travelers.

Estou encharcada de chuva enquanto ela dançava com David. Estou vendo Patrick Rose fechar a porta enquanto, aqui, percebo o brilho no olhar de Britt quando Sara e minha mãe teciam letras e melodias. Há mais perguntas, há mais respostas, e Tori Rose tinha tanta certeza.

Cada página deixa mais claro que ela estava destinada a partir, que não conseguiu encontrar aqui tudo aquilo de que precisava. Essa cidade dá e tira tanto, mas a forma como pinta os holofotes e o sonho? É radiante.

— Não precisa agradecer — responde Linnea com um sorriso, trazendo-me de volta ao presente.

Ela apaga alguns números no seu sudoku, e sinto uma confissão na ponta da minha língua. Não sei por quê, mas quero contar a ela o que descobrimos no seu restaurante. Talvez mais alguém compartilhe dessa pulsação ameaçadora entre as costelas perante a coragem da minha mãe.

Ainda nem contei às minhas avós, e Edie não deu a mínima, mas Linnea está bem aqui, convidativa, e sei que ela vai guardar meus segredos e os da minha mãe também. Uma parte de mim precisa que mais alguém além de mim e Britt acredite que Tori Rose não se resumiu aos seus dias de estrelato, mas também foi mais que sua trágica derrocada.

Minha mãe deve ter confiado em Linnea para ter passado tanto tempo no sótão pintando aquela janela. Linnea ressuscitou a máquina de karaokê, recuperando aquele pedacinho dela. Ao relembrar o que Sara disse à minha mãe, *Eu quero compartilhar a música. É disso que se trata, não?*, as primeiras palavras saem em um sussurro.

— Linnea, quer saber o que fomos procurar?

Os segredos quase me transbordam, escapando por entre meus lábios.

— Mais histórias para as músicas, não é?

— Não, não é bem isso.

Britt arregala os olhos e cutuca meu quadril.

Olho para ela e aceno com a cabeça, como se para mostrar que estou pronta.

— Está bem, desembucha — pede Linnea, inclinando-se para a frente do balcão.

Acho que ela também está pronta.

Começo a contar sobre a noite da formatura e o presente, e transporto Linnea para essa caça ao tesouro, para essa jornada de perseguir as motivações para os sonhos da minha mãe, de questionar por que não sou mais parecida com ela nesse sentido, de querer ter um sonho para chamar de meu… mas deixo essa última parte de fora.

— Ela…

Quando termino, os olhos de Linnea estão ainda mais turvos que durante "Don't Stop Believin'", sem o brilho ambarino de costume.

— Ela manteve isso lá em cima esse tempo todo? — volta a falar. — Isso é… oh, céus, quando ela pediu para ir ao sótão, imaginei que só quisesse procurar alguma coisa. Não percebi que era seu jeito de dizer adeus.

As lágrimas escorrem por seu rosto, e o meu peito aperta.

Envolvendo os braços ao redor dos meus ombros, mesmo com o balcão entre nós, Linnea me puxa para perto, como fazia quando eu era pequena e ficava aqui depois da aula, enquanto minhas avós encerravam o expediente para virem jantar comigo. Ela me abraça como fez comigo e com Britt na noite de nossa última apresentação em público juntas, embalando-me de um lado para o outro.

— Não sei se eu deveria ter… — começo a dizer quando um soluço sacode o corpo dela.

— Não. — Linnea se afasta, agarrando meus braços para que eu encontre seu olhar, radiante outra vez. — Obrigada por compartilhar isso comigo.

Britt termina de devorar um muffin de mirtilo atrás de nós, sentada ao balcão, e dobra a forminha de papel. Os olhos dela parecem gritar algo que não consigo entender, ambição infinita nas suas íris, tudo o que ela quer provar, e os meus escondem as fantasias sobre os letreiros da Cidade da Música e uma aventura ao lado dela. Se eu não tivesse uma história para encarar, se eu fosse apenas eu e ela fosse apenas ela, e nós fôssemos apenas nós, eu me pergunto como seria nos sentar juntas sob as árvores do Centennial Park.

O banco ao lado de Britt está vazio, e eu deslizo para ele, nivelando meu olhar com Linnea, que ainda enxuga as lágrimas.

— Então, quantas pistas faltam? — pergunta ela.

— Quatro.

Esse será o primeiro adeus definitivo que precisarei dizer à minha mãe, a primeira vez que perderei minhas próprias lembranças dela. Já lemos metade do diário. Não estou pronta para essa despedida; não estou pronta para que a ausência dela seja mais forte do que nunca. Por isso, sei que as próximas pistas devem ser tudo. Mas também sei que preciso delas o quanto antes, nestes próximos dias. Preciso de uma resposta.

Britt aperta meu joelho por baixo do balcão, e eu solto o ar.

— O que sua mãe disse no diário? — quer saber Linnea.

— Ela me contou sobre a viagem, sobre os motivos que a levaram a deixar esta cidade para trás. Ainda está revelando como chegou àquele outro lugar, como passou os dias e como foi a ascensão à fama.

Olho para a velha máquina de karaokê no palco, onde deveria estar.

— Ela mencionou essa máquina — acrescento.

Linnea funga e enxuga os olhos na bainha do avental.

— Depois de tudo o que aconteceu, não consegui ouvir mais nada. Por anos depois da morte dela, não deixei ninguém se apresentar naquele palco, porque era dela. Aquela garota era um furacão. E, quando você me perguntou sobre ela no outro dia, sobre como ela... Eu queria te dar um pouco da música dela, da vida dela. Sei que eu deveria ter feito isso antes, mas era difícil demais.

— Eu entendo — sussurro. — É impossível esquecer minha mãe aqui.

Olho para Britt, na esperança de transmitir os motivos de eu estar aqui, de precisar continuar.

— Esta cidade está cheia de lembranças dela, desde o Back to Me & You até as lojas de discos que dizem *Ei, ela esteve aqui* — continuo. — Mas também é difícil, porque ela está em *todo lugar*. Eu nunca soube como a conhecer por tudo o que realmente era. Nunca soube como abrir mão das partezinhas dela que tenho nem como entender as pessoas que precisam se apegar a essas histórias em silêncio.

— A magia das cidades pequenas — comenta Britt, com certo amargor.

— Exatamente. — O silêncio se prolonga por tempo demais. — Vocês duas eram muito próximas?

Olho para Linnea, porque nunca perguntei, e ela nunca me disse, mas dá para ver que sabe mais do que deixa transparecer.

Ela suspira.

— Sua mãe nasceu aqui, morou na cidade por doze anos e depois passou um tempo fora com as mães. Quando a família se recompôs, elas voltaram e compraram a pousada. Aquela menininha tocou o terror na primeira vez que esteve aqui. Eu estava no Ensino Médio e trabalhava com meu pai naquela época. Fui babá dela. Sua mãe zanzava de um lado para o outro sem parar, cantando aonde quer que fosse. Tinha uma gaita cor-de-rosa ridícula que não largava por nada; dormia abraçada com ela como se fosse um travesseiro. Depois ganhou seu primeiro violão e vinha me pedir para tocar todas as suas músicas.

As lágrimas voltam a encher seus olhos. Britt lhe oferece um guardanapo, e fico destruída ao ver a expressão dilacerada no rosto dessa mulher. Nenhuma de nós já tinha visto Linnea Rodgers chorar.

Ela se recompõe, segurando a mão de Britt com firmeza.

— Estou bem. Só tento não reviver essa história com muita frequência. Foi só quando éramos mais velhas, depois das primeiras turnês dela, quando a banda se separou e ela voltou para nos visitar, que nos aproximamos de verdade. Sentia saudade das mães, mas estava decidida a voltar para a estrada. Ela nunca se sentiu confortável aqui. Nunca quis ficar. Conversamos bastante naquela época. Ela me contou sobre a vida na Cidade da Música, sobre como se sentia em casa lá. E aí eu…

Linnea se interrompe, e estou prestes a estender a mão, a dizer que, apesar de eu querer saber, ela não precisa continuar se for muito difícil, se for doloroso demais.

— Ela foi a única a quem contei sobre a vida que eu queria. Com uma família. Com filhos, antes de descobrir que não podia ter nenhum. O processo de adoção foi um inferno, e todas as minhas esperanças foram pelo ralo. Sua mãe me perguntou que nome eu daria aos meus filhos, se tivesse algum, e nós sonhamos juntas.

Ela nunca se sentiu confortável aqui. Nunca quis ficar. É essa a minha resposta? Mas como seria? Por que ela me mostraria a magia desta cidade? Por que revelaria a dor em seu rastro, se não quisesse que eu ficasse?

Os dedos de Britt tamborilam contra o balcão, sempre a única a manter a cabeça fria, a seguir em frente, a procurar o que as pessoas se recusavam a dizer.

— Que nome você daria?

A expressão de Linnea parece se lembrar de tempos melhores, antes de os piores tomarem conta. Bem aqui, no balcão do Horizon, aonde tenho vindo desde que me entendo por gente, ela diz uma única palavra que estilhaça meu mundo por completo:

— Mia.

MIA

DIAS ATUAIS

Quando acompanho Britt de volta para casa, ela se detém no degrau da varanda, espia por cima do ombro e acena para mim. Meu coração quase sai pela boca, mas aceno de volta antes de ela abrir a porta e entrar. Assim que ela desaparece de vista, eu corro para longe.

Minha bolsa e o diário dentro dela balançam ao meu lado. É muito longe para ir correndo, mas perto demais para não tentar, por isso percorro as ruas tingidas em Technicolor enquanto as luzinhas piscam nos alpendres. A voz de Tori Rose envolve cada pedacinho de Sunset Cove, projetada pelos alto-falantes externos da estação de rádio. As letras de suas canções estão pichadas ao longo dos edifícios. Quando chego à pousada, pego a bicicleta, agarrando o pingente de rosa com força antes de me acomodar no selim e pedalar.

A revelação me dá asas, e eu as uso para voar pela estrada tranquila, em direção ao único lugar para onde sei que preciso ir.

Minha mãe fez mais do que dar fama a esta cidade. Teve começos e fins em tantos cantos: na pousada, no Horizon, no farol, na rádio, na praia. Ela tocou cada centímetro deste lugar. Tori Rose está em toda a parte, desde a brisa aos monumentos em sua homenagem, mas acontece que ela também chegou ao coração dos moradores. Também se preocupou o suficiente para estabelecer vínculos verdadeiros, como

David Summers, como *Linnea*. Ela foi embora e ainda amava tudo isso; seguiu em frente, mas não por completo.

Conseguiu fazer as duas coisas.

Escolheu meu nome por causa de Linnea, uma pessoa que ela conheceu aqui. E me conduziu ao restaurante de Linnea para desenterrar essa história. Ela queria que eu a encontrasse. Queria que eu soubesse que, apesar de ela ter cruzado mares e estados, Sunset Cove também significava algo para ela.

⇐ —•— ♥ —•— ⇒

Edie chegou cedo outra vez, acomodada atrás do bar. Bato na porta de vidro em alto e bom som. Preciso das respostas dela. Preciso da versão dela dessa história. Estou disposta a esperar do anoitecer ao amanhecer se for necessário, tudo para que ela me responda, para que me ajude a encontrar a minha mãe. Tenho quatro dias, logo serão três, e vi a forma como as Lost Girls ganharam vida naquele palco hoje, como se transformaram em uma canção.

Mais do que nunca, sabendo agora que minha mãe precisava partir, embora guardasse esta cidade no coração, preciso descobrir o que ela tinha a me dizer. O que ela me aconselharia a fazer neste verão? Será possível ter a estrada e, ainda assim, manter Sunset Cove, sem perder tudo no caminho?

O sol lança raios implacáveis, a brisa do mar mal chega aqui. As luzes da cidade se estendem nos arredores. Fico quieta, à espera. Ainda faltam horas para que as portas se abram aos primeiros vestígios do pôr do sol. Mas eu posso esperar.

Os olhos de Edie saltam de onde está polindo os copos de shot alinhados sobre a bancada de mármore escuro, e suas sobrancelhas se franzem. Sem pressa, enxuga as mãos no avental branco manchado e contorna o bar. Caminha pelo ladrilho, com as botas de ponta metálica se arrastando pelo chão, até não haver mais motivos para tanta demora. Ela fica de um lado do vidro e eu do outro, enquanto a porta se abre.

— Já não falei que não posso ajudar? — sussurra ela, mas desta vez não há determinação por trás das palavras, apenas dor.

Seu rosto está livre de maquiagem, e isso suaviza sua expressão.

— Mas você precisa me ajudar — insisto, colocando as mãos atrás das costas para as impedir de tremer. — Ninguém quer me contar sobre ela. E, quando contam, não sabem o bastante. Eles não a *conhecem*. Não sei por que você faz parte dessa caça ao tesouro, quando está na cara que não gosta de mim e não me quer por perto, mas ela...

— É isso mesmo que você acha? — O maxilar de Edie se afrouxa, suas próprias mãos cerradas se soltam. Ela se encosta na porta. — Sério mesmo?

— Eu...

Dou de ombros. Que mais há para pensar?

O coração de Edie se despedaça em suas feições. Tanto tempo mergulhada na tristeza e, ainda assim, eu não sabia que um coração podia se partir tão abertamente.

— A pista que você me deu ontem não está entre aquelas com as quais eu deveria te ajudar.

A voz de Edie, dotada de uma nova suavidade, prende minha atenção.

Ela mencionou uma pista.

Entre as batidas vacilantes do meu coração, eu hesito, sem querer a mandar de volta para a sua concha.

— Você sabe de várias pistas? E deve me ajudar com mais de uma?

— Com duas. O que aconteceu com a do "Meet Me in the Lyrics"?

Ela passa a mão pela franja roxa e varre o estacionamento com os olhos. Ainda temos tempo.

Tiro o envelope alaranjado da bolsa e o olhar dela volta a pousar em mim.

— Eu resolvi.

— Como?

Encolho os ombros outra vez, porque também sei jogar este jogo de perguntas sem respostas. Edie me estuda com mais atenção, de forma diferente da que fazia antes. Agora, já não tenta descobrir de onde me conhece, como fez aquela noite no clube. Está percebendo como *não* me conhece.

Deixando a porta se fechar atrás de si, ela se junta a mim na calçada e depois se afasta, contornando a lateral do edifício.

— Aonde você vai?

De novo não.

Edie continua de ré, exibindo o primeiro sorriso genuíno que vejo em seus lábios. A mera visão me faz interromper o passo.

— Você vem? — pergunta ela.

Vou. Claro que vou.

Depois de dar a volta no clube, Edie me conduz à quinta porta, a salinha onde encontrei as recordações da minha mãe. Ela enfia a sua própria chave na fechadura.

— Você também tem uma chave?

Apesar dos amassados, o engradado de cerveja que usei para manter a porta aberta continua ali, tombado no chão.

— Sua mãe fez duas chaves — explica ela, escorando a porta com outra caixa vazia enquanto suas muralhas vão caindo uma a uma.

Ela observa o espaço vazio na moldura onde as páginas costumavam estar, assente com a cabeça e se acomoda de pernas cruzadas no chão, continuando:

— Uma para mim e... uma que ela deixou para outra pessoa encontrar. Imagino que tenha sido encontrada por você, então?

Concordo com um aceno e sinto a chave ao redor do meu pescoço queimar. A quem estava destinada? Aquela casinha ao sabor da maresia, das rochas e do mar, onde Britt e eu a encontramos escondida sob o capacho, estava vazia. Abandonada. Para quem minha mãe deixou aquela colagem na parede, aquela letra de "Remember Me"? À mesma pessoa? Será que essa pessoa viu? Será que respondeu?

Será que minha mãe encontrou o caminho de volta para esse alguém, quem quer que seja?

— Desculpa por não a ter ajudado naquela noite ou manhã — diz Edie quando me sento diante dela, encostando-me em uma caixa de velharias que Britt e eu já reviramos.

— Por que não me ajudou?

De repente, Edie faz algo que eu jamais imaginaria: ela chora. Eu me sinto péssima, vazia, arrasada. Ao vê-la ali, sei que sou a única que nunca sofrerá o luto pela minha mãe como deve ser, como aqueles que se lembram dela. Todas as recordações que tenho foram roubadas, tiradas ou dadas por outros.

— Sua mãe... Mia... — É como se ela testasse meu nome na ponta da língua, para ver se gostava. — Ela era a minha melhor amiga. Era minha irmã e companheira de banda, e, cacete, era tão cheia de vida. Ela estava tão determinada a ser uma estrela, e o mundo se apaixonou pela sua ambição. Todos nós nos apaixonamos. Ela cativava qualquer pessoa que cruzasse seu caminho. Eu a conheci, e assim nos aproximamos. Quando a nossa banda se separou, nos afastamos por um tempo e depois voltamos a nos encontrar. Amadurecemos muito depois disso.

Não posso deixar de imaginar o que terá acontecido entre a banda para que tanto talento tenha rendido um único álbum, se terá a ver com a fuga de Patrick Rose naquele último encontro, se também descobrirei isso nas páginas daquele diário, mas contenho a língua. Edie é uma contadora de histórias receosa e relutante, e eu não quero que se sinta acuada.

— Quando tudo aconteceu, ela me odiava e depois não odiava mais — continuou Edie. — E eu a invejava e depois não invejava mais. Porque o mundo cria as mulheres para serem concorrentes, não constelações. Mas conseguimos retomar aquela antiga amizade. Ela se tornou uma parte de mim. Passávamos todas as férias juntas. Tocar com ela era mágico. Era insano. Por isso, quando nós descobrimos...
— A voz de Eddie fica embargada e meu coração se contorce no peito. — Quando eu descobri que íamos ter que nos despedir, não

consegui dizer adeus. Ela me contou sobre a caça ao tesouro, me pediu para ajudar, mas, quando a vi, tão parecida com ela, não consegui me despedir outra vez. Não achei que conseguiria ajudá-la a encontrar as últimas palavras da sua mãe.

Quando nós descobrimos... As primeiras lágrimas caem. Edie também a via em mim. Parecida demais, mas nunca o bastante, para sempre uma lembrança de Tori Rose. Em contrapartida, ela também viu algo diferente em mim hoje; algo que a fez me enxergar de verdade, a falar comigo de igual para igual.

— Obrigada — respondo, em vez de revelar qualquer outra coisa que esteja a borbulhar dentro de mim.

Edie enxuga as próprias lágrimas com o dorso das mãos.

— Não precisa me agradecer.

— Preciso, sim. — Faço uma pausa. — Porque isso é o máximo que alguém já me contou sobre ela.

Além de Linnea, além da minha própria mãe.

Edie suspira, observando a sala ao nosso redor e o pôster da minha mãe à luz do dia.

— Onde você vai procurar a próxima pista?

— Acabei de encontrar uma no Horizon.

— Com Linnea? — pergunta Edie, e eu quase sorrio.

Edie Davis, da Fate's Travelers, está sentada ao meu lado no chão de um depósito, conversando sobre a mulher em cujo restaurante eu cresci.

— Isso, com Linnea.

— Sua mãe sempre amou seu nome e aquela mulher. Ela a achava especial. Achava *você* especial.

Eu me aproximo e espero por mais, torcendo para que haja mais alguma coisa, mesmo isso sendo egoísta. Minha mãe me achava especial? Será que ela acreditava em mim, nos sonhos que um dia eu teria? O que ela me *diria* agora?

Antes que eu possa ir além, Edie pergunta:

— Está pronta para as próximas páginas?

MIA

DIAS ATUAIS

Quando Edie me leva para a floresta na extremidade do estacionamento do clube, percebo que parece o lugar perfeito para desovar um corpo. Enquanto desaparecemos sob um dossel de folhas, cogito enviar uma mensagem para avisar minhas avós sobre meu paradeiro, mas elas ainda acham que estou com Britt, por isso decido confiar na minha mãe e volto a guardar o celular.

O envelope verde está pronto nas minhas mãos.

Entre músicas e lendas, olhares trocados, começo sem aviso
Eu me entreguei, e você por inteiro seu coração me ofereceu
Sozinha nas madrugadas, cada canção evoca seu riso
Noites insones, assombrada, por saber que você já não é mais meu

Abandonei tudo por essa estrada, pela promessa que carregava,
Deixei tudo, deixei você, deixei o amor que nos guiava.
Olho pela janela, peço às memórias para ver meu lar,
E sei que já não pertenço àquela casa à beira-mar

A casa à beira-mar. Será que isso vai revelar quem era o dono e a quem se destinava a chave, quem deveria ter encontrado aquele depósito antes de mim?

— Estamos quase lá — avisa Edie.

Não vou desistir depois de ter vindo tão longe. As lembranças de hoje dançam na minha mente. Concentro-me na sensação de vasculhar o sótão do Horizon com Britt e descobrir como a minha mãe e Sara Ellis escreveram o seu primeiro sucesso, a forma como traçaram o início das suas histórias por conta própria.

E isso parece outro começo. Edie me conduz para outro mundo, a um universo além dos limites de Sunset Cove, envolto pela lenda de Tori Rose. Quando paramos, ele se revela diante de nós.

Camadas de musgo revestem a lataria, e a ferrugem corroeu os para-choques. Os vidros estão embaçados, com a rosa dourada pintada na lateral desbotada pelo tempo, e as janelas estão fechadas para a floresta.

Vou até lá.

O ônibus de turnê da minha mãe. Desde *Forest in the Sea* até seu último álbum, *Regret You*. Este é o veículo que a levou embora.

— Como é que...

Sacudo a cabeça.

Edie faz menção de pousar a mão no meu ombro, mas volta atrás.

— Bem-vinda à segunda casa dela.

— Como é que você...

Ainda contemplando a estrutura, ela se limita a dar de ombros.

— Eu ajudei com essa pista. Ela adorava esse ônibus. Passava mais tempo dentro dele que fora. Eu tinha certeza de que iam transformar isso em mais uma atração à beira da estrada, mais uma forma de ganhar dinheiro às custas dela, por isso planejamos manter o ônibus escondido para nós, para você. Quando sua mãe...

Edie engole em seco bruscamente, sua expressão em uma constante gangorra entre a recordação e o esquecimento forçado.

— Eu estava com ela na última turnê. Como ela não... como não voltou para casa comigo, eu mesma dirigi esse trambolho até aqui. Eu estava fula da vida. Queria atear fogo nessa porcaria, em tudo que se atrevera a viver mais que ela. Segui por rotas alternativas. De outra forma, seria cercada. Esse lugar está cheio de aproveitadores, juro. Todos desesperados para tirar uma casquinha do sucesso dela. Conduzi esse troço por entre as árvores. Há uma estradinha que desemboca aqui. O asfalto dá lugar ao cascalho. Depois, terra batida. Depois, nada. O ônibus atolou. E eu fiquei atolada junto, presa a esta cidade. Depois que cheguei, não consegui ir embora.

Ela esteve com minha mãe na última turnê.

Se não fosse tão triste, se ela não estivesse tão arrasada, atolar o ônibus de uma estrela country em uma floresta no meio do nada poderia ser engraçado. Mas não era.

— Edie…

Ela endurece ao ouvir seu nome.

— Funcionou. Ninguém o viu aqui. Falei para todo mundo que tinha se perdido, assim como o violão.

A história dela acaba, sua versão se encerra.

— Edie, como é que minha mãe morreu?

Acho que sei, mas preciso que alguém me diga. Só quero ter certeza. Foi a estrada, a fama ou…

Ao ouvir isso, ela olha para mim. Torna a levantar a mão, e dessa vez a coloca sobre meu ombro.

— Oh, querida, ela estava doente. Ela lutou tanto. Até o amargo fim, ela tentou.

O fardo eterno dentro de mim duplica-se, desloca-se, desaba para esmagar meu coração e meu peito, e… Ela me contou. Eu sei como a minha mãe morreu. Não foi a música. Foi uma doença. A vida dela não foi levada por uma canção. Minha mãe teria sido tirada de nós de qualquer jeito, com ou sem aquela última turnê, tendo ou não voltado para casa.

— Eu…

Os soluços ardem nos meus pulmões e arranham minha garganta, mas trato de engolir todos eles, assim como todas as perguntas, exceto a que mais quero saber.

— Por que ela fez aquela última turnê?

— Para se aposentar — sussurra Edie. — Para se despedir. Ela achava que tinha mais tempo.

As palavras flutuam entre nós, e elas significam tudo. *Minha mãe queria voltar para casa.*

Edie dá um pigarro antes de perguntar:

— Quer dar uma olhada lá dentro? Eu o visito de vez em quando.

As lágrimas começam a escorrer pelo seu rosto, e eu aceno com a cabeça. Deixo-a respirar.

Espero que ela me indique o caminho. Estou pronta para segui-la lá para dentro, mas Edie faz sinal para que eu vá na frente e espera. Eu vou. Avanço por entre a relva, abro a porta empenada e subo os degraus prateados.

A parte externa foi tomada pela floresta, mas o interior do ônibus é inteiramente Tori Rose. O seu coração, a sua alma, a sua paixão estão evidentes nas paredes, nos discos autografados e nas fotografias emolduradas de shows e cantores que ela admirava. Há uma pequena cozinha enfurnada em um dos cantos e um sofá cor-de-rosa comprido nos fundos. Outro degrau leva aos bancos de couro do motorista e do passageiro, e um pingente de clave de sol está pendurado no painel. Há partituras coladas nas paredes, percorrendo desde o fim de sua carreira até o início. Essas notas se estendem por todo o corredor, em direção ao banheiro, ao quarto.

— Pode ir lá ver — diz Edie atrás de mim, e eu pulo de susto na soleira do quarto da minha mãe.

A cama está desfeita, permanentemente desarrumada, e há um rastro de vestidos de paetê e saltos altos pelo chão. As fotografias mais próximas da cama, emolduradas na mesa de cabeceira, são mais esparsas. Só há três. Uma dela com a cabeça no ombro de um rapaz louro em frente ao Horizon: David Summers. Uma dela com os braços enlaçados no pescoço de um cara de cabelo escuro, sob a presença imponente do Parthenon de Nashville: Patrick Rose. E uma dela sentada naquele sofá com um bebê no colo: eu.

Ela parece tão feliz em cada uma delas, em cada vida.

Pego a nossa foto e a seguro bem perto de mim, examinando sua expressão risonha apanhada em movimento. Rindo. Minha mãe estava rindo, apesar de tudo.

— Pode levar essa — sussurra Edie. — Se quiser. Ela ia querer que você ficasse com a foto.

Eu a guardo na bolsa lentamente, depois volto a examinar as outras duas.

— Obrigada.

— Tem outra coisa que ela gostaria que você tivesse.

Observo Edie cambalear em direção à porta, como se estivesse prestes a me dar outro susto, mas ela se detém, e eu espero. Com um aceno rápido, ela me chama, fazendo sinal para que eu me aproxime.

Antes que eu possa dizer alguma coisa, ela já está de pé no sofá. Dou um passo para a frente, para o caso de ela cair.

— O que você está fazendo aí? Precisa de ajuda?

Negando com a cabeça, Edie puxa os painéis sobre as escadas que levam ao volante e aos bancos da frente. Ao serem afastados, revelam teias de aranha e montes de poeira, mas também há o vislumbre de algo cor-de-rosa. A curva da madeira estampada de rosas.

Mal consigo respirar quando Edie pega o primeiro violão da minha mãe. Os soluços me escapam em meio ao riso. Seu olhar cuidadoso encontra o meu. Ela me estende o instrumento pintado de rosa, com um amassadinho na madeira e uma corda arrebentada ao longo do braço e dos trastes.

Há uma palheta de ouro rosé presa nas cordas.

Seguro o violão e é o mais próximo que já me senti dela na vida. Posso imaginá-la sentada ao meu lado, guiando meus dedos para os acordes certos, ensinando-me a tocar em vez das horas que passei a aprender na internet.

— Está *aqui*.

Essas são as palavras que me escapam entre as lágrimas.

Depois de acenar em concordância, Edie desce do sofá.

— É seu. Ela queria que ficasse com você.

Eu me sento ao lado dela, puxando o violão para o meu colo, apesar da forma como range e sacode. Dedilhando alguns acordes, cantarolo baixinho enquanto Edie me observa, com os olhos arregalados de fascínio, como se nunca tivesse visto alguém tocar. Minha voz se mantém quieta, comedida em sua presença; mas, por um segundo, quer sair. E eu quero deixá-la sair.

— Fui eu que pintei essas rosas — conta Edie, quase um murmúrio.

Tantas lendas, tantos mitos, e foi Edie quem as pintou. Eu poderia a encher de perguntas agora. Poderia perguntar sobre o meu pai, ver se finalmente consigo descobrir quem ele é. Edie saberia. Nesse momento, porém, tenho mais da minha mãe, o máximo que já tive, algo dela que é só meu, e isso parece ser uma direção, um sinal, o início da resposta. Minha mãe deixou seu violão para mim. E eu não quero ofuscar o momento, obscurecer o significado desse presente. Quero honrá-la.

— Qual era a música que ela mais gostava de tocar? — pergunto.

Edie, mais uma vez, senta-se à minha frente.

— Ela adorava "Forest in the Sea". Nunca me disse por quê.

Por isso, respiro fundo e começo a tocar, cantando baixinho, quase pronta para soltar a voz, mas ainda não, não na frente dela. Estou quase lá, a caminho, mas preciso que este momento seja o que é. Os acordes fluem o melhor que podem com uma corda a menos e me conectam à minha mãe neste ônibus que a levou ao pôr do sol, que sobreviveu depois de ela ter morrido. A letra da música ressoa na minha mente.

Seus olhos, uma letra escarlate, suas mãos, sonhos de uma estrela,
Levou tempo, levou vida, para acendermos aquela centelha.
Você era as canções antes mesmo de saber,
As memórias antes de ser meu amigo.
Acho que voltaria atrás, só para refazer
Cada segundo antes de se tornar meu abrigo.

Aos sussurros, naquela noite de luar você disse:
"Vá ser a estrela que está destinada a se tornar".
E eu sussurrei de volta, sussurrei de uma vez:
"Meu amor, só vou se você me acompanhar".

A música morre nos meus lábios à medida que as lágrimas me sufocam outra vez, e eu abraço o violão junto ao peito, sozinha com ela, apesar da presença de Edie.

Pondo-me de pé, mantenho o violão perto de mim, e dessa vez o seu ranger é inconfundível. Os olhos de Edie estudam meu rosto, e há um puxão no meu âmago, um pressentimento. Pouso o violão sobre a mesa da sala de jantar e, com cuidado, enfio os dedos por entre as cordas.

Sinto os papéis resvalarem a ponta dos meus dedos e os tiro de lá. Por cima do violão dela, em seu ônibus de turnê, seguro as próximas páginas do diário da minha mãe.

TORI

1989

A música guardava bem seus segredos. Tal como os músicos. Todos estavam envolvidos demais nas próprias canções para se aprofundar nas dos outros, e nosso ensaio seguinte começou e terminou como de costume. Patrick entrou de mansinho. Sara o fuzilou com os olhos. Edie me sussurrou algo que não ouvi. Mateo mal esboçou reação. E eu acompanhei os movimentos de Patrick. A inclinação dos seus ombros. Aquela tatuagem. As mentiras nas letras ao seu redor. Desde que ele continuasse a cantar, porém, eu estava disposta a ignorar todas essas coisas. Não precisava fazer perguntas, desde que seu comportamento não voltasse a afetar a nossa música. Voltei a olhar para a banda. Sorri, pronta para o sucesso que Sara e eu tínhamos criado juntas, encarando-a enquanto ela nos conduzia.

❤

Dez minutos até tudo começar. Dez minutos até tudo mudar. Ao meu lado, nos espelhos de um banheiro de azulejos, Sara e Edie terminavam de se arrumar. Prendi dois cachos para trás com um grampo cor-de-rosa e observei as duas no nosso reflexo.

— O que as levou a quererem se tornar estrelas? — sussurrei.

Sara inclinou a cabeça.

— A música. Sempre. A primeira vez foi em um show de talentos da escola, quando fui a última a subir ao palco.

Edie mudou de posição.

— Para mim, foi quando meus pais confiscaram meu violão. E você, Tori Rose?

Eu me virei para encará-las. Sabia o que motivava Tori Rose e me parecia ser mais ou menos a mesma coisa. Ela era a estrela.

— Ouvi uma história de amor.

A história das minhas mães era a mais forte que eu já tinha visto. Elas haviam começado esse sonho.

O silêncio se instalou e saímos juntas, só nos separando quando Sara foi procurar Mateo. Edie seguiu para o bar. Eu me demorei ali, sozinha, mas não consegui entender por quê.

Apesar de também ser um karaokê, aquele clube era muito diferente do Horizon. Era cheio de luzes piscantes. Risadas de bêbados. O guincho desafinado de uma guitarra. O teto exposto fazia tudo parecer imponente. Imenso. Possível.

Meu olhar acompanhou a trilha de pôsteres emoldurados ao longo do corredor, assinados por várias bandas. Nomes conhecidos; outros, nem tanto. Pessoas que começaram a carreira ali, naquele clube; que deixaram o anonimato para trás. Esquadrinhei os arredores para ver como me encaixava, para ver se conseguiria, quando conseguiria.

David estava perto da porta dos fundos, com camiseta tie-dye e bermuda cargo, pronto para nos ver no palco. Mais adiante, a alguns metros dele, estava Patrick, de calça jeans. Os dois não trocaram uma palavra sequer. Patrick ainda mal tinha falado comigo, e eu não ia ceder primeiro.

Por um breve instante, meu reflexo ficou visível no vidro que protegia os cartazes. Por um momento, eu fazia parte daquilo, parte daquela música. Em algum lugar entre as molduras, parei. Observei um espaço livre, com um prego torto e uma moldura vazia. Se aquela música fosse mesmo o sucesso prometido, em cinco minutos, nada seria como antes.

Três coisas aconteceram naquela noite:
1. Sara e eu apresentamos nosso sucesso ao mundo.
2. A Fate's Travelers fez seu nome.
3. O dono do clube perguntou se já tínhamos pensado em tocar na rádio.

⇐ ⊷⊶ ♥ ⊷⊶ ⇒

Mais uma semana passada entre holofotes. Estática. Palcos sob os nossos pés. Uma entrevista com Camille Cross, a famosa locutora da estação Midnight Star. A rádio tocou a música uma vez, depois duas, depois três. Nós a ouvimos nos bares. Nas ruas. Até que, de repente, as nossas melodias se espalharam por toda a Cidade da Música.

⇐ ⊷⊶ ♥ ⊷⊶ ⇒

Na festa seguinte, a Music Row nos saudou como estrelas. Edie agarrou minhas mãos e as de Sara assim que entramos e nos arrastou para o meio da multidão, fazendo-nos rodopiar, aos risos e aplausos.

Patrick e Mateo ficaram para trás, observando os arredores. Rindo baixinho entre si. David estava mais adiante, parado junto à porta, parecendo deslocado com seus trajes praianos. Abri caminho por entre a multidão até chegar a ele, com a música a martelar minha cabeça e meu coração, enquanto as luzes de discoteca desfilavam pelo chão à nossa volta.

— Ei, vai ficar aí parado? — perguntei, cutucando-o. Depois entrelacei meus dedos aos dele e o puxei mais para dentro. — Não é do seu feitio ficar de fora de uma festa.

David abanou a cabeça.

— Acho que nós dois sabemos muito bem que não fui convidado.

Mesmo assim, ele não protestou quando o arrastei em direção à pista de dança.

— Quando foi que isso nos impediu? Além do mais, ninguém é convidado para essas festas.

— Suas mães ligaram quando você estava ensaiando com a banda.

Reparei na expressão estranhamente séria no rosto dele.

— Eu ligo de volta mais tarde.
— Você disse isso ontem.
— E daí?
— Sabe, você prometeu quando saímos de lá. Prometeu que ia… ligar para elas, digo.

Não parecia ser o que ele queria dizer. Não mesmo. Estava nítido na forma como recolheu a mão e a enfiou no bolso.

Ao analisar suas feições, encontrei o que sempre via ali. Segurança. Tranquilidade. Meu melhor amigo. Por baixo disso tudo, porém, havia algo a mais. Será que ele percebia como o meu coração se apertava quando eu pensava em ir embora da Cidade da Música e cumprir a segunda parte da viagem que eu lhe prometera fazer? Os olhos dele me desafiavam a confessar em voz alta. Mas eu não o fiz.

Não consegui.

Não sabia o que dizer.

— Vou ligar para elas.

Abri o meu sorriso mais sincero, e David pareceu aceitar. Eu ia ligar para elas. Ia mesmo.

Do outro lado da discoteca, meu olhar encontrou os olhos azuis que estudavam a mim e a David sob os holofotes. Patrick Rose.

— E sua peça, como está indo? — perguntei a David, virando o rosto para que ele conseguisse me ouvir.

Ele fez um sinal de positivo com o dedo e ficou por isso mesmo. Eu era incapaz de lidar com dois garotos taciturnos e as coisas não ditas que os chateavam, por isso apenas dei de ombros e segui em direção ao álcool. Edie monopolizava o bar, virando shot após shot, e acenou ao me ver.

— Toriiii — cumprimentou-me ela, com a fala arrastada. — Minha melhor amiga.

Eu ri e afundei no banco ao seu lado.

— Sabe qual é o problema de Patrick? — perguntei, ciente de que ela não saberia.

Edie deu uma piscadela e cutucou meu braço.

— Sempre pensei que fosse você.

Ela estava muito inebriada de álcool e música para ser de alguma ajuda, por isso levantei e fui perguntar ao próprio Patrick. Aquele comportamento distante já estava começando a afetar a banda, não só ele mesmo, e eu não podia ficar de braços cruzados.

— O que é isso? — perguntou Edie atrás de mim.

Depois fez menção de encostar no meu violão, e eu afastei a mão dela com um tapinha.

— Desculpa — falei, dando risada. — Mas ninguém encosta no meu violão.

Ajustei o instrumento diante do corpo e, bem no lugar para onde Edie apontava, avistei um papelzinho enfiado entre as cordas.

— Bom, alguém encostou — responde ela, mostrando o bilhete com um aceno de cabeça.

Meu coração congelou quando desdobrei o papel e li a letra da música. Dedicada a mim.

Ela era estrela cadente, uma nova maravilha a cada olhar,
Pisque e já não verá, caindo rápido, difícil de alcançar.
Um sussurro à meia-noite, uma risada sem razão,
Você soube ali, nas primeiras notas do violão.

Essa pressa, essa música, um pecado ao céu abrir,
Nenhuma outra canção jamais se igualou.
E soube ali, soube naquele instante, posso garantir,
Pela música dessa garota você se apaixonou.

Segurando o papel junto ao peito, ergui o olhar, e o rapaz com a tatuagem de rosa já me encarava do outro lado do cômodo, vindo na minha direção. Meu vestido branco de renda esvoaçava com a brisa noturna, um véu do vento veranil soprando logo acima, esgueirando-se pela porta aberta. Os olhos dele não se afastaram dos meus. Talvez ele estivesse pronto para dar algumas respostas, afinal.

FAIXA 6

"HEAD FOREVER TO YOUR DREAMS"

Single do álbum Mirror, Mirror, *de Tori Rose, lançado em 1996*

MIA

DIAS ATUAIS

O TREM COMEÇA E TERMINA NA CIDADE, MAS SEMPRE ME LEVOU em uma jornada. O Fate's Express é outra homenagem à minha mãe. Antes uma ferrovia abandonada, cujos trilhos ela percorria quando buscava uma aventura, conforme contou em uma entrevista trinta anos atrás, hoje o lugar se transformou em uma linha séria nos arredores de Sunset Cove. Laterais rosadas, rodas prateadas, trilhos polidos e cada vagão dedicado a um álbum de Tori Rose.

Foi para onde Britt e o resto da turma vieram depois do baile de formatura, ela com Angela e eu com Jess, quando acabamos juntas no vagão *Regret You*, um tanto alcoolizadas e um tanto próximas demais. Foi naquela noite que decidimos pôr um fim aos nossos deslizes, dizendo que o sétimo seria o último.

Agora, na fila com ela, estudo as letras no envelope azul. Dessa vez, tenho certeza. São os mesmos versos pintados na parede do meu quartinho de bebê. Só há um lugar para onde poderiam apontar.

A placa na encruzilhada dizia para seguir sempre em direção aos sonhos,
  Mas, amor, acho que não era bem isso que parecia nos planos.
    Pois meus sonhos viraram pesadelos, assombrados por você,
      E à noite eu fujo dos sonhos, das memórias, para esquecer.

Quando olho para cima, os trilhos estão vazios, à espera do trem. A estação oferece passeios de segunda a quarta-feira, e vamos embarcar na última viagem do dia. Os turistas, inclusive alguns que reconheço da pousada, tiram fotos diante de outro monumento decadente de Sunset Cove, a única coisa nesta área que não passou por uma reforma. É a placa com aquela frase. A inspiração da música da minha mãe, esculpida em madeira por quem construiu a estação aqui antes de ser destruída, antes de ser refeita na memória dela.

Sempre siga em direção aos seus sonhos.

— Você deveria abrir o próximo envelope para descobrir o que procuramos — sugere Britt.

O passado evapora com a sua voz, e eu o abro, puxando o papel de carta dobrado, já acostumada à escrita e às histórias da minha mãe em tão pouco tempo.

Mia,
Então você conheceu a minha melhor amiga da banda, foi a um clube, viu o receptáculo da minha música, descobriu o significado do seu nome.
Hoje, espero que tenha uma boa viagem. Espero que saiba o quanto eu gostaria de estar com você. Quando o trem retornar à estação, lembre-se de uma coisa. Dizem que um X marca o local, mas eu sempre acreditei que a música fazia um trabalho muito melhor.

Com amor,
Mamãe

Releio aquela linha, guardando-a na memória para as noites em que Britt e as Lost Girls não estiverem mais aqui. *Espero que saiba o quanto eu gostaria de estar com você.*

Por um segundo, parece que ela está mesmo aqui.

Um estalo ressoa dos trilhos, vindo da direção do mar, e o trem surge a toda velocidade na nossa direção, perdendo força até parar e liberar os passageiros diante das cordas de veludo cor-de-rosa. A fila dos ingressos avança, e enfim chega a nossa vez.

— Nomes?

Uma senhora entediada com cabelo grisalho e jaqueta jeans rabisca algo em um papelzinho.

— Britt Garcia.

— Mia Peters.

O olhar dela encontra o meu. Ao ver sua expressão surpresa, sinto vontade de sumir.

A mulher faz sinal para avançarmos.

— Podem ir.

Enfio a mão na bolsa, puxando a carteira.

— São dois ingressos. Quanto fica?

— Garota, pode ir. Próximo!

Um homem que parece ter uns quarenta ou cinquenta anos se aproxima, murmurando algo que a faz rir.

Britt me puxa para a frente com um aperto firme, mas tranquilizador. Subimos os degraus metálicos da locomotiva agora vazia, e nem todas as viagens do mundo vão me deixar preparada para essa atração.

Está longe de ser um trem comum; é todo cheio de almofadas, sofás, pôsteres de bandas, toca-discos e capas de álbuns. Andamos de vagão em vagão, avançando pelas músicas e pelos álbuns da minha mãe: *Once Upon and I Told You So*, com o papel de parede manchado de batom e respingos de vinho falso nos sofás brancos; *Forest in the Sea*, com azulejos azuis e Polaroids; *Bittersweet Beginnings*, com a bola de discoteca estilhaçada e paredes de caleidoscópio; *That Summer*, com inúmeros relógios e toalhas de praia; até *Mirror, Mirror*, com fita isolante cor-de-rosa, saltos prateados e espelhos por todos os cantos. Há apenas dois álbuns além desses, *How Many Seconds in Eternity?* e *Regret You*, mas paramos no que estamos, o que deu origem à música "Head Forever to Your Dreams".

O vagão todo brilha, com a luz incidindo em cada superfície refletora, enquanto Britt e eu observamos da porta. É a atração menos popular, ao lado de *Regret You* — esse último pelo fato de as pessoas acreditarem que é amaldiçoado, uma vez que Tori Rose morreu nessa turnê, e o primeiro porque ninguém gosta de ser forçado a encarar o próprio reflexo, como essas paredes espelhadas nos compelem a fazer. Britt me detém antes que eu entre, virando-me para encará-la.

— Mia?

— Sim?

Depois de dezoito anos, eu já deveria ter aprendido a controlar meus batimentos cardíacos perto dela, especialmente quando esses quatro dias ameaçam se tornar três com uma única noite.

Ela respira fundo, endireita os ombros.

— Quando eu olho para você, vejo Mia Peters.

É tudo o que diz, mas o fato de ela me ver como sou parece um milhão de vezes melhor que uma declaração de amor. Britt proferiu essas palavras com tanta certeza, como se desafiasse alguém a lhe dizer o contrário, e eu mal consigo me mexer à medida que mais passageiros se acomodam nos outros vagões.

Dessa vez, ela é a primeira a desviar o olhar, de bom grado, e o deixa recair sobre meus lábios. Também passo a admirar os dela, e sei que faltam quatro dias para nossa despedida, mas ela dá um passo para a frente, e eu também.

Estamos a um fôlego de distância, e o dedo indicador dela traceja meu maxilar.

— A gente prometeu que não ia mais fazer isso.

Concordo com um aceno. Sei que deveria me afastar em prol da minha sanidade, mas as palavras de Edie vêm à tona. Minha mãe foi tirada de mim, de nós, e, seja lá o que ela tivesse feito, para onde tivesse ido, o resultado teria sido o mesmo. Algumas coisas são inevitáveis. A noite chega, o sol nasce, um dia o mundo vai acabar, em quatro dias Britt irá embora, mas Tori Rose viveu nesse ínterim, e eu quero isso. Meu coração traiçoeiro quer *viver*.

— Nós nunca fomos muito boas com regras — acrescenta Britt, com um olhar sugestivo, passando a bola para mim.

— A música está nos vivos — declaro, com o pulso acelerado. — Quatro dias.

Seja lá o que venha a seguir, ao menos ainda teremos esse tempo juntas.

— Vamos fazer da despedida a nossa reprise? — provoca Britt, e há algo ali em que nunca pensei. Antes mesmo de se formar por completo, porém, os lábios dela estão nos meus e os meus nos dela, e meu mundo se estreita na suavidade, na certeza, na maravilha dela.

Avançamos em direção à cabine, para não bloquearmos completamente a entrada, e afundamos no banco. Não interrompemos o beijo nem por um segundo. É a última viagem do dia, a menos movimentada, e as pessoas evitam os últimos vagões, e, bem, o mundo inteiro poderia estar assistindo e eu não daria a mínima, desde que Britt continuasse me beijando.

Há uma urgência em nossos movimentos. Já fazia muito tempo desde a última vez, mas não o suficiente para esquecer o caos que nos tornamos juntas. Aproximo-me para beijar os resquícios de glitter em suas pálpebras, bochechas, testa, como sardas nascidas de estrelas, e me derreto quando os lábios dela encontram meu pescoço.

Seu nariz acaricia o meu, e nossos lábios voltam a se encontrar, os dedos enroscados no cabelo e os sentimentos à flor da pele. Incendiamos e ardemos. Somos dicotomias, paradoxos, mentiras e felizes não para sempre. Somos um fim que quer ser começo e um começo que nem chegou a ter início. Nós somos tudo, e ela é tudo, e só eu sei que adoraria poder ir embora com ela.

Eu queria mesmo poder ir embora com ela.

Por fim, nós nos afastamos. Estudo seus olhos e deixo que essas palavras se acomodem dentro de mim, tentando entender como me sinto em relação a isso, em relação a tudo.

— Obrigada — eu sussurro.

A certa altura, o trem começou a andar, e a cidade que conheço como a palma da minha mão passa despercebida. Quero perguntar a ela se ficarmos juntas uma última vez antes de sua partida vai tornar as coisas mais difíceis, mas tudo é difícil, e essa é a primeira coisa que faz eu me sentir bem esta semana, além da caça ao tesouro.

Vejo seu olhar atento estudar a fita isolante, tão parecida com a que rodeia o farol, exceto na cor, mas também percebo suas olhadelas furtivas para mim, com o mesmo sorriso presunçoso nos lábios. Não consigo deixar de sorrir de volta, e ela me estende a mão, com a palma voltada para o teto. Eu a seguro, entrelaçando os dedos aos dela.

O silêncio se instala entre nós à medida que o trem ganha velocidade. No entanto, não é desconfortável, apenas... calmo. Acho que encontrar alguém com quem se possa compartilhar o silêncio, apenas existir e, ainda assim, sentir-se melhor na sua presença é algo raro e especial. Nunca é a adrenalina ou a emoção alardeada nas canções, mas é o que mais me atrai em Britt.

— Será que as próximas páginas estão na placa lá na estação? Aquela que diz "Sempre siga em direção aos seus sonhos"? — pergunta Britt quando passamos pela floresta atrás do clube de Edie, com o ônibus de turnê escondido entre as árvores. Ainda não contei a ela sobre essa descoberta. — Parece com o tipo de lugar que sua mãe disse para procurar na carta.

Aceno com a cabeça.

— É, faz sentido. Eu devia ter dado uma olhada quando a gente estava lá...

O problema eram as pessoas tirando fotos com as histórias dela.

— Então, que tal só apreciarmos a vista por enquanto? — acrescento.

— Por mim tudo bem.

E assim fazemos. Aos sussurros, conto-lhe tudo o que aconteceu com Edie, e a viagem de trem se torna uma mistura de recordações acumuladas no espaço entre nós duas. Meia hora depois, com a cabeça de Britt apoiada no meu ombro e a minha encostada na dela, o solavanco da locomotiva nos faz balançar para a frente.

Britt se levanta antes mesmo de o trem parar.

— Quer esperar e ir procurando por aqui? Eu vou lá dar uma olhada na placa.

— Pode ser.

Eu a vejo desembarcar.

Lá fora, mais pessoas se reúnem, e Britt abre caminho pela multidão. Passo a encarar os muitos espelhos, observando meus próprios olhos que se parecem tanto com os de Tori Rose. Estou paralisada, sempre sem saber se vou conseguir deixá-la para trás.

Fico de pé e começo a olhar embaixo do banco, tateando o tecido, e por pouco não encosto no chiclete que alguém grudou ali. Não encontro nada.

— Mia? — chama Britt ao retornar, abanando a cabeça. — Não está atrás da placa.

— Talvez não esteja neste vagão.

Espio atrás da fita isolante, mas esta só esconde um interruptor de luz e a parede.

Vejo a minha imagem em cada espelho à medida que avanço e, por fim, detenho-me diante do último naquela parede, todo emoldurado em madeira esculpida, pintada de vermelho. Mas não é a moldura que me faz parar, é o fato de refletir algo que eu não esperava: a placa que Britt acabou de verificar lá fora, alta o bastante para que seu reflexo preencha o espelho através da janela, bem no momento em que os passageiros terminam de desembarcar e *aquela música* começa a tocar nos alto-falantes. Sempre tocam "Head Forever to Your Dreams" ao final de cada viagem.

A música marca o local.

Atravessando a cabine e evitando saltos altos e botas de vaqueira, tateio por trás da moldura vermelha ornamentada. O espelho esconde um trinco, que faz o espelho abrir para revelar um maço de páginas.

TORI

1989

Todos da banda foram embora antes de a festa acabar. Deixamos que a Cidade da Música sentisse nossa falta e nos sentamos juntos na varanda da casa azul de Sara e Mateo. Sara pegou seu teclado e se acomodou no balanço ao lado de Mateo, tocando "Once Upon and I Told You So" enquanto ele usava as baquetas para marcar o ritmo no encosto de madeira. Patrick e eu estávamos lado a lado na poltrona e cantávamos harmonias, ele cada vez mais receptivo a tudo. Edie se esparramou aos meus pés com o violão, com as costas apoiadas nas minhas pernas. Lanternas de papel cintilantes balançavam ao vento sobre as nossas cabeças.

Novos refrões se enrolavam ao redor dos antigos. *Riffs* e sussurros, e depois bocejos e membros espreguiçados à medida que as horas passavam.

Mateo suspirou passado um tempo, mudando de posição antes de se levantar.

— Vou dormir. Sara, você vem?

— Daqui a pouquinho.

As notas jorradas das pontas dos dedos de Sara foram ganhando força.

Edie se pôs de pé, apoiando-se pesadamente em mim e me fazendo rir.

— Até mais tarde, pessoal.

Então me deu uma palmadinha na cabeça e saltou da varanda para a noite lá fora.

— Até mais — sussurrei.

Os sinos de vento tocavam ao longe enquanto nos dispersávamos.

— Apaguem as luzes antes de irem embora — pediu Sara e se afastou, sem dizer mais nada.

Patrick e eu ficamos a sós na varanda.

— Você está quieto — comentei quando a porta da frente se fechou novamente.

Eu precisava descobrir o motivo daquela introspecção. A música encontrada por Edie no meu violão tocava sem parar na minha cabeça, o papelzinho enfiado dentro da blusa, o mais perto possível do meu coração.

Os cachos dele balançaram sobre os ombros quando abaixou a cabeça.

— Eu sei que não tenho sido… o que prometi.

— Por quê? O que aconteceu? Você me disse que íamos seguir esse sonho juntos.

Ele se virou para mim, e aqueles olhos de poeta pareciam cantar.

— Você não precisou de mim para compor aquela canção. O grande sucesso. Que parceria é essa?

— E você não a escreveria. Afinal, nem deu as caras no parque aquele dia. Você me pediu para seguir a música, mas se escondeu sem dar qualquer explicação — rebati, com a voz mais elevada a cada palavra. — Sara não estava assustada, mas você, sim.

— Tori…

— O quê?

— Eu sinto muito.

As palavras pairaram ali por um momento. O olhar dele era sincero. Os lábios formaram outro pedido de desculpas silencioso. A letra da canção ocupava o espaço entre nós, mas eu não a cantei.

Estendi a mão, e minha unha traçou os contornos da tatuagem dele. As pétalas caídas. Os espinhos. Tão intrincada. Bonita. Perigosa.

— O que aconteceu com aquele cara que interrompeu minha canção e me pediu para seguir a música? Eu ainda sou a mesma garota que interrompeu seu show.

Ele pressionou minha outra mão no seu peito.

— Eu ainda estou aqui. Quero estar aqui.

— De onde isso vem?

— Isso o quê?

— Sua tatuagem.

Com essa pergunta, esperava motivar Patrick a contar a verdade, a revelar o motivo do seu sumiço e do mau humor que o acompanhava desde então.

Os olhos dele brilharam. Ajeitou o corpo para me mostrar a tatuagem em todo o seu esplendor desconcertante. E depois cruzou as pernas sobre a poltrona e ficou de frente para mim. Repeti o movimento, e os nossos joelhos se encontraram no centro. O contato pele com pele me incendiou de imediato, e comecei a imaginar a rapidez com que ele poderia me fazer arder. A nota zumbia na minha pele.

— Gosta da tatuagem? — perguntou ele.

— Foi por causa dela que decidi falar com você... cantar com você.

— Sério?

— Sério. É excitante.

Ele deu risada.

— Eu mesmo a criei.

— Um artista secreto? — perguntei, com a sobrancelha arqueada.

— Olha, meu amor, acho que isso nunca foi segredo.

A piscadela dele me fez arrepiar da cabeça aos pés.

Meu amor?

— Então me conte a história dela. Todas as canções são uma história. Quero conhecer a sua.

Patrick suspirou.

— Foi uma decisão estúpida para cacete.

— As melhores são assim.

Outra gargalhada.

— É, justo. Enfim, uma das minhas amigas comprou uma maquininha de tatuagem. Ela queria ser tatuadora e tal. Levava bastante jeito para a coisa. Chegou a fazer grafite em metade da cidade. Queria deixar a sua marca em tudo, pois dizia que não seria lembrada de outra forma. Uma vez, quando estava bêbada e eu a estava acompanhando até sua casa, confessou que *ela* não se lembraria de outra forma. Acho que não se permitiria. Naquela noite, ela nos fez sentar em círculo, tipo um culto, no seu terraço com vista para a praia, e passamos a maquininha de mão em mão. Aí, de repente, ela a ergueu e perguntou: "Quem vai primeiro?".

— Caramba.

— Pois é. Quase todo mundo deu para trás. Um dos caras chegou a escapar de fininho, mas eu me ofereci. Nunca me esqueço da expressão dela. Estava com aquele olhar de artista, sabe?

Foi graças a esse olhar que eu o acompanhei até aqui.

— Sei — respondi, assentindo.

Ele abriu outro daqueles sorrisos ousados e continuou:

— Ficamos sentados frente a frente no terraço. Já tínhamos intimidade naquela altura, e eu sentia a mão dela tremendo, por isso a segurei e disse: "Eu confio em você". Talvez tenha ajudado. Ela me pediu para explicar o que eu queria. E foi aí que tive a ideia. É uma dor viciante. Tanto a tatuagem quanto o sonho. Não sei, Tori, éramos perdidos e ambiciosos, e decidimos marcar os nossos sonhos mais loucos na pele. Todos nós. Era como uma promessa. Não importava até onde chegássemos, pois ainda teríamos aquela noite.

— Que coisa linda, Patrick Rose.

— Olha quem fala — sussurrou-me em resposta, e o silêncio se estendeu por alguns segundos antes de ele acrescentar: — Tem notas de música nela.

— Sério? — perguntei, incrédula.

Ele deu um pigarro e massageou a nuca.

— Tem notas de música escondidas nas pétalas. São os acordes de "Don't Stop Believin'".

— Por que essa música é tão importante para você?

Vi a tristeza tingir seu olhar e percebi que estava prestes a me contar tudo. Por isso, aproximei-me.

Ele abriu o jogo.

— A música me lembra de casa. Antes de meus pais me mandarem para Sunset Cove. Antes de meu avô me expulsar de lá. Eu e meus amigos tocávamos Journey por todo canto; era a trilha sonora da nossa vida. Meus pais viviam e respiravam música, de certa forma. Naquela época, eu achava que talvez estivesse condenado a ela desde o início, por a respirar ou por me engasgar com seu ar tóxico. Mas os dois não gostavam de qualquer tipo de música. Eram fanáticos por Journey. Só ouviam isso. Meu pai trabalhava muito na garagem; praticamente vivia lá. Eu saía de casa só para ter um tempinho com ele. Não conversávamos, mas ele só sentia orgulho da minha voz quando eu cantava as canções de Journey. Era a única forma de nos aproximarmos. Meus pais não acreditavam em mim nem nas minhas canções. Eles achavam que eram todas um desperdício, mas acreditavam naquela música e naquela banda. Praticamente fizeram dela uma porra de uma religião.

— Eu acredito em você — respondi, sem hesitar. Pelo menos isso explicava o amor dele por covers musicais e me fez entender um pouco melhor seu medo. — Eu acredito na sua música. Você só precisa dar uma chance a ela, como deu a nós. Posso ver a sua tatuagem mais de perto?

Ele assentiu com a cabeça, mas não disse uma palavra. Afastei seu cabelo do pescoço e tracei os contornos da arte. A tinta já havia se infiltrado na pele. De repente, também quis algo assim, uma marca como aquela para representar o sonho, para ela ser sempre parte de mim. Quando eu dormisse. Quando fosse velha e grisalha. Quando estivesse morta e enterrada. Assim, sempre haveria melodias na minha pele.

Lá estavam as notas musicais, gravadas na rosa que o marcava. Serpenteavam pelo caule sinuoso dentro das pétalas. Tracejei cada uma delas com a ponta dos dedos, e Patrick respirou fundo.

— Tori… — disse outra vez.

Meus lábios pairaram sobre a pele, e eu beijei a tinta ali. Sussurrei contra ela.

— Você vai escrever uma canção comigo. Esta noite. Vou ensiná-lo a acreditar na sua música. Vamos conseguir tudo o que você prometeu.

— Não *consigo*.

— Consegue, *sim*.

Tinha que conseguir. Precisávamos manter a música viva entre nós. As letras escritas por ele deixavam transparecer seu potencial, seu talento. Sentada atrás de Patrick, ainda a acariciar sua tatuagem sob as luzes da varanda, cantei aos sussurros para provar do que ele era capaz.

Na cidade onde o pôr do sol sempre se unia às ondas do mar,
Vivia uma garota sem esperança, que se esqueceu de se comportar.
Quando era jovem, suas mães lhe falavam de destino,
Diziam: "Minha filha, seja quem você quiser, siga seu caminho,
Mas quando o sol começar a nascer, não esqueça de voltar, não se perca de você,
Seja por canções em sorrisos travessos ou uma simples melodia".

Com o ímpeto do mar, a garota encontrou sua fuga,
Longe do domínio do farol, de tudo que ele toca
Encontrou um rapaz estampado em rosa, trazido pelo destino,
E foi naquela mesma praia tingida de eternidade,
Que o rapaz disse à garota: siga a música comigo.

E as canções no meu coração não serão silenciadas ao alvorecer,
Porque, meu bem, a música tem sido forte demais para esquecer.
Então, neste jardim de sonhos, com as constelações sempre sigo,
Eu te pergunto agora: você vai seguir a música comigo?

Patrick me encarou fixamente quando terminei. Seus lábios se aproximaram lentamente dos meus. Esse rapaz, esse músico, não era um perigo para meu coração errante nem para meu sonho. Ele era o lobo das fábulas. O coração partido escondido nos versos. Uma mentira contada logo antes de a verdade vir à tona. E eu queria desvendá-lo justamente porque não era uma ameaça. Não como David sempre foi. Melhor ainda, aquele verso deixado no meu violão mostrava que ele me entendia.

Também me aproximei e, quando estávamos a uma respiração de distância, eu disse:

— Obrigada pela música.

Os lábios dele quase roçaram os meus.

— Que música?

Eu recuei.

— Como assim? A que estava escondida no meu violão.

Meu coração martelava no peito. A adrenalina de ler aquelas palavras, que pareciam me entender tão completamente, voltou com tudo. Quem as escreveu se apaixonou por mim tal como eu era.

Patrick passou a mão na testa.

— Tori, eu… eu te disse que desisti de escrever minhas próprias canções. Pensei que, quando chegasse aqui, elas viriam, mas eu não escrevi nada para você. Adoraria ter feito isso, mas não fiz…

— Não pode ser. Você estava mudando de ideia. E ia me confessar que…

Eu não escrevi nada para você. Essas palavras faiscaram em seus olhos azuis enquanto o cenho se franzia naquela noite tempestuosa. E aí a ficha caiu. O beijo evaporou da minha mente. Recuei ainda mais na poltrona, enquanto olhos verde-escuros invadiam meus pensamentos.

Patrick não escrevera aquelas palavras. Não tinha me capturado em uma canção.

Mas eu sabia quem o tinha feito.

FAIXA 7

"H(OUR)GLASS"

Do álbum How Many Seconds in Eternity, *de Tori Rose, lançado em 1998*

MIA

DIAS ATUAIS

— Só pode ser David, certo? — pergunto, toda esparramada na cama de Britt, com a cabeça apoiada na ponta do colchão, enquanto ela está encostada à cabeceira, ocupada em afinar o violão. — Meu pai. Só pode ser ele… se não foi Patrick quem escreveu a canção.

— Ãh, *muitos* anos se passaram entre isso e seu nascimento, Mi.

Ela confere alguma coisa no aplicativo de afinação, dedilha um acorde e volta a ajustar a cravelha.

— Verdade…

Meneio a cabeça. Minha mãe tinha trinta e poucos anos quando eu nasci. Naquelas páginas, ela tinha apenas dezoito. Qualquer coisa poderia ter acontecido nesse meio-tempo, mas ela está ali para me ajudar a juntar as peças, por isso só me resta acreditar que encontrarei as respostas em algum lugar. Estamos tão perto. E às vezes sinto que ela… está me incentivando, como se dissesse: "Vá, pode ir".

— Será que é sobre ele que ela escreveu aquelas músicas todas? *Regret You*… Eu sempre me perguntei.

— Eu também — concorda Britt, os dedos encontrando o sol maior. — Talvez seja. Pode ser mesmo… Mas eu não ia querer uma coisa dessas.

— O quê?

Ela se aproxima de mim, e eu me endireito no colchão.

— Ter um álbum cheio de arrependimentos.

Prendo a respiração. A maneira como Britt diz isso é tão simples, tão clara. Seus olhos castanhos examinam minhas feições, e sinto o rosto arder sob a intensidade de seu olhar.

E aquele olhar que ela me deu quando fui sincera no trem me leva a responder:

— Todas as canções que escrevi foram sobre você.

Ela me observa por um segundo, o sorriso brotando e desaparecendo com a mesma facilidade. Depois me cutuca e diz:

— Que coisa mais boba de se fazer.

Mas a voz dela está embargada. Os olhos piscam um pouco rápido demais. Um cálculo parece se formar em sua mente.

— Tenho uma coisa para você — acrescenta.

— Ah, é?

Cruzando as pernas outra vez, ela me encara atentamente, voltando a pegar seu violão.

— Quero tocar uma música para você.

Eu a espero começar, enroscada ao seu lado sob as cobertas, mas ela se levanta. O cabelo está preso em um coque, o rosto sem um pingo de maquiagem. Está vestida com um moletom verde largo e é uma estrela, mas também é apenas uma garota. É uma galáxia, mas também é uma parte enorme do meu mundo.

Depois de envolver meu punho com delicadeza, ela me conduz para fora do quarto, em direção ao corredorzinho estreito. As escadas seguem para um lado e, de algum lugar ao longe, vêm as conversas sussurradas de seus genitores. Mais além, duas portas de vidro dão para uma varandinha. Saímos para o ar da noite e entramos no mesmo pátio onde já estivemos tantas vezes. A praia se estende lá embaixo, com casas alinhadas por toda a costa.

— Britt... o que a gente vai fazer?

— Confia em mim.

Seu olhar parece o mesmo de quando me perguntou se eu já tinha mandado a cautela para as cucuias.

Britt sabe que confio nela. Eu a sigo até a varanda e nos sentamos no parapeito, com as pernas balançando. Poderíamos cair tão facilmente, mas não caímos. Ao longe, o mar e as estrelas se tornam uma coisa só, e eu admiro o que, por um momento, parece ser os confins do mundo, aqui com ela.

Sorrindo para a vista, ela estende a mão como se pudesse agarrar o horizonte.

— Adoro este lugar. Mile queria ver as estrelas todas as noites. Dania precisava estar perto do mar. Este é o melhor dos dois mundos.

A expressão de Britt se enche de amor ao falar da família e da casa que em breve deixará para trás. Ela também vai ter as duas coisas: um amor aqui e uma aventura lá.

— Por que estamos aqui? — pergunto.

Britt olha para mim, séria e franca. Seus lábios começam a formar um sorriso, e o queixo se arrebita ligeiramente.

— A música é o que fazemos dela.

A cidade se agita lá embaixo com essas palavras. Sentada ali, Britt ajeita o violão mais uma vez e começa a cantar.

Sempre avisei que partiria, meu bem, e que para você tinha lugar,
Todos os momentos juntas foram verdadeiros, mesmo sem poder acreditar.
Uma moeda para fazer um desejo, outra para ler seu pensamento,
"Para sempre" é uma promessa e tanto, e, para nós, sem cabimento.

Essa cidade guarda nossas memórias, e é onde o seu mundo está,
Mas eu preciso de estradas abertas, sou uma alma inquieta, sempre a vagar.
Tenho futuros a criar e mil histórias a descobrir,
Tenho canções sobre minha vida, espero não ser tarde para esta aqui.

Tive os melhores anos ao seu lado, e nas memórias vou guardar
O toque da sua mão na minha, o pôr do sol a nos moldar.
Sei que nossa história terminou, mas temos um novo capítulo pela frente,
E o que quero dizer, no fim, é que nem todo adeus é para sempre.

Os últimos acordes terminam e a noite nos envolve.

— Você fez uma música para mim.

Estou sem fôlego, e não há outra coisa a dizer. É uma canção alegre, honesta, contrastando com a natureza cuidadosa da letra. Como eu pude esconder todos esses sentimentos por ela? Como posso ter *me* escondido deles? Será que algum dia sequer conseguí?

A mão de Britt se aproxima da minha.

— Estou feliz por ter te conhecido, Mia Peters.

— Estou feliz por te conhecer, Britt Garcia. Vá mostrar sua galáxia ao mundo.

Restam apenas dois envelopes, um índigo e um violeta. Eles tremem nas minhas mãos quando estou no estacionamento da pousada, a poucos passos da entrada. Eu poderia passar a unha por baixo da aba e descobrir tudo. Poderia ler as pistas e usar cada uma delas para encontrar os próximos lugares mais depressa, avançando de trás para a frente.

Poderia espiar o que me aguarda.

Quatro dias serão três em apenas algumas horas, e agora, mais do que nunca, eu preciso conhecer a história de Tori Rose. Só assim poderei começar a minha com o pé direito. Preciso saber o que aconteceu no final.

A música de Britt ainda ressoa nos meus ouvidos quando passo o dedo pela borda do envelope índigo. Eu poderia espiar.

Mas ainda não esqueci as palavras daquela primeira página. *Prometo que fará muito mais sentido se você revelar um por um.* Minha mãe me pediu para esperar e fazer do jeito certo, e ela nunca me pediu nada antes, então como eu poderia quebrar essa promessa não oficializada? Será que estou mesmo pronta para que essa jornada acabe, por mais que precise saber o que fazer a seguir?

Volto a guardar os envelopes na bolsa, mas ainda não entro. Vou até minha bicicleta e seguro o pingente de rosa. Não vou decepcionar minha mãe. Seguirei os passos tal como ela queria. Ainda há outro jeito mais rápido de descobrir o quanto a música chama por mim.

Através do telhado de vidro, o clube de Edie é banhado pelo cosmos iminente do anoitecer. São apenas dez da noite, no mesmo dia em que Britt e eu nos beijamos, Edie me mostrou o ônibus da turnê e Britt cantou para mim, mas parece que já passou uma eternidade. Falta apenas uma hora para eu ter que voltar para casa.

Quatro dias estão prestes a se tornar três.

Em uma das mãos, seguro o violão da minha mãe, que admirei de longe desde que o recebi de Edie e que toquei aquela única música no ônibus da turnê. Estou na beira da multidão, à espera da minha vez.

Preciso descobrir. Por enquanto, os sinais parecem apontar nessa direção, com minha mãe os indicando, e é egoísta, tão egoísta, mas preciso descobrir se a consideração vale a pena. Tenho que descobrir o que aconteceria, o quanto as melodias podem me chamar se eu assim permitir.

— Já voltou?

Uma voz anormalmente alegre vem de trás de mim e, quando me viro, dou de cara com Edie. Está vestida com uma jaqueta vermelha, o cabelo roxo preso para trás com grampos prateados. A experiência no ônibus de turnê diminuiu a tensão entre nós, de modo que agora ela é apenas a amiga da minha mãe e eu sou apenas a filha da antiga amiga dela.

— Desta vez, achei melhor não fugir — respondo, mas a leveza pretendida sai afiada como uma navalha, porque passei a vida toda fugindo.

— Você também canta como ela? — pergunta Edie, equilibrando uma bandeja de copos vazios na cintura.

Embora eu tenha cantarolado e tocado na frente dela mais cedo, estou prestes a ir além. As palavras de Edie já não saem como expectativa, e sim como desafio, para ver se consigo cantar uma música e seguir o meu próprio caminho.

Quero encarar esse desafio, por isso tiro as letras antigas do meu bolso de trás, aquelas do livro de canções que enterrei na pilha de apostilas antigas da escola antes de ter me limitado aos acordes.

Edie não diz mais nada, e, a cada cantor que passa, eu chego mais perto do palco. Tenho que descobrir, preciso tomar uma decisão, arriscar uma última vez, dar à música uma última chance de me mostrar se posso ou não ser feliz *aqui*.

Quando chega a minha vez de subir ao palco, avanço com cautela e volto o olhar para aquele pôster da minha mãe pendurado na janela. O microfone solta um ruído estridente quando o ajeito, e talvez isso também seja um sinal, mas eu ignoro.

Endireito os ombros como Britt faz, posiciono-me no centro do palco como a minha mãe faria; mas, quando começo a falar, trêmula e apreensiva, sou *eu* ali.

— Boa noite, meu nome é Mia e aqui vai uma música chamada "Tomorrow's Problems".

É a primeira vez que apresento uma canção só minha, e todos aqueles anos sem cantar evaporam como se nunca tivessem existido. Meus dedos se acomodam, encontram seus lugares ao longo das cordas, e eu cantarolo baixinho para o microfone antes de soltar a voz.

Não consigo contar as vezes que quis te beijar,
mas não o fiz porque você não é meu,
Mas vamos roubar um momento, só um, sob as sombras desta noite,
Vamos seguir por essa rua de sonhos, de qualquer receio nos despir.
Não importa o preço dessa noite, será que ela fica quando o sol partir?

Peço às estrelas e ao vazio do céu, fingindo que lá existe esperança,
Prometerei a eternidade, mesmo sabendo que chegará nossa última dança.
Somos promessas sussurradas, minutos roubados
e uma carta de amor perdida,

Mas hoje vamos voar sem medo, quem sabe
o que nos espera em outra vida?

Eu te amo é uma mentira, o quase sempre nos define,
Uma segunda chance desperdiçada até que o mundo determine.
Somos uma promessa quebrada, memórias que aos poucos se vão,
Como uma foto deixada sob a chuva, desmanchando em solidão.

E eu sei que isso vai acabar; jogamos um jogo sem vencedores,
Mas os problemas de amanhã ainda estão nos bastidores.

Enquanto as últimas palavras ressoam, começo a ouvir os aplausos da multidão. Vejo a mudança nas expressões sob os holofotes, com o coração acelerado sob tantos olhares atentos, e espero as luzes, a comparação, os gritos sobre Tori Rose. Agarro o violão com a mão trêmula, mas, quando um assobio irrompe do fundo do salão, levanto o microfone e inclino a cabeça para trás. Decido honrar minha mãe do meu jeito, e toda a plateia vai à loucura. Edie está em algum lugar lá embaixo, na luz difusa, e agora sei o que o sonho realmente significa.

Sempre quis e também nunca quis que fosse assim tão bom — mas agora eu sei.

Aqui neste clube, na minha música, na minha revelação, posso até parecer Tori Rose, mas canto como Mia Peters.

MIA

DIAS ATUAIS

Entro no meu quarto pela janela, com o violão da minha mãe a tiracolo. As rosas pintadas na madeira me envolvem, roubam meu coração. Acabei de tocar o antigo instrumento de Tori Rose, quase tão imbuído de lendas quanto a dona, e o clamei para mim, assim como fiz com nossas histórias entrelaçadas.

Estou sem fôlego, ainda corada com os aplausos da plateia, as lembranças de Edie e nossa conversa do outro lado do clube, eu de um lado do balcão e ela do outro, polindo as taças de vinho. Conversamos sob o céu noturno, sob as luzes fluorescentes espalhadas pelo teto.

— Caramba, menina! Você sabe cantar — disse ela.

— Obrigada.

— Sua mãe teria ficado orgulhosa. Queria que ela tivesse visto.

— É, eu também.

Acomodo o violão no balanço, perto do outro instrumento que ganhei de Vovó, e de repente alguém pigarreia do outro lado do quarto.

— Então esse foi o presente que ela deixou para você? — pergunta Vovozinha.

Olho na direção da cama, onde as minhas avós estão sentadas lado a lado, de mãos dadas. Eu me pergunto se elas conseguem ver a alegria do palco irradiando na minha pele, se percebem como lá eu senti o que sempre sinto ao cantar com Britt, algo que eu havia associado à companhia e a tudo que não posso ter, não à música. Mas a verdade está aqui, bem na minha frente.

Eu quero isso. Quero a música.

Minhas avós parecem tão frágeis ali, sentadas diante de mim, envelhecidas pela sua tragédia. *Não vão sobreviver a outro baque. Não vão, não vão.*

Vovó me observa enquanto os olhos de Vovozinha oscilam entre mim e o violão da minha mãe, e, em seguida, dá palmadinhas na cama entre as duas, afastando-se para liberar espaço.

Por todo o meu quarto há fotografias e outras recordações tangíveis de tudo o que elas fizeram por mim. Há os livros que me compraram, os pôsteres que escolhemos juntas — a maioria da Taylor Swift, com alguns de Tori Rose que arranjei por conta própria. E também há aquela última foto que elas tiraram de mim e de Britt na formatura.

E aqui estou eu, com uma camiseta velha do *Regret You*, tendo acabado de cantar no clube em homenagem a ela, com seu violão supostamente perdido a tiracolo.

— Mia — começa Vovó, e eu me acomodo entre as duas —, o que está acontecendo?

Finalmente vão perguntar sobre ela, sobre a caça ao tesouro. Por que eu gostaria que não perguntassem?

— O violão era parte do presente — respondo, e minhas avós entrelaçam os dedos aos meus enquanto as estrelas se derramam sobre nós. — Ela… ela me levou até onde ele estava.

Vovó acena com a cabeça, e Vovozinha fica muito quieta, abatida.

Penso nas palavras de Britt sobre não querer um álbum, uma vida cheia de arrependimentos.

— Sinto muito — sussurro, mas não quero sentir. Não quero me arrepender disso também.

— Sente muito pelo quê, meu bem?

Vovó afasta meu cabelo do rosto, dando um sorriso trêmulo, e Vovozinha também amolece, apertando minha mão.

— Porque eu sou igual a ela, mas também não sou. Eu quero o que ela queria, mas sou diferente. E sei que não posso ir, mas...

— Por que você não pode ir? — pergunta Vovó, e é como se todos esses anos não tivessem existido.

Mas eu *vi*, presenciei a dor que sempre as afligiu. Não foi fruto da minha imaginação.

— Como assim?

Balanço a cabeça e fico de pé, posicionando-me diante delas.

— Não posso fazer isso com vocês, não como ela fez — continuo. — Vocês precisam de ajuda na pousada, precisam de mim. E a vida dela teve um fim trágico... Por que eu seguiria o mesmo caminho? As pessoas só se importam com a fama de Tori Rose. Vocês duas nem conseguiram falar comigo sobre o presente que ela me deixou. Como eu poderia imaginar que não ligariam se eu a seguisse, se decidisse seguir a música?

Vovozinha se esforça para controlar a voz, mas sua expressão suaviza, com o mesmo ar bondoso dos últimos dezoito anos.

— Então nós é quem devemos pedir desculpas.

— Mia... — Vovó faz menção de segurar minhas mãos de novo, e eu aceito. — Queríamos deixar que você encontrasse sua mãe sozinha. Ficamos mais afastadas neste verão porque não queríamos que você se sentisse presa. Queríamos que conhecesse a sua mãe.

— E todas as vezes antes disso? Vocês nunca quiseram que eu a conhecesse.

As palavras saem afiadas como navalhas, abalando as feições das duas, e eu me odeio ainda mais por isso.

Vovó, a maior contadora de histórias da família, toma as rédeas.

— É difícil ver tanto dela em você, mas saiba que você também é a sua própria pessoa, Mia. É a sua própria história. Claro que queremos que a conheça. Só é... difícil tocar nesse assunto. Não é justo, mas é verdade.

— Mas vocês ficaram tão aliviadas quando eu contei que ia ficar aqui para frequentar a faculdade local e ajudar na pousada.

Fico mais agitada a cada palavra. Depois de todos esses anos, elas vão mesmo dizer que queriam que eu a conhecesse? Eu as amo do fundo do meu coração, mas isso nunca esteve claro, nunquinha mesmo.

— Claro que ficamos aliviadas — responde Vovozinha, com uma equação cuidadosa em cada palavra. — Por puro egoísmo. Mas não se você não estiver feliz. Nós deixamos sua mãe ir embora, sabia? — A voz dela falha, e Vovó lhe acaricia as costas com delicadeza. — Nós deixaríamos você ir também.

— Mas eu não queria fazer isso com vocês.

Vovó esboça um sorriso.

— De verdade? Ou essa era a desculpa mais fácil?

Vindas de qualquer outra pessoa, essas palavras soariam duras, mas ali apenas remetem a todas as vezes que eu fugi. As duas se levantam e me abraçam, e sou dominada pelo aroma de baunilha, pelo amor, pelos anos e pelas mulheres que me criaram.

— Nós te amamos, Mia. Queremos que você seja feliz. Vá terminar a história que sua mãe lhe deixou — diz Vovó enquanto elas atravessam o quarto em direção à porta. — E depois nos conte a sua decisão.

Com um último olhar, as duas vão embora.

Minha mãe me mostrou o caminho, minhas avós me deram permissão.

Agora só falta eu.

Afundo na cadeira diante da penteadeira e pego o celular. Minha mãe nunca teve uma conta no Instagram, pois ainda não tinha sido inventado quando ela morreu, mas seus companheiros de banda estão por lá. Assim como David Summers, embora o perfil dele seja privado. Já olhei os perfis de todos da banda um milhão de vezes e memorizei todas as fotos.

O perfil de Edie Davis está jogado às traças. A última postagem foi feita em 2011, mostrando uma fatia de cheesecake, acompanhada por duas fotos aleatórias de guitarras.

Mateo Ramirez, dono de uma loja de discos renomada na Cidade da Música, sempre publica recomendações de músicas, além de retratos ao lado de Sara Ellis, sua esposa há quinze anos, em suas turnês.

Patrick Rose. Seu feed basicamente só tem fotos de praia, o que limita a sua localização a praticamente qualquer ponto do litoral. Na mais recente, ele está acompanhado de uma mulher de cabelos escuros que ostenta um anel de rubi. Algo na foto me embrulha o estômago. Não sei se ele foi *escolhido*, se sou filha dele ou de David, mas, pelo jeito, ele seguiu em frente. Pelo jeito, ele já não está enfeitiçado por minha mãe.

Precisando me afastar daquela imagem e da torrente de emoções que bombardeiam meu coração ao vê-la, clico na página da última pessoa da banda, a única que ainda vive a música, que realmente saberia se vale a pena arriscar uma vida de arrependimentos.

Sara Ellis.

Seu perfil é uma mistura de vídeos curtos ao piano, artistas em ascensão e fotos do pôr do sol. A biografia traz apenas seu nome, um emoji de teclado e uma única frase: *A música nos mantém jovens.*

Depois de admirar a foto de perfil, a capa do álbum onde ela aparece de pé diante do pôr do sol, clico na caixa de mensagens. Antes que eu possa mudar de ideia, digito algumas linhas e envio.

Hoje, 23h18

@miapeters: Oi, Sara. Meu nome é Mia Peters, e sou filha de Tori Rose. Eu sei que vocês tiveram uma banda juntas e não faço ideia se você vai ler esta mensagem, mas achei melhor arriscar. Minha mãe me deixou uma caça ao tesouro, com pistas espalhadas por toda a cidade que revelam partes de sua história. Passei a vida inteira procurando fragmentos da minha mãe, mesmo sem conseguir, e agora a música dela, a minha música, começou a me chamar a cada descoberta.

    Minha família não é a mesma desde a morte dela. Mal tocamos no assunto. Esta noite, pela primeira vez em anos, finalmente tivemos uma conversa, e minhas avós me disseram para escolher meu próprio caminho e só então contar a elas minha decisão. Sei que minha mãe estava doente, sei que ela aproveitou tudo ao máximo e viveu a vida apesar de tudo, mas ainda não entendo por que o último álbum dela fala tanto sobre arrependimentos, por que minha cidade se lembra dela de forma tão equivocada.

    A banda foi importante para ela. Você foi importante para ela, então só quero encontrar alguém que possa me ajudar a descobrir como minha mãe era por trás dos holofotes, a saber como ela gostaria de ser lembrada. Você se arrependeu alguma vez? Alguém da Fate's Travelers se arrependeu?

    Enfim, eu só queria conversar. Minha mãe me aconselhou a seguir a música, mas eu não sei aonde isso vai levar.

MIA

DIAS ATUAIS

Faltam três dias para a partida de Britt. Depois de passar a noite em claro, vidrada na tela do celular na esperança de que, por milagre, Sara lesse a minha mensagem e respondesse, sei que preciso tomar uma decisão. De verdade. Porque, quando eu decidir, não vou querer voltar atrás: esse será meu futuro.

Durante toda a manhã, enquanto trabalho na recepção da pousada, organizando gavetas para ocupar minhas mãos inquietas até que eu possa sair para explorar mais, sinto os olhares das minhas avós em mim, à espera. Eu quero a música, eu amo a música. Quero Britt, quero estar com ela, mas isso será o bastante? Finalmente descobri que a música não arruinou minha mãe. Eu poderia trilhar meu próprio caminho; mas, depois de uma vida inteira fugindo, como posso dizer que estou pronta?

Ainda preciso descobrir o último ato da história de Tori Rose.

O envelope índigo chama por mim, e eu abro a gaveta da recepção com um solavanco, puxando com mais força quando a gaveta emperra. Lá dentro, enterrado por baixo de faturas antigas que atiro no lixo, avisto um panfleto de teatro todo desbotado. É de uma adaptação de *Grease* apresentada em Sunset Cove, em 1989. Há quanto tempo essas gavetas não são arrumadas?

Quando o pego e começo a folhear, um rosto familiar sorri para mim. Seus olhos estão voltados para outra coisa além da câmera. David Summers. Foi naquele verão, o verão em que partiram para

Nashville e Nova York, e ele faz o papel de Danny Zuko. Então os dois voltaram para cá depois. Ele e a minha mãe retornaram do seu Verão dos Sonhos, mesmo que só por um tempo.

Guardo o panfleto junto com o envelope e recito a letra dessa pista em voz alta.

Sempre estive sob os holofotes, pedindo à luz para me guiar
Mas quando foi, minha estrela, a sua vez de lá brilhar
Não contive o deslumbre nos olhos nem o aplauso nessas mãos,
Nosso futuro parecia infinito, pois eu amava sua emoção.

Quem diria que o começo de nós teria fim na última cena,
Ou que as mentiras entre nós seriam rompidas por verdade plena,
E que esta noite diante de nós marcaria o último ato,
De mim e de você, um amor perdido no passado?

O Teatro Sunrise fica na orla de Sunset Cove, com as ondas arrebentando na costa arenosa logo adiante. Linnea nos contou que este estabelecimento costumava ser o coração da cidade. Agora, não passa de uma construção manchada pela maresia, com uma porta sempre rangendo.

Britt e eu nos esgueiramos no saguão, com piso desgastado e corredores repletos de cartazes de peças teatrais. De 1980 a 1989, David Summers aparece como atração principal.

— Olá, posso ajudar?

Ao olhar para o lado, vejo o mesmo homem de sempre atrás da recepção. Ele é o tipo de lenda urbana não compartilhada, que desaparece no fundo para passar despercebido. Assombra o teatro dia após dia com seu cabelo grisalho e as camisas cinzentas que lhe conferem essa aparência mortiça.

E, mesmo assim, ninguém questiona sua presença nem o fato de hoje em dia as peças teatrais serem tão raras quanto a neve. Este edifício é mais uma lembrança querida que qualquer outra coisa, um monumento ao que a cidade foi um dia.

— Em que sala foi encenada a principal peça de 1989? — pergunto.

Com os lábios crispados, o sujeito folheia alguns papéis espalhados pelo caos da mesa.

— Foi o espetáculo *Grease*, se não me engano, no salão 3A. É o último lá no fundo do corredor.

— Podemos ir lá ver?

Ele não me olha nos olhos, como se eu fosse apenas mais um cartaz nessas paredes.

— Tenho compromisso daqui a uma hora. Estejam de volta antes disso.

⟵———⊷⊷— ♥ —⊷⊷———⟶

Meu amor,
Não há certa magia por trás dos holofotes?

É isso. Esse é todo o conteúdo do envelope índigo, e eu leio e releio as palavras sem parar. Britt está sentada ao meu lado em uma das poltronas vermelhas remendadas da plateia, com os cotovelos apoiados nos joelhos, a cabeça entre as mãos, os olhos oscilando entre mim e o palco.

O salão é relativamente grande, com fileiras e mais fileiras de assentos, uma cabine técnica ao fundo e holofotes em uma passarela ancorada ao teto. O palco é delimitado por cortinas vermelhas, com um ciclorama ao fundo.

Não há muito a fazer em relação ao envelope, especialmente na vastidão do teatro. Caminho entre os corredores, deslizando os dedos pelos assentos recheados de histórias esquecidas, de momentos perdidos, de verdades dissimuladas. Meus coturnos ressoam a cada passo no palco, e eu olho para Britt, não acostumada com essa perspectiva.

Ela também olha para mim, pensativa, escondida sob as abas largas do seu chapéu de praia.

É preciso lhe dizer uma coisa, algo que me assombra, que me transborda, por isso pergunto:

— Quer cantar comigo?

Apesar de trêmulas, as palavras estão lá.

Britt arregala os olhos, mas, no momento seguinte, já se levanta e caminha até o palco para se juntar a mim. Atravessa o salão cheio de holofotes inativos e promessas vazias. Quando chega ao meu lado, ela fica imóvel, e nós duas contemplamos a plateia por um momento. Em seguida, começo a cantar para ela. Ofereço-lhe uma canção. Cada letra foi moldada em seu nome, e dessa vez Britt sabe que minha melodia lhe pertence.

Nascidas das estrelas e corações disparados,
Sob o azul do céu, apenas nós, lado a lado
Uma aventura sem rumo, um bilhete para qualquer lugar,
Falsas verdades nos mantendo vivas para continuar.

Tem meu destino guardado em seu coração,
A mão que busca a ventania, e a outra firme na direção.
Amor, eu prometo a você e a cada curva dessa estrada
Que daria tudo, tudo para me juntar à sua jornada.

Ela rodopia na minha direção e assume o controle: continua a música com tanta facilidade que meu cérebro se agita ainda mais do que quando nossos lábios se encontraram.

Mistérios e loucuras, um verão que o destino vem roubar,
Nunca acreditei no acaso, mas dessa vez vale esperar.
Eu te seguiria se pudesse, estaria lá, estaria aqui,
Se o adeus for nossa sina, há algo que precisa ouvir.

Se pudesse mudaria o rumo, torraria todo o meu dinheiro
Para acompanhar sua canção, aqui e no mundo inteiro.

Para te seguir por essa estrada, oh oh oh,
Tudo, tudo para te seguir por essa estrada.

Britt me observa, inabalável, enquanto minha voz evapora. As palavras estão na ponta da minha língua, eu só preciso empurrá-las para fora. Preciso confessar a verdade. Em vez disso, porém, fico imóvel no centro do palco, diante de uma plateia vazia.

É apenas mais um lugar fantasmagórico, mais uma recordação de como esta cidade era antes de ter sido moldada pela dor. O luto sempre se insinua nos detalhes. Aparece em um teatro vazio, no coração já não pulsante da cidade, cobrindo suas bordas desbotadas com novas relíquias para imitar o todo, e como uma estrela outrora brilhante, preservada para sempre, mas nunca conhecida em sua totalidade.

Estar aqui de pé, com apenas Britt Garcia ao meu lado, é tão gratificante quanto aquela noite no clube em homenagem à minha mãe. No palco, essa garota tem gosto de um novo tipo de lar, de uma viagem há muito esperada.

— *Spotlight*... holofote — murmura Britt para si mesma no silêncio e depois repete para mim.

— O quê?

Ela está tão perto. *Anda, confessa logo.*

— A música é "See You in the Spotlight". Como é que vamos continuar sem um holofote?

Seu sorriso me convence a fazer qualquer coisa. *Hora de mandar a cautela para as cucuias.*

— Então — começo a dizer, sob o escrutínio do seu olhar desafiador —, vamos arranjar um holofote.

— Gosto desse plano.

Sinto o estômago se agitar.

Descemos do palco e abrimos caminho por entre as poltronas. A cabine técnica ao fundo parece um pouco mais recente que o resto do lugar, mas uma escada velha com mais poeira do que estabilidade conduz à passarela e às luzes montadas lá.

Subindo um degrau por vez, temos um ponto de vista diferente. Meus dedos percorrem o corrimão quando chegamos ao topo, e, na minha mente, o teatro está lotado de pessoas. Posso imaginar nós duas ali, tal como estávamos agora a pouco, no palco com as Lost Girls. Consigo imaginar todas nós de volta a Sunset Cove para uma apresentação no clube de Edie, antes de entrar no carro e dirigir aos risos rumo ao pôr do sol, até chegarmos à Cidade da Música. Consigo me imaginar ao lado de Britt nos degraus do Grand Ole Opry, nas ruas do Music Row, nas festas, para sempre nas melodias.

Há três holofotes aqui em cima que claramente não são usados há anos. Fui contrarregra de algumas peças de teatro estreladas por Britt na escola, então entendo um pouco dessas coisas. Ligo cada um deles, um de cada vez, banhando diferentes partes do palco com luz dourada. Um, dois… No terceiro e último, algo desliza sob a minha mão enquanto espano a poeira da superfície. Meus dedos resvalam em um maço de papéis e eu paro na hora, puxando-os do holofote para revelar as penúltimas páginas do diário da minha mãe.

TORI

1989

Patrick ficou em silêncio por tempo demais, então fui embora. Segui aquelas letras, tão infiltradas em mim quanto a tinta em sua pele. De certa forma, deixaram sua marca. Um turbilhão de pensamentos se apoderou de mim, e comecei a correr. Meus pés batiam contra o chão. Subi a estrada. Contornei os postes de luz. Avancei sob os letreiros neon. Passei por bares lotados de gritos e aplausos, apresentações e o toque reconfortante de um violão. As memórias me seguiam a cada passo.

E David preenchia cada uma delas.

As cabaninhas de lençol da infância, usando vassouras como sabres de luz. Os sussurros trocados no conforto de nossos esconderijos. Os momentos adormecidos com a cabeça em seu ombro. O baseado oferecido pelo amigo dele. A fumaça levando meus sonhos ruidosos para o céu. As corridas a dois na praia. Os encontrões antes de desabarmos juntos na areia.

Voei pelas escadas do hotel, passando pelo homem assustado e seu colete do dia na recepção. A porta do nosso quarto se abriu. David estava saindo quando entrei.

— David — chamei, ofegante, com as mãos nos joelhos e o cabelo todo bagunçado ao meu redor.

Ele esquadrinhou o corredor atrás de mim.

— Está fugindo de alguém?

— Patrick não escreveu essa música.

Quando ele franziu o cenho, enfiei a mão na minha blusa e lhe entreguei o papel.

David nem quis olhar. Apenas o devolveu. A expressão em seu rosto era muito mais fechada que aquela letra de coração aberto. David. David escrevera aquilo para mim.

— Tori... — começou a dizer, e pareceu errado.

Não me chamou pelo apelido: *T*. A tensão pairava no ar. Meu nome ecoou à nossa volta, pronunciado por sua voz. Sem terminar a frase, ele passou direto por mim.

Saiu pela porta e foi para o corredor. Os quartos estavam dispostos em um complexo retangular, e ele deu a volta até chegar ao cantinho onde ficava a máquina de venda automática.

— David! — chamei. — Aonde você vai?

Corri em sua direção enquanto ele enfiava as moedas na máquina e pegava uma embalagem de salgadinho.

Encostei-me junto a ele no balcão, onde repousavam uma cafeteira velha e algumas canecas manchadas de batom. De canto de olho, observei seu cabelo dourado e os cílios compridos, a camiseta com estampa engraçadinha.

— O que aconteceu? Você acabou de me escrever uma canção. Por que saiu de perto?

— Claro que você achou que era dele. — David se virou para mim. — Claro que você *queria* que fosse dele.

Nunca o tinha visto com um olhar tão magoado, tão traído.

— Eu *não queria* que fosse dele.

— As atitudes contradizem as palavras.

— Geralmente é assim mesmo.

— Isso não é uma piada, Tori.

Lá estava outra vez: *Tori*.

— Se era, perdi a piada.

Os olhos dele diziam *A piada sou eu*, e eu queria mandá-los calar a boca.

— Você nunca para quieta — voltou a dizer, pousando a embalagem de salgadinho no balcão atrás de mim para preparar um café que eu sabia que ele não iria beber. — Sempre admirei isso em você. Mas este verão... deveria ser *nosso*. E ele está aqui e...

— Ele faz parte do sonho. Do meu sonho. Desta banda.

Mas ele deu as costas para a música.

— Sim, eu entendo.

— David, eu quero ser uma estrela. E Patrick faz parte disso.

— Você sempre é a estrela — declarou ele, mas não havia um pingo de amargor. Era apenas uma constatação.

— Sinto muito — respondi, e foi sincero. Não por ser a estrela, mas por ter causado sofrimento.

David engoliu em seco, o pomo de Adão tremelicando.

— E você está tão cheia de vida aqui. Aí eu pensei... Sei lá. Que talvez este verão já não fosse nosso. Que você estava estabelecida aqui e não queria mais ir para lugar nenhum... comigo. Mas eu esperava que, pelo menos uma vez, você cumprisse sua promessa.

— Como assim, *pelo menos uma vez*?

Eu me recusava a admitir, mas uma parte de mim se perguntava até que ponto aquele verão era realmente nosso. Quando chegasse o dia de ir para Nova York, eu sabia que conseguiria partir, que de fato *partiria*. Mas ainda não.

Pela primeira vez, havia raiva em seu tom de voz. David *nunca* tinha ficado bravo comigo.

— Quando é que vou deixar de ser o segundo lugar? Quando é que vou ser tão importante quanto *Patrick*? Tudo o que eu sempre quis foi estar ao seu lado, mas é difícil quando você não dá a mínima para a minha presença. Você dorme praticamente colada a mim. Entrava de fininho no meu quarto lá em casa. Dividimos uma *cama* aqui. Às vezes, quando você olha para mim, eu fico tentado a dizer alguma coisa e tentei mostrar como me sinto nessa música, mas... você não se importa quando vem de mim. Achou que era dele.

— Como você pode dizer uma coisa dessas? Claro que eu me importo.

Lágrimas brotaram nos meus olhos. Era *David*. O doce, gentil e atencioso David de Sunset Cove. Nem Tori Rose, nem Tori Peters conseguiriam parar de gostar dele.

— Não me faça de bobo.

— Mas não quero fazer ninguém de bobo — respondi, avançando um passo. — Eu não sabia que a música era sua, verdade, mas você não está em segundo lugar. Eu não escrevi todas aquelas músicas sobre ele. Patrick não se insinuou pelas letras quando eu era Tori Peters e sonhava em me tornar uma estrela, quando eu sonhava com *você*. Ele não era o garoto de olhos verdes dos meus pensamentos. Não era a constante quando eu pulava de galho em galho só para ter para onde ir. Não foi Patrick que inspirou minhas canções. E *eu*, como é que fico nessa história?

David olhou para mim.

— Eu...

— A verdade é que eu gosto demais de você. E isso pode estragar tudo.

Tori Peters tomou as rédeas dentro de mim. Roubou minha língua para contar a David sobre a garota que sonhava com ele antes de começar a sonhar com tudo e todos. Ele era a única pessoa a quem ela confiava seu coração. E a pessoa em quem eu menos confiava para manter meu espírito livre.

— Tori...

Ele me encarou. E, como era David, acima de tudo, segurou minha mão, mesmo em seu sofrimento.

— Não é Nashville que cria ou destrói seu talento. Não foi a Cidade da Música que fez de você uma estrela. Não é a distância entre você e nossa cidade. Não é esquecer sua identidade para se tornar outro alguém. A estrela está dentro de você, t. Sempre esteve aí. Só, por favor, não pense que precisa escolher entre mim e o seu sonho. Você pode ter os dois. Pode mesmo.

Parecia tão bom quando ele colocava dessa forma. Como um sonho novinho em folha. Pensei em todos aqueles dias em que David escutava minhas músicas. Pensei em como concordou em embarcar naquela jornada de verão ao meu lado sem pestanejar. Como assistia a cada show. Como ficava ali, admirando-me de longe.

— David — sussurrei e vi tanta esperança em seu olhar. — Posso te beijar?

Todos os nossos quase beijos vieram à tona. Aqueles momentos eram fantasmas. E eu não queria transformar nossa relação em algo que assombrasse meus pensamentos.

David nem sequer assentiu. Apenas me beijou. Os lábios dele encontraram os meus, e foi melhor que sentir o vento nas carrocerias abertas de caminhão. Pular de pontes. Tomar sorvete na praia e fugir do baile de formatura.

Foi quase tão bom quanto a música.

Com os braços ao meu redor, ele me girou até que eu estivesse com as costas apoiadas na parede, depois se inclinou sobre mim. Quando me levantou, enlacei sua cintura com as pernas. O coração dele batia acelerado contra meu peito. Meus dedos deslizaram por baixo da camisa dele, traçaram a pele lisa de seu abdômen. David se afastou para tomar fôlego e, no momento seguinte, nossas bocas tornaram a se encontrar. Enterrei as mãos nos cabelos dele, com as panturrilhas entrelaçadas a suas costas, e me aproximei ainda mais. Anos de desejo se insinuavam a cada respiração ofegante.

E, por um segundo, David já não representava o passado. Não quando seus dedos acariciavam minha clavícula com tanta delicadeza. Não quando me segurava daquele jeito.

Alguém pigarreou no corredor.

Olhamos para trás e demos de cara com uma senhorinha. Não parecia a turista típica da Cidade da Música, mas lá estava ela, de camisola florida e bobes no cabelo. Com uma expressão escandalizada, mostrou uma moedinha e apontou para a máquina de venda automática.

Desci do colo de David.

— Já terminaram? — perguntou a mulher.

Quando me virei para David, seus olhos brilhavam. Mal consegui conter o sorriso. A música, se fosse possível, estava mais alta do que nunca dentro de mim.

— Desculpe, senhora — pediu ele, abafando uma risada.

A mulher passou por nós com cara de poucos amigos.

David largou a embalagem de salgadinho e segurou minha mão. Parecia exalar as letras da música que escrevera para mim, e eu queria cada pedacinho dele quando enfim as compartilhasse comigo. Naquela noite, deixei Tori Peters e Tori Rose se tornarem uma só. Meu melhor amigo e eu corremos pelo corredor, livrando-nos de qualquer resquício de compostura.

Quando alcançamos o quarto, eu o pressionei contra a porta. Segurei-o ali com as mãos, com o corpo. E o beijei até perdermos o fôlego. Avançamos aos tropeços e desabamos na cama.

E então sussurrei contra sua pele:

— Eu nunca quero me arrepender de você.

Na manhã seguinte, acordei aninhada ao lado de David, com o braço apoiado em seu peito nu. Sorri ao pensar na noite anterior, embora soubesse que o dia trazia outros significados. As poucas inibições que me restavam voltaram com força total, e todas estavam relacionadas a ele.

A luz do sol dançava em sua testa. Embalada pelos versos daquela música, levantei-me da cama com todo o cuidado do mundo. Vesti o roupão esfarrapado do hotel e pulei a janela até a varandinha frágil onde havíamos conversado naquela primeira noite.

O chão machucava meus pés. Eu admirava a cidade já desperta ao amanhecer, tão diferente de tudo que Sunset Cove sempre havia sido. Voltei a olhar para David e pensei em Nova York, depois na cidade para onde eu *sabia* que ele retornaria um dia. Sabia que, se o seguisse, eu também acabaria sugada por ela.

David dissera que eu não precisava escolher entre ele e o sonho, entre o passado e o futuro. Na pressa e no calor do seu beijo e daqueles versos inebriantes dedicados a mim, acabei por acreditar.

Mas ali, à claridade de um novo dia, eu já não tinha tanta certeza.

Patrick me esperava no corredor, munido do violão.

— Estou pronto — declarou tão logo me viu.

E eu soube, mais do que nunca, a escolha que teria pela frente.

Na noite daquela apresentação, quando tudo mudou mais uma vez, eu estava acomodada ao lado de David em uma mesinha alta. Aos risos, lutávamos para reivindicar um lugar livre de manchas de cerveja para apoiar os braços. Seu hálito quente roçou minha bochecha quando ele me sussurrou algo que não entendi.

A banda ensaiava do outro lado do salão. Edie configurava os alto-falantes e Sara conversava com Mateo, apoiada na bateria. Patrick estava pronto para apresentar sua nova canção, nem de perto tão cativante como aquela que David havia escrito com tanta facilidade.

Dali a um minuto, eu me juntaria a eles. A indecisão entre o Verão dos Sonhos com David e meu sonho ali me dominou outra vez, e eu sabia que precisava contar a todos sobre minha decisão. Lembrei-me de como David me fazia acreditar que o mundo inteiro estava ao meu alcance.

Olhei para ele, pronta para mergulhar nessa performance. Nessa canção.

Mas ele já estava olhando para mim.

— Que foi? — provoquei.

— Sabe a peça que estou escrevendo? — perguntou, baixinho, e tracejou as sardas no meu ombro antes de beijar cada uma delas. — É sobre uma garota, um rapaz e um Verão dos Sonhos.

Ai. Minha nossa.

O microfone estrondeou no palco, tal como acontecera na noite em que o universo colocou Patrick na minha vida, e David apertou minha mão.

— David... — comecei a dizer, mas as palavras se perderam no caminho.

O destino me destruiu por dentro. O destino me fez de boba.

— Tori! — gritou Edie, da outra ponta do bar lotado. — Você vem ou não?

— Você pode ler a peça mais tarde... — David esboçou um sorriso, e eu nunca o tinha visto tão tímido assim. — Se quiser.

— Eu quero — respondi, tropeçando nas palavras. — Quero, sim.

— Tori! — berrou Edie, com as mãos em concha ao redor da boca.

— Já vou — gritei de volta, enquanto atravessava o cômodo em direção à banda.

Carregando todas as palavras não ditas a reboque, lancei um último olhar para David antes de me afastar.

FAIXA 8

"THE ONE TIME YOU REGRET ME"

Após um hiato de sete anos, lançado em Regret You,
o último álbum da carreira de Tori Rose

MIA

DIAS ATUAIS

Sinto que minha mãe me entende nessas páginas e que as últimas peças se encaixam. Tori Rose sentiu todas essas coisas. Também se sentiu como eu, dividida entre a cidade que a criou e a estrada que lhe oferecia tantas promessas.

A diferença era que, se eu escolhesse a estrada que ela queria, o caminho que ela desejava, também poderia ter o amor. Ao contrário dela, eu não precisava escolher. Minha mãe tinha opções e medos, tinha músicas que a assustavam e, ainda assim, tentava dar o seu melhor. Ela era um milhão de paradoxos e queria a música, apesar de tudo. Buscava uma maneira de ter todas as coisas em vez de simplesmente aceitar que não seria possível. E, com isso, mostrou que eu também poderia.

Mesmo em sua ausência, estou aqui com ela, ao seu lado nessas páginas. *Nesse diário.*

Estão aqui por um motivo, tudo tem um motivo. Os papéis foram colocados nesse holofote por alguma razão, e isso por si só deve ser uma pista, bem aqui, na palma da minha mão. Ligo o holofote e um brilho escarlate ilumina o centro do palco, onde Britt e eu estávamos minutos antes, traçando o contorno perfeito de uma rosa.

— *Britt.*

— Mia...

É o sinal que estive esperando.

A luz da minha mãe, moldada em seu nome e estrelato, torna-se um farol.

Depois de descermos as escadas, dou o primeiro passo em direção ao palco. Quando me posiciono debaixo dos holofotes, minha pele se enche de rosas e promessas. Britt me observa sob a mesma luz, e eu avanço para perto. Ela arqueia as sobrancelhas outra vez, mas eu apenas entrelaço nossos dedos. Parece tão certo estar aqui com Britt. Neste palco. É isso.

— E se aquela não fosse nossa despedida?

As palavras escapam enquanto algo dentro de mim alça voo, com o coração martelando no peito.

Seus lábios se curvam em um sorriso.

— O que isso significa?

— Eu quero ir com você.

Seu sorriso fica ainda maior.

— Você disse isso mesmo?

— É, você tinha razão.

— Eu sei.

Britt faz carinho no meu rosto.

— Nem preciso entrar na banda ou coisa do tipo — apresso-me a dizer. — Mas eu quero sair daqui. Quero mais que isso.

— *Pffft*, você já faz parte da banda.

Ela me puxa para perto, envolvendo minha outra mão. Não há mais um abismo entre nós, apenas música. Para sempre, a música.

— Amy me deve vinte dólares, aliás — acrescenta Britt.

— Você apostou em mim? — pergunto, com uma risada.

— Sempre.

Britt me beija sob o holofote escarlate, no meio do palco vazio, e me derreto nela. Eu me permito.

É isso.

Só nos afastamos para apagar as luzes, e eu sussurro um agradecimento silencioso para minha mãe, em qualquer esfera celestial que esteja. Por fim, entrelaço meus dedos aos de Britt mais uma vez e, juntas, corremos teatro afora, passando pelo sujeito taciturno na porta da frente. À medida que o deixamos para trás, o antigo coração de Sunset Cove volta a bater.

Acabamos indo parar na enseada onde nos beijamos pela primeira vez, aos risos, enquanto nos afundamos na água gelada.

— É isso — digo, dessa vez em voz alta.

Britt sorri. Movidas pela atração da maresia e dos sonhos, começamos a nos aproximar até que… ela joga água na minha cara.

Outra risada escapa e, com uma piscadinha, ela mergulha no mar. Nada para longe, e eu vou atrás, ambas perdidas no momento. Podemos passar horas, dias, semanas aqui, debaixo de sol, com mais três dias até partirmos. Espirramos água uma na outra às gargalhadas, e o riso já não é agudo e doloroso, porque não é um adeus. Naquele palco, neste oceano, cruzamos outra linha, e foi a última que traçamos na areia entre nós.

Quando voltamos ao afloramento da enseada, ao recanto aninhado ali, estamos tremendo dos pés à cabeça. Com os dedos enrugados, nós nos abraçamos para nos aquecer, cada vez mais próximas. Britt me puxa para junto de si, e minhas pernas enlaçam sua cintura enquanto permanecemos acima das ondas rasas, seus braços deslizando por baixo de mim.

— Você vem mesmo? — pergunta ela, sem fôlego, e eu não sei se é de tanto nadar ou por outro motivo.

Confirmo com um aceno, e me aproximo para beijá-la de novo.

E finalmente, *finalmente*, desta vez não precisamos nos despedir.

MIA

DIAS ATUAIS

A garagem de Amy é uma ode à música. Por todas as paredes, há bateristas, de Ringo a Viola Smith, além de cantores, pianistas e letras e partituras emolduradas. Ela e Sophie estão sentadas em um sofá marrom puído quando Britt e eu entramos pela porta, e os olhos de ambas saltam para mim.

— Reunião da banda — anuncia Britt, atravessando o cômodo para se acomodar no chão entre elas, encostada no sofá.

Parece tão confortável na presença das duas, descansando os braços nos joelhos delas, e é assim em todos os ensaios da banda, mas dessa vez não estou aqui apenas como acompanhante.

Sophie sorri para Britt, mas Amy ainda me observa fixamente, prendendo o seu longo cabelo preto sem desviar o olhar. Luzes cintilantes piscam no teto, nos mais variados tons.

Eu me remexo no lugar, inquieta.

— Oi.

Britt me lança um olhar que diz "deixa que eu resolvo", então fico quietinha.

— Vocês se lembram da Mia? — pergunta ela, virando-se para encarar as companheiras de banda.

— Claro — respondem as duas.

A expressão de Sophie é gentil, acolhedora. Amy parece mais cautelosa, com o cotovelo apoiado no encosto do sofá.

— Ela vai com a gente para Nashville. Disse que não se importa de seguir sozinha com a música, mas demos a ela uma semana, e acho que ela seria uma ótima adição à banda.

Britt pisca para mim, e meu coração acelera. O que eu fiz para merecer alguém assim?

— Já não era sem tempo — comenta Sophie, com um brilho no olhar.

Amy cruza os braços.

— Tudo bem, então cante para nós. Audição.

Britt dá risada.

— Ames, você já a ouviu cantar.

— Sim, mas já faz um tempão. Quero ouvir de novo.

Meu coração se acalma diante do simples pedido, da tarefa de conquistar o meu lugar. Eu cantei no clube, então posso cantar aqui por um futuro com Britt e as Lost Girls.

— Ok, posso fazer isso.

Posso encarar a música antes de seguir seu rastro.

Britt aponta para o suporte do microfone do outro lado da garagem, aquele em que ela já cantou tantas vezes. Em seguida, aproxima-se de mim, encostada na bateria com sua camisa xadrez amarela, regata e short jeans. Seus cachos ainda estão úmidos depois do nosso mergulho na enseada, e meu rabo de cavalo ainda pinga água fria nas minhas costas.

— Você consegue — incentiva ela.

— Vou te encher de orgulho — provoco e me inclino para lhe beijar a bochecha, porque agora eu posso.

Sinto um sorriso despontar nos seus lábios quando capturam os meus pela milionésima vez hoje.

— Acho bom mesmo.

Suas palavras também são de brincadeira, mas quero mesmo deixá-la orgulhosa; quero fazer isso direito, quero compensar todos os dias em que deixei o medo me dominar.

Levo o microfone para a frente do sofá, e os cabos enroscam no tapete felpudo, mas consigo ajeitar tudo. Agarro o suporte e o puxo para perto, segurando-o como se minha vida dependesse disso. Deixo-me levar pela música e, depois de respirar fundo, coloco o violão da minha mãe diante do peito.

E começo a tocar.

Nessa garagem, com aquelas garotas, canto a mesma canção daquela noite no clube de Edie, a música que desencadeou toda essa mudança. Deixo a letra se desenrolar e tento ignorar os arredores, o barulho da casa além da garagem e a rua na frente. Depois me concentro apenas em Britt e canto para ela.

Deixo minha voz subir e descer. Mostro a elas todas as nuanças da artista que eu quero ser. Mostro quem é Mia Peters, além do violão da minha mãe, além do seu legado. Não há uma palavra de aceitação, nenhuma frase para confirmar esse sonho. Elas simplesmente se levantam e me puxam para a música, e eu nunca estive tão viva.

MIA

DIAS ATUAIS

Q UANDO O RELÓGIO BATE MEIA-NOITE E MARCA OS DOIS DIAS restantes até nossa partida, Britt se aproxima e sussurra no meu ouvido:

— Oi, companheira de banda.

Viro-me de lado, quase abraçada a ela.

— Oi.

Preenchemos a lacuna entre nós, e há uma cadência no beijo, um padrão, um lirismo reservado apenas a Britt. É uma canção que apcrfciçoávamos há muito tempo, uma melodia que praticamos agora, no meu quarto. Descansamos lado a lado no meu edredom, com as pernas entrelaçadas e os lábios colados. Não é uma contagem regressiva; não é um último beijo. Este é um novo começo e, pela primeira vez na vida, o peso que sempre esteve no meu coração se esvai por completo. Britt se ajeita para ficar em cima de mim, colocando meu cabelo atrás da orelha. Arqueio as costas e começo a beijar seu rosto, seu pescoço, sua clavícula. Ela enterra o rosto no meu ombro e sorri contra a minha pele, e nós começamos tudo outra vez. Nossas palavras no palco e na enseada nos trouxeram até aqui. Nossas gargalhadas pelas ruas escuras, as trapalhadas para pular a janela e os passos cambaleantes quarto adentro se transformaram *nisto*.

Minhas avós estavam jantando com Dania e Mile, e por isso pedimos se Britt poderia passar a noite aqui. Ainda preciso contar a elas minha escolha, mas estou pronta. *Estou pronta.*

— Desculpa ter demorado tanto tempo para me decidir — digo, referindo-me a todo o tempo perdido.

— Pare de se desculpar. Em vez disso, me conte do que você tem certeza.

— Tenho certeza de você.

Meus dedos acariciam suas costas, e ela aperta as laterais do meu quadril. Os beijos ficam mais urgentes, mais intensos.

— E do que mais?

— Tenho certeza de que quero seguir a música, de que quero ver o mundo além desta cidade.

Britt mordisca meu lábio, e eu a puxo para mais perto, precisando tanto dela quanto da minha próxima respiração. O silêncio só é transposto pelo encontro de nossos lábios, e não há verdades veladas, quase mentiras nem quase nada.

Entre um beijo e outro, Britt sussurra nossas canções. A voz dela nos envolve, conduzindo-nos em direção à música, a todas que escrevi para ela e com ela, a todas que já me fizeram pensar nela também.

A noite de formatura vem à tona, com as memórias de estarmos juntas atrás daquele palco, de onde eu estivera pouco antes disso. As palavras das quais tanto fugi estrondeiam tão alto com a minha pulsação que tenho a certeza de que ela já as consegue ouvir, que já as sente ao me tocar. Nunca as disse para ninguém além das minhas avós, jurei a mim mesma que nunca diria, mas a música é tão forte agora. As melodias são tantas. E ela é *tudo*.

Por isso, decido me entregar e imagino a praia, imagino a cabeça dela apoiada no meu ombro, e me lembro da fuga pela janela de Jess, do meu capelo de formatura levado pela brisa.

— Tenho certeza de que te amo, Britt Garcia.

As palavras irrompem do meu peito e abrem caminho entre nós como nunca antes, mesmo com todos os beijos no escuro, as paixões avassaladoras, as músicas e os dias compartilhados.

Britt se afasta com os olhos arregalados. Estamos sozinhas no mundinho do meu quarto, neste momento estrondoso, e, em seguida, ela me beija como se também precisasse de mim.

— Eu sabia.

— Sabia, é?

Quase dou risada. Todo esse tempo, e ela sabia. Claro que sabia.

— E você… sabia que eu te amo? — pergunta Britt, e soa como um desafio, assim como quase tudo que ela diz, e de alguma forma isso me abala e me cura ao mesmo tempo.

Começo de novo e de novo e de novo. Já não me importo em planejar o fim.

— Eu torcia para ser verdade — respondo bem quando nossas respirações colidem, nossos lábios se conectam e essas palavras se tornam a única coisa que importa. — Eu não sabia. Mas torcia tanto.

Aprofundamos o beijo mais e mais. A intensidade parte de mim e dela, e de repente os dedos tateiam os botões, os botões se abrem e as roupas são arremessadas para longe.

— Tem certeza disso? — pergunta Britt, afastando a alça da minha regata para plantar um beijo no meu ombro.

— Absoluta — respondo e envolvo seu rosto entre as mãos. — Acho que nunca tive tanta certeza.

Entre um beijo e outro, beijos ávidos e hipnotizantes que me assolam por completo, sussurro contra os lábios dela antes de avançarmos mais:

— E você? Tem certeza?

— Sim, Mi. Eu tenho.

Acabamos juntas debaixo dos lençóis, as últimas peças de roupa sendo tiradas, o toque suave e delicado, beijando sardas e constelações na pele uma da outra. E ali nos tornamos algo que nunca fomos antes. Sob a luz do luar, das estrelas e dos postes da rua, meu amor por ela é tão intenso que me consome. Sussurro tudo contra a sua pele, ela alisa meu cabelo para trás e juntas fazemos promessas que podemos finalmente cumprir. Ela sobe no meu colo, depois eu subo no dela e depois ela está em cima de mim outra vez enquanto o relógio na mesinha de cabeceira perde a noção do tempo, a noite escapando por entre seus ponteiros. Entrelaçamos os dedos nos cabelos e descobrimos coisas inéditas. Deixamos tão claro, tão inegável, que tornamos isto, nós duas, real.

A semana pode estar prestes a terminar, a estrada aberta pode ser desconhecida, posso ter apenas uma das pistas da minha mãe, mas, à medida que as últimas roupas são tiradas e os últimos segredos são revelados, nunca senti tanta certeza como sinto aqui... com ela.

MIA

DIAS ATUAIS

A última pista encerra a jornada, e eu não quero que acabe. Ao mesmo tempo, estou mais do que pronta para o próximo capítulo. Melodias suaves tocam nos fones de ouvido que Britt colocou, e estou perto o bastante para ouvir, com a cabeça em seu peito.

— Preciso ir em frente — sussurro para ela. — Tenho que terminar a caça ao tesouro. Tenho que descobrir o que ela precisava dizer.

Britt se vira para mim no escuro, onde estamos abraçadas.

— Então vamos nessa.

───── ♥ ─────

Só há um lugar possível para a última pista, e juro que é a última janela pela qual pretendo me esgueirar. Quando o sol nasce e faltam apenas dois dias para nossa partida, sei que preciso acabar logo com isso, se quiser deixar Sunset Cove para trás.

Quando o mar recua e o passado dá adeus,
Fico presa ao que éramos, em todos os erros meus e seus.
Como falávamos em telefones de lata sobre sonhos que tocavam o céu,
Como sussurrávamos segredos às conchas e juntos caminhávamos ao léu.

E a decepção no seu olhar, aquela dor não esquecerei,
Ler o obituário dos seus sonhos, aqueles que eu mesma matei

Percebi que era você bem depois de você perceber que era eu,
Mas ainda assim outro persegui, e assim tudo se deu

E nesta praia de fumaça e espelhos, choro e lágrima ardente,
Foi quando enfim percebeu, e de mim se arrepende

É a ponte da música que nos levou àquela casa abandonada, marcada pela placa encoberta de Miner Lane. É o mesmo lugar que nos conduziu à chave que destrancou a quinta porta do clube de Edie. Por isso, estacionamos ali, cercadas pelas familiares ondas do oceano.

Eu pego na mão de Britt.

— Antes de a gente continuar...

— Mia — interrompe-me ela —, vai ficar tudo bem.

Respiro fundo.

— Obrigada. — Envolvo as mãos nas dela, como fizemos no palco. — Obrigada por ter vindo comigo e ter me proporcionado a melhor semana da minha vida. Eu estava com tanto medo da despedida, de te perder, mas na verdade tudo foi *maravilhoso* até o último segundo. Obrigada por ter ficado ao meu lado mesmo quando eu dificultei as coisas.

Ela revira os olhos, mas vejo o carinho por trás.

— Agora não precisamos mais nos despedir.

Abro um sorriso, e ela sorri de volta quando a beijo.

Não sei o que vem depois do momento pelo qual esperamos a vida inteira, mas sinto que estou prestes a me permitir viver, de verdade, pela primeira vez.

— Estou pronta — declaro e, a essa altura, parece um mantra.

Britt tranca as portas do carro enquanto abrimos a cerquinha branca e caminhamos em direção ao quintal, todo pontilhado de ervas daninhas e flores silvestres.

Deslizo as unhas sob a aba do envelope roxo e estou prestes a ver a última carta que minha mãe escreveu para mim, a última carta que ela escreveu na vida, até onde sei. O papel de carta cor-de-rosa está um pouco amassado. Por mais que uma parte de mim esteja desesperada para fugir de outra despedida, da tristeza de perdê-la de vez, respiro fundo e começo a ler em voz alta.

Querida Mia,
Bem-vinda à casa do meu melhor amigo. Bem-vinda ao começo que eu gostaria que não fosse um final. E, talvez, ainda não seja. Acho que nunca vou descobrir. Eu queria estar sempre a um telefonema de distância, mas espero que você ao menos possa se agarrar a este pedaço de mim agora.

Com todo o meu amor,
Mamãe

— Não tem pistas na carta... — Viro a folha, mas só encontro algumas letras de música rabiscadas no verso. — Acho que só temos as pistas que nos trouxeram até aqui.

Britt se aproxima e pega o bilhete.

— Ela diz que gostaria de estar sempre a um telefonema de distância, e a música menciona telefones de lata. Deve significar alguma coisa.

— Será que tem um telefone lá dentro?

— Talvez.

Britt já está caminhando em direção à casa.

— Vou ter que arrombar para descobrir? — pergunto.

Ela nega com a cabeça.

— Vamos guardar os crimes para a Cidade da Música.

Eu a alcanço e, juntas, observamos os painéis da casa e as persianas riscadas de azul. A porta antiga com uma janelinha estilhaçada. Vamos até um balanço com as cores do arco-íris e reparamos nas iniciais entalhadas na lateral: *TR + DS estiveram aqui.*

Naquele dia em que matamos aula, depois de termos vasculhado o lugar de cima a baixo, passamos horas sentadas bem ali, jogando conversa fora e brincando de verdade ou desafio enquanto o céu passava de azul a cor-de-rosa.

— Quer parar um pouquinho? — pergunta Britt, sentando-se.

Afundo na almofada puída e empoeirada, encostando a cabeça no ombro dela.

— Você acha que ele ainda mora aqui, nesta cidade?

— Talvez.

— Não consigo parar de pensar se é *ele*, se é o meu pai.

Essa deve ser a antiga casa de David Summers.

— Não sei, Mi.

— Por que ele foi embora? — Fecho os olhos, e as lágrimas ameaçam vir à tona. — Por que todo mundo sempre vai embora?

Britt aperta minha mão.

— Não vou te deixar para trás. — Ela traça um coração na minha palma, levando os nossos dedos entrelaçados aos lábios. — Seja como for, agora é você quem vai embora.

O balanço range quando nos levantamos, e a poeira flutua no ar. A brisa sopra sobre um conjunto de marcas entalhadas no chão da varanda.

— Mas o quê...

Agachada, passo os dedos pela superfície e percebo que são acordes de violão. Foram gravados na madeira de forma tão intencional, mas se desgastaram com o passar do tempo, como os do palco do Horizon. Nunca o tínhamos visto ali antes. E hoje, em vez de sentir que carrego o legado insuperável da minha mãe quando tenho seu violão a tiracolo, sei que trago comigo todas as respostas que tenho procurado.

Esses acordes... são um rastro a seguir, tal como a caça ao tesouro. Por isso nós os seguimos, acompanhamos a música entalhada na madeira, e Britt sussurra a letra, porque é uma música de Tori Rose, uma mistura delas, na verdade, e nós duas as conhecemos.

Começa com "Regret You", depois vem "How Many Seconds in Eternity", seguida de "Mirror, Mirror", passando por toda a carreira da minha mãe, até o maior sucesso da banda: "Once Upon and I Told You So". Os acordes nas tábuas de madeira nos conduzem aos fundos da casa, e o último está entalhado no corrimão, bem ao lado de uma roseira cor-de-rosa.

Desço os degraus da escadinha, e Britt se detém ali, imóvel.

— Mia, vem dar uma olhada nisso aqui.

Quando volto para lá, ela está agachada no chão, com os dedos ao redor do que parece ser uma linha de pesca, amarrada na base do corrimão.

— Não vi isso da última vez. Está dando a volta na roseira.

— Peraí, vou lá conferir.

Enfio o braço no meio do arbusto, com cuidado para evitar os espinhos.

— Ai.

Acabo me espetando sem querer, mas quando encontro a outra ponta da linha, sinto que valeu a pena. Sigo o caminho com a ponta dos dedos e paro onde ela entra no solo, enterrada logo abaixo.

— Está aqui.

Britt se junta a mim e eu começo a cavar, com a terra fincada debaixo das unhas, ciente de que em um segundo terei as minhas respostas e em um segundo minha mãe terá desaparecido outra vez. O pânico me invade, rápido e intenso, e o ar me escapa, mas eu continuo mesmo assim. Todos os dias da minha vida me conduziram a este momento, todos os anos, todos os segundos.

Tori Rose esteve aqui, e eu sou sua única filha. Ela deixou isso para mim.

Quando termino de escavar a terra, vejo o brilho de prata enferrujada, há muito corroída pela maresia. É um telefone de lata.

— Veja se tem alguma coisa dentro — aconselha Britt.

Pego a lata e retiro um maço de papéis embrulhados em plástico, surpreendentemente finos. São, sem dúvida, as últimas páginas do diário da minha mãe.

Aperto o último capítulo junto ao peito.

— Está bem, vou ler o que tem aqui. Vamos terminar essa história.

Os braços de Britt envolvem a minha cintura, e eu me inclino para trás, para mais perto dela. No fim da minha mãe, temos um novo começo.

TORI

1991

Os holofotes me cegaram quando caminhei até o centro do palco e tive de proteger os olhos com a mão. O microfone resvalou na minha palma. Ajeitei o suporte para que a música ficasse a um beijo de distância. A batida começou atrás de mim, e eu me juntei a ela com um aceno de cabeça e um estalar de dedos. Os aplausos irromperam antes mesmo de as primeiras palavras verterem dos meus lábios. Dei o meu melhor sorriso às milhares de pessoas na multidão.

A tatuagem na minha clavícula era banhada pela luz dourada ao meu redor. Uma rosa só com espinhos vermelhos. Um punhado de palavras moldava o caule: *Vá ser a estrela que está destinada a se tornar*. Do meu primeiro sucesso country, "Forest in the Sea". Por um segundo, esqueci os demônios que dançavam comigo. As memórias que só se tornavam mais nítidas com o tempo. A música era amnésia naqueles dias. Era bem-vinda do mesmo jeito.

Despejei tudo na letra e, em algum lugar lá fora, a minha sede de viajar alcançou o destino tão desejado. Vendi minha alma à batida por tudo o que ela poderia exigir.

Era tudo o que eu sempre sonhei. Precisava me lembrar disso tarde da noite, quando não havia ninguém a quem ligar. Ninguém com quem conversar. Ninguém para me acompanhar até em casa.

Mas eu tinha aquilo. Tinha tudo.

Quando o refrão chegou, ergui o microfone e o virei para a multidão. Deixei aquele mar de gente que nunca me conheceria de verdade cantar as palavras do meu coração. Meu vestido de paetê balançava ao meu redor, e as rosas de plástico espetadas na minha trança pareciam prestes a me perfurar o crânio.

Ainda assim, continuei a dançar. Continuei a balançar. Continuei a cantar.

E fiquei sozinha nas minhas melodias, dirigindo-me apenas para a multidão:

— Boa noite, Nashville. Quem está pronto para seguir a música comigo?

FAIXA 9

"FOREVER 18"

Escrito por Mia Peters para uma coleção chamada Missing Neverland

MIA

DIAS ATUAIS

Sinto os espinhos se fecharem ao meu redor à medida que a última parte da história se desvanece. Ao virar as páginas, não encontro mais nada. A cova do telefone de lata está vazia, e nada restou. Depois de toda essa jornada, minha mãe está sozinha naquele palco. Perdeu seu amor, perdeu seu lar, perdeu tudo, exceto o sonho que já não lhe bastava.

— Mia... — começa Britt.

Abano a cabeça e, sem querer, amasso as páginas, e isso só me dá ainda mais vontade de chorar, porque estrago tudo o que toco, eu... não consigo conter as lágrimas.

— É só *isso*? — Chacoalho as páginas, e Britt gentilmente as recolhe da minha mão, envolvendo-me em seus braços. — Cadê meu pai? Cadê o sonho dela? Cadê a certeza?

— Aqui. — Ela pousa a mão sobre o meu coração, mas seu tom vacila. — Deve ter mais alguma coisa. Talvez a gente não tenha encontrado tudo. Não faz sentido terminar assim.

Choro no ombro dela e deixo toda a mágoa sair. Não faz sentido terminar assim. Tori Rose foi levada cedo demais, foi brilhante demais, e cada palavra daquelas últimas páginas me leva a acreditar que ela não queria ter chegado tão longe.

Como pode acabar assim? Depois daquele último capítulo em que ela parecia tão desesperada para ter tudo, como pode ter acabado sem nada? Como pôde me conduzir por toda essa jornada só para varrer as minhas revelações com a realidade?

Enquanto Britt me abraça, também a mantenho perto de mim, tentando me manter aqui. Não quero deixar tudo ir embora pelo ralo, perder meu fôlego, meu coração e todo o resto, tal como minha mãe fez. Quando consigo respirar novamente, Britt e eu vasculhamos o jardim, o terreno, cada envelope dentro da minha bolsa. Não há nada, nada para consertar isso, nada para revelar o que ela quis dizer.

Minha mãe fez tudo isso por mim, e eu dei um jeito de estragar tudo porque estava tão segura, tão *certa* de que desvendaria a sua mensagem. Estava tão confiante de ter descoberto a verdade ontem, sob o holofote escarlate do teatro. Tudo parecia se encaixar com Britt, com as Lost Girls, com a música, *tudo*. Mas também pareceu se encaixar para Tori Rose. Talvez os sonhos estejam sempre fadados a desaparecer, talvez nos deixemos levar por sua ilusão sem perceber que não passam disto: uma ilusão brilhante e explosiva, nunca destinada a ser mantida.

As palavras se confundem outra vez, os envelopes se fundem diante dos meus olhos. E, de repente, tudo começa a fazer mais sentido quando os vejo ali, alinhados na trilha de cascalho, e percebo o padrão.

Regret You.

Foi para onde a carreira dela a levou, para onde a música a conduziu, para onde a caça ao tesouro desembocou. Caramba, até o pôster onde ela escondeu uma das pistas era daquele álbum. A mensagem não poderia ter sido mais óbvia. É como um soco no estômago.

— Ela... — Cubro a boca, com vontade de vomitar. — Eu achei que tinha entendido. Parecia tão claro. Achei que ela estava me dizendo para seguir a música.

Chegamos novamente à frente da casa e afundamos no balanço da varanda. As iniciais entalhadas ali me atormentam. TR + DS *estiveram aqui*. O que minha mãe quer me mostrar com essa história, com isso tudo? Eu amo Britt, amo a música e amo a banda, mas minha mãe parece dizer que isso só vai tornar as coisas mais difíceis quando eu inevitavelmente perder tudo e todos.

Sigo apressada até o corrimão, e tudo dentro de mim se esvai sobre aquelas rosas perfeitas.

— Não acho que vai terminar assim.

Britt meneia a cabeça, segurando meu cabelo para trás enquanto eu vomito. Depois, acaricia minhas costas com delicadeza, também à beira das lágrimas. Odeio fazê-la chorar; odeio fazê-la sofrer. E me odeio por cada sofrimento que já lhe causei, por cada mágoa que lancei sobre as pessoas que amo por ser tão parecida com Tori Rose.

Talvez eu estivesse certa desde o início e nada devesse mudar. Talvez seja bom para Britt me perder. Talvez fique melhor sem mim. Talvez, assim, eu pare de machucá-la.

— Pense no esforço que ela teve para criar essa caça ao tesouro — argumenta Britt. — Por que ela escolheria terminar desse jeito? Especialmente quando...

Ela nem precisa concluir a frase. Eu a conheço bem o bastante, assim como conheço a história trágica preferida desta cidade, para saber o que ela ia dizer. *Especialmente quando esse seria o único final que sua mãe teria a chance de escolher.*

— E se for só isso mesmo?

Finco as unhas no braço como se com isso pudesse acordar em um mundo onde minha mãe ainda está viva, onde pode consertar as coisas. Cada inspiração apunhala, cada expiração traz de volta as lágrimas.

— E se ela quis me mostrar tudo aquilo de que se arrependeu? — continuo. — Ela estava tão ansiosa para ir embora daqui. E se ela se arrependeu de tudo? E se ela se arrependeu da jornada?

— Mia.

— E se ela se arrependeu de Patrick, de David ou do meu pai, seja lá quem for?

— Mia.

— E se ela se arrependeu do sonho?

— *Mia.* — A voz de Britt fica embargada, e ela enxuga minhas lágrimas com os polegares, beijando os rastros que deixaram. — Por favor, Mia. Respire, meu bem.

Eu não consigo, não consigo, não consigo.

— E se ela se arrependeu de mim?

O silêncio de Britt me faz olhar em sua direção.

— Você não é a sua mãe, Mia. Não é.

Deveria ser um alívio, deveria ser um insulto, e eu deveria *saber* como me sentir em relação a isso.

Mas, durante toda a minha vida, mostraram-me como sou ou não sou ela. Minha existência inteira é um diagrama de Venn entre mim e Tori Rose. Talvez eu tenha herdado muitas coisas ruins, muitas partes da sua tragédia, muitas maldições da música.

Acreditei que finalmente iria descobrir a verdade. Vai ver, descobri mesmo. Se essas pistas significam alguma coisa, porém, talvez a verdade simplesmente não fosse o que eu queria ouvir.

— E se acontecer a mesma coisa com a gente? — sussurro meus medos enquanto Britt apoia o braço em volta dos meus ombros.

Só quero que ela diga que vamos ficar bem. Só quero que ela prometa que não vamos desmoronar. Eu nunca tive tanto medo de a perder, de perder tudo — se é que existe diferença — para a estrada.

— E se a gente também se arrepender?

Britt meneia a cabeça.

— Mia, eu acompanhei você esta semana. Acompanhei você durante anos a se levar pela música para depois se afastar. Sua mãe não é dona dela. A história dela não é a sua.

— Nenhuma de nós a conheceu. Não para valer.

— Mas eu conheço *você.*

— Nem eu me conheço.

O choro ameaça vir à tona outra vez, e eu me sinto tão, tão perdida.

Lembro-me de quando Britt me contou sobre a decisão do nome da banda. *Amar a música é nunca crescer, certo?* E naquele momento eu soube que amar uma garota era saber que, às vezes, teríamos que crescer sem ela.

— Achei que eu finalmente tivesse decidido quem sou, mas já não sei. Não quero fazer a escolha errada, Britt. E se esta for a escolha errada?

Mais um momento de silêncio se instaura.

As palavras dela são tão cuidadosas, tão comedidas, como se a minha pergunta fosse profunda demais.

— Mia, se concentre só nisso.

— Eu não consigo.

— Já disse que não posso ficar — declara Britt.

Ela se afasta de mim, e a distância entre nós é tremenda, avassaladora. Os olhos dela transbordam sofrimento, mas a linguagem corporal exala distância.

— Tenho que ir embora daqui a dois dias — continua ela. — Não vou questionar minhas escolhas agora.

— Por que não? — pergunto, quase num sussurro.

Por que ela não quer se salvar?

Britt evita meu olhar. Pelo jeito, consegui estragar tudo entre nós. Posso ver pela curva de seus lábios, pela escuridão em seu olhar ao ouvir a pergunta. Ontem à noite nos encontramos e agora já nos perdemos outra vez.

— Você não tem o direito de me perguntar isso. Mesmo que você não tenha certeza, eu tenho, e o fim da sua mãe não muda nada. Também não precisa mudar para você, se estiver certa da sua escolha.

— Achei que estivesse.

A ausência da minha mãe parece mais dolorosa que nunca, porque o adeus inexistente de antes não foi nem de longe tão doloroso quanto este, e eu nem achava que isso fosse possível.

— E agora não está mais? — questiona Britt.

— Não sei o que fazer. Tenho certeza sobre você, Britt. Isso não vai mudar. Mas se minha mãe quis me alertar em relação a...

E eu a destruo também.

— Mia, eu não posso continuar assim. Eu te amo. Eu te quero ao meu lado, mas não posso ver você se machucar desse jeito. Não aguento mais ver você tão assustada. Por acaso ama a música?

— Sim.

— Então vamos encontrar as respostas juntas — insiste ela. — Não vamos seguir por esse caminho outra vez. Respire fundo e escute o que seus sonhos dizem, não a sua mãe... só escute os *seus sonhos*.

O silêncio é mais carregado dessa vez, e o peso volta com tudo, prestes a me esmagar.

— Meus sonhos não me dizem nada — minto, e os olhos dela acusam a mentira, mas os lábios não.

Britt fica impassível, com uma expressão neutra e reservada.

— Então esse é o seu primeiro erro — diz ela.

E ela começa a se afastar.

— Britt, eu sinto muito.

Ela abana a cabeça e recua de costas pela frente da casa, enxugando as lágrimas nos olhos.

— Pare de se desculpar. Se está arrependida de tudo, qual é o sentido? Qual é o objetivo disso, de tudo, se você se recusa a fazer qualquer coisa, a levar a sério? Sei o quanto quer conhecer sua mãe, mas já a conhece o bastante para saber que ela não iria desejar que você ficasse aqui, presa nessa zona de conforto. Você nunca se arrisca a nada.

— Eu...

Britt dá mais um passo para trás.

— Mia, eu *não posso* fazer isso. Não vou continuar aqui. Não vou questionar meu sonho. Não vou.

Dessa vez, sei que não tem mais volta, e essas duas despedidas se entrelaçam e me atingem com a força de um tufão. Sem dizer mais nada, ela me dá as costas.

— Britt, eu sinto muito.

Fico atrás dela na calçada. Ela para diante do carro, ainda de costas para mim, com os braços cruzados.

— Precisa de carona para casa?

— Não, eu preciso de você — respondo, e parece mais doloroso externar essas palavras do que as deixar escondidas dentro de mim.

— Tenho que ir — avisa ela e, sem voltar a olhar para mim, entra no carro. — Vou me despedir agora, assim vai ser mais fácil para nós duas.

Continuo ali, na calçada rachada sob o sol de verão, e sei que essa coisa entre nós é finalmente minha para perder, e eu a perdi. Britt vai embora e eu fico para trás com um diário amassado e desesperançoso nas mãos, envelopes e versos atrás de mim, e nada nem ninguém ao meu lado.

MIA

DIAS ATUAIS

A POUSADA NÃO BRILHA, NÃO ILUMINA O MEU CAMINHO PARA casa. O R em *Rose* está apagado e, na ausência da luz, também não se vê o antigo nome deste lugar, *Peters*.

A porta de casa bate às minhas costas e anula qualquer hipótese de eu passar despercebida. Vovó espia do seu escritório, uma pequena salinha onde ficam apenas a sua antiga escrivaninha e os livros de contos de fadas que ela escreve e ilustra. No final do corredor, Vovozinha está sentada à mesa, comendo sobras de pizza enquanto assiste a *Gilmore Girls* na televisão da sala.

As duas leem minha expressão em perfeita em sincronia, e tudo acontece tão devagar, mas tão rápido. Levantam-se ao mesmo tempo, correm na minha direção, envolvem-me no conforto do seu abraço. Seus abraços já me ajudaram a superar pesadelos, tristezas intangíveis e uma terrível festinha de escola, mas nunca tiveram que me ajudar a superar um coração partido. Nem sei se é possível.

— Eu fiz a minha escolha — sussurro.

Sou uma confusão de soluços ofegantes e melodias inacabadas que já não tem mais propósito. Pela primeira vez, sou *exatamente* igual à minha mãe. Perdi tudo e mereci.

— Isso não me parece muito convincente.

Vovó me embala de um lado para outro.

— Nós te amamos — declara Vovozinha com sua confiança e sua firmeza de sempre, sem saber como consegui arruinar as duas coisas mais importantes. — Não importa o que aconteça.

A essa altura, nem sei se mereço esse amor, não depois de ter magoado Britt, as Lost Girls e minha mãe. O amor delas é muito bondoso, muito gentil — a única coisa que não foi arruinada pela nossa história.

— O que aconteceu? — pergunta Vovó e afasta um pouco o rosto, com os olhos castanho-escuros arregalados.

Vovozinha me envolve com força e, juntas, as duas me guiam para o sofá, onde se sentam uma de cada lado, como fizeram na outra noite.

Tenho dificuldade para encontrar as palavras, quaisquer que sejam. Não consigo falar sobre Britt, não quando ainda vejo sua expressão ferida atrás das minhas pálpebras. Por isso, recorro à velha mágoa presente naquele cômodo.

— Decepcionei minha mãe.

— Não — responde Vovó, ao mesmo tempo que Vovozinha diz:

— Isso é impossível!

— Ela me deixou uma caça ao tesouro. — Pego o diário na bolsa. — Foi assim que encontrei o violão. Tive que encaixar as peças, seguir o rastro dela. E falhei. Britt… — Minha voz estremece ao pronunciar o nome dela. — Acabamos de terminar.

— Você não decepcionou sua mãe, Mia — declara Vovó, engolindo em seco. — Há tantas coisas boas dela em você.

Não o bastante. Há muito das outras coisas também. E já não sei se essa semelhança é algo de que eu deveria me orgulhar. Minha mãe não dava o devido valor às pessoas da sua vida, e eu também sou assim. Sou tão equivocada quanto esta cidade, alegando querer conhecer a verdadeira Tori Rose enquanto ignoro seus erros, *repito* seus erros.

Mas Vovó continua a falar:

— Sua mãe era uma pessoa de espírito livre, cheia de nostalgia e vontade de ver o mundo. Tudo o que ela sempre quis foi fugir. Nunca entendi muito bem do que ela tanto fugia, mas, como alguém que também fugiu a vida inteira, eu... a deixei partir. Eu não queria que alguma vez lhe dissessem que ela era barulhenta demais, exagerada demais ou que vivia errado, amava errado.

Essa última parte me atinge em cheio, e vejo a forma como as minhas avós ficam tensas, como agarram com mais força as mãos uma da outra e as minhas.

Todas nós estivemos fugindo.

— E ela foi embora. — Vovozinha solta uma risada magoada. — Ainda me pergunto o que fizemos de tão errado para que ela precisasse tanto ir embora daqui.

Vovó lhe dá um apertinho na mão.

— Acho que essa nunca foi a questão.

E era disso que eu precisava durante todos esses anos, sofrer o luto ao lado delas, não separadamente; saber algo como elas sabiam.

— Não tinha nada a ver com isso — declaro, porque minhas avós precisam saber a verdade.

Lembro-me de como minha mãe nunca ligava para elas, de como a música a distraía, mas nunca foi por falta de amor.

Tudo o que aconteceu neste verão, exceto a implosão da supernova do meu relacionamento com Britt, começa a jorrar dos meus lábios. Tiro os sete envelopes do diário, e minhas avós os folheiam comigo. Os olhos de Vovó ficam marejados enquanto ela os lê, e os dedos de Vovozinha apertam os joelhos, com os nós dos dedos brancos e a boca entreaberta para assimilar tudo. Conto a elas onde estive, os destinos que Britt e eu alcançamos, as pessoas que conheci e as coisas que descobri sobre minha mãe.

— Como... — Pela primeira vez, Vovozinha fica sem palavras. — Não sei se...

Envolvo meus braços ao redor da barriga antes de continuar.

— A caça ao tesouro terminou no último álbum dela, *Regret You*. Minha mãe claramente quis me mostrar seu arrependimento por ter ido embora, por ter conhecido meu pai e... Deu para ver que se arrependeu de mim. Tudo o que a levou até mim estava nesse diário.

Um silêncio carregado se instala outra vez. Fico sufocada, à espera de qualquer barulho.

— Sua mãe te amava muito, Mia — diz Vovó.

Mais uma vez, ela nos conduz com maestria por uma história. Quando eu era pequena, líamos exatamente três livros todas as noites antes de dormir, muitos escritos por ela própria. Consigo ouvir rimas infantis na voz da minha avó como consigo ouvir letras de música na voz da minha mãe.

— Ela voltou para casa quando estava grávida de você e, minha nossa, aquela garota sempre detestou estudar, fazer planos e seguir as regras, mas por você ela fez tudo isso. Leu todos os livros que conseguiu encontrar, devorou todos da seção de maternidade da livraria local. Ela mesma pintou seu quartinho de bebê. As paredes ainda têm o exato tom de rosa que sua mãe escolheu. Ela estava tão assustada. Eu nunca a tinha visto assim. Sua mãe tinha medo de estragar tudo. Mas eu disse a ela que não havia a mínima chance, e olhe só para você agora. Nossa menina linda e corajosa. Você é tudo o que sua mãe esperava que fosse, Mia. Saiba disso.

Não sei como acreditar nessas palavras, tendo em conta meus atos e o final desolador da história que minha mãe escreveu para mim.

— Achei que eu também partiria — confesso. — Quando vocês me disseram para fazer uma escolha, foi isso que decidi. Foi o que eu pensei que ela queria.

— O que *você* quer? — pergunta Vovozinha.

Encolho os ombros.

— Não sei. — *Mentirosa.* — Eu estava com medo de me arrepender de tudo. De me perder no caminho e de perder... Britt, se algum dia chegássemos aos holofotes. Tenho medo de abandonar o único lugar que me mostrou uma parte da minha mãe. A cidade onde ela foi enterrada. Onde eu cresci. Esta casa. Tenho tanto medo, mas não quero ser uma covarde.

— Então não seja — responde Vovó, como se fosse simples assim.

Teria sido mais fácil se elas tivessem me pedido para ficar. Assim eu retornaria à minha vida de antes, deixaria Britt ir embora, abriria mão desse sonho. Não teria outra escolha.

— Como você pretende descobrir o resto da história? — pergunta Vovó, e há algo ali, um indício de algo a mais.

— Preciso conversar com o meu pai — deixo escapar antes de conseguir me conter.

Isso não estava nas pistas, não estava nas respostas, mas preciso de alguém que conheça minha mãe de uma forma diferente, que tenha vivenciado na estrada coisas que minhas avós não presenciaram.

As duas ficam imóveis.

— Por quê? — quer saber Vovozinha.

— Preciso saber a versão dele da história.

Eu me viro, cercada por elas.

— A versão dele é tê-la abandonado.

Os ângulos das feições das minhas avós nunca pareceram tão severos.

Vovó aperta minha mão mais uma vez.

— Você está abalada demais agora.

— Mas vocês disseram que queriam que eu a conhecesse.

— Queríamos que conhecesse sua *mãe*. — Vovozinha meneia a cabeça. — Por favor, Mia. Vamos deixar as coisas como estão.

Pelo jeito, vão mesmo esconder a identidade dele.

Eu me desvencilho do abraço, escorrego para fora do sofá e fico de pé, esperando que elas vejam que já não sou mais criança, mesmo com toda a bagunça que causo.

— Preciso saber o que aconteceu — declaro.

Vovó me perguntou como pretendo encontrar o resto da história da minha mãe, e essa é a única alternativa a que posso recorrer, a única coisa que posso controlar.

Mesmo que, na verdade, não tenha controle de nada.

— Não — determina Vovozinha. — Você não vai conversar com ele.

— Eu já tenho dezoito anos.

— Mas ainda vive debaixo do nosso teto.

Toda a dor reprimida se liberta de uma vez.

— Então vocês são duas mentirosas — rebato e me arrependo na hora.

— Olha a boca — retruca Vovó.

As duas continuam ali, sentadas no nosso velho sofá marrom, com *Gilmore Girls* passando na televisão atrás de mim, ao lado da janela com vista para a floresta de Sunset Cove.

Eu as encaro, imploro com os olhos, mas elas não cedem.

Recolhendo as cartas e o diário, dou as costas e vou embora. Ponho a minha culpa de lado, porque está pesada demais. Bato a porta do quarto atrás de mim e me jogo na cama, e só consigo pensar na noite passada, naquela noite perfeita, enquanto olho para as estrelinhas brilhantes na parede oposta, ao lado do espelho.

Observo a forma como meu cabelo cai até a clavícula, loiro arenoso. Olhos azuis. Com a alça da blusa caída no ombro, procuro os indícios de Tori Rose que fazem as pessoas me reconhecerem tão facilmente. Só não sei se espero encontrá-la ou perdê-la em minhas feições.

Lembro-me de todas as vezes que segurei as capas dos álbuns dela ao lado do meu rosto diante do espelho.

Hoje, há muitas semelhanças, muitas diferenças, muito de tudo. Pego um lencinho demaquilante na penteadeira e esfrego tudo: delineador, sombra, batom, blush, base. Não descanso até ter limpado qualquer vestígio de maquiagem.

Quando termino, o que resta sou apenas eu, e já não consigo encarar meu reflexo.

MIA

DIAS ATUAIS

Sentada diante do balcão do Horizon, tudo parece diferente. Seja por causa da garota com quem eu costumava vir aqui, seja pela empolgação contínua dos clientes com a máquina de karaokê. Não a largam por um minuto sequer, curtindo a música. Tudo isso me leva de volta ao diário, fazendo-me imaginar como teria sido vê-la cantar... e cantar com ela aqui.

Se eu gostaria ou não.

Os olhos de Linnea estão marejados outra vez, e eu coloco a minha mão sobre a sua, já no fim do meu turno. Ainda não processei bem o fato de que Britt não trabalha mais aqui. *Porque ela vai embora daqui a dois dias.*

Como ainda é o mesmo dia em que saímos ao nascer do sol para ir àquela casa abandonada? Só se passaram algumas horas desde aquela descoberta, desde a discussão com minhas avós. O tempo se arrasta em pequenas dobras de eternidade, pelo menos por enquanto. Logo, logo, Britt vai seguir em frente, vai se mudar para longe, e eu ainda estarei aqui.

Ela vai ficar bem. Só quero que ela fique bem.

— É tão esquisito ver essa comoção no karaokê outra vez. — Linnea sorri por entre as lágrimas. — Sei que vi a apresentação das Lost Girls, mas ver todos os clientes empolgados assim... Sua mãe comandava aquele palco, sabia? As iniciais dela foram riscadas com uma moeda. Bem ali, no canto superior direito. Os rabiscos foram obra dela, claro.

— Eu sei.

Linnea me lança um olhar bondoso.

— Cante alguma coisa. Qualquer coisa.

— Eu não posso, Linnea.

Não posso subir naquele palco e agir como se tudo estivesse bem. Não posso pisar ali sem pensar em Britt, sem ouvir a cadência lírica de sua voz, sem me lembrar das palavras que me sussurrou sob o dossel da meia-noite.

Mais que isso, não posso subir naquele palco sem me lembrar da minha mãe, sem me tornar ela.

Linnea volta a me encarar.

— Um passarinho me contou que você cantou no clube de Edie um dia desses. Não quer cantar para mim, é isso?

E eu não sei como negar um pedido dela.

Quando o último casal desce do palco — duas garotas com o cabelo pintado com cores vivas, blusinhas curtas e saias jeans —, eu atravesso o salão e subo os degraus. Respirando fundo, vejo as iniciais do farol, do balanço da varanda e do palco.

TR esteve aqui.

Minha mãe se arrependeu. Ela se arrependeu disso tudo, de mim. E, mesmo assim, aqui estou eu.

Caminho até a máquina de karaokê e encontro a música que procuro: "Don't Stop Believin'", como as Lost Girls, Patrick Rose e minha mãe escolheram. Não sei o que me motiva, mas pego o microfone e aperto o play. Começo a cantar e odeio como a tensão se dissipa por um momento.

Linnea cobre a boca com as mãos, e as lágrimas acumuladas em seus olhos começam a escorrer pelo rosto. Canto para ela e para o vitral do pôr do sol sobre a porta, aquela mesma porta por onde todas as pessoas desta cidade já passaram, fosse em busca da música, da comida ou da companhia.

A ideia era diminuir um pouco da confusão, sentir-me mais próxima dela de um jeito que voltasse a ter significado. A canção, porém, só me faz pensar em outras garotas de cidadezinhas pequenas e em trens da meia-noite com destino a todo lugar e a lugar nenhum.

Quando a música termina, minha atenção recai sobre outra pessoa, que tamborila os dedos contra a superfície de mosaico de uma mesa, lançando olhares rápidos na minha direção. Outra pessoa que magoei. Pousando o microfone em cima da máquina de karaokê, estudo suas feições. Desço os degraus e deixo que o grupo seguinte, composto de alunos bêbados da universidade local, assuma o palco enquanto me dirijo para aquela mesa, para aquele cara.

Sentado ali, com o olhar voltado para mim, está Jess, rodeado de amigos. O mesmo cara de cuja janela eu pulei para evitar qualquer conversa, sentimento ou confronto.

Ele vira a cara assim que me vê chegar.

— Oi — chamo, cutucando seu ombro.

O corpo dele se retesa imediatamente, mas com movimentos lentos e preguiçosos, tenta fingir não se importar, apesar da verdade estampada naqueles olhos sempre tão expressivos.

— Podemos conversar? — peço.

Jess olha para seu grupo habitual de amigos, três rapazes e duas meninas da nossa escola. Um dos caras assobia e eu apenas ignoro.

— Agora? — pergunta Jess, e há um quê de desconforto na sua voz.

— Sim. Por favor.

Lançando um último olhar para os amigos, ele se levanta com relutância e eu o conduzo para o outro lado do balcão, onde Linnea ajeita as coisas, ainda visivelmente abalada com a minha apresentação.

— O que foi, Mia?

— Ãh, acho que eu não deveria ter fugido pela janela da sua casa — comento.

— Jura?

— Olha, eu... eu sinto muito, Jess.

E sinto mesmo. Por ter fugido, por ter ido embora, por ter tanto medo. Tento expressar tudo isso naquelas míseras palavras.

Sinto muito, Jess.

Ele inclina o corpo para trás.

— Tranquilo, está tudo bem.

O quê?

Tudo o que eu planejava dizer cai por terra, e ergo os olhos para o encarar.

— O quê?

Ainda está de cara amarrada, mas diz:

— Pelo menos me rendeu uma ótima história para contar na faculdade, a ex-namorada que pulou da janela do meu quarto. Além disso, acho que eu sempre soube que você estava apaixonada por outra pessoa. Só achei que poderia…

Ele sacode a cabeça e para de falar.

O olhar penetrante de Jess e a facilidade com que diz aquelas palavras me deixam perplexa.

— Como está Britt, aliás? — pergunta ele, e essa é a última pá de terra na cova que eu mesma cavei.

— Não faço ideia — respondo e desvio o olhar.

Jess me estuda por alguns segundos, tempo demais, e acho que posso ter me arrependido de tudo que culminou nisso, mas ainda não me arrependo dessa conversa, desse pedido de desculpas. Talvez, mesmo que todo o resto esteja distorcido e errado, isso seja um avanço por si só.

Ele me lança um olhar incisivo.

— Seria bom você olhar para trás quando decide fugir… e pensar do que você quer tanto escapar.

Dessa vez, é ele quem dá as costas e vai embora.

A lua brilha com força do lado de fora da casa de Britt, iluminando a entrada da garagem onde nos beijamos sob os postes da rua. Fico parada na calçada, com o olhar fixo no porta-malas do carro dela, lotado de caixas empilhadas que bloqueiam a janela. São um lembrete do que já sei: ela vai embora de Sunset Cove, com ou sem minha companhia. E, nesse ritmo, talvez eu nunca mais a veja.

Penso no que Jess disse e não sei exatamente como vim parar aqui, mas preciso me desculpar antes de ela ir embora. Preciso externar aquelas palavras que ela merece ouvir.

Não sei por que fujo, do que tento escapar, mas pelo menos corri para *algum lugar*. Para cá.

Avanço lentamente pela entrada da casa, prestes a subir o único degrau até a porta quando ela se abre e Britt sai com outra caixa, essa cheia de discos de sua coleção. Ela a ajeita nos braços, vestida com outra camiseta da Taylor Swift. Arregala os olhos ao me ver ali e, quando abro a boca para dizer alguma coisa, ela passa por mim no mais absoluto silêncio.

Vou atrás dela.

— Britt…

— Mia.

Ela abre a porta do carro e enfia a caixa lá dentro, fechando-a com força antes de se virar para mim.

— O que você veio fazer aqui? — continua. — Já se decidiu?

— Eu sinto muito, muito mesmo — começo a dizer.

— Preciso que vá embora.

Ela desvia o olhar.

— Britt, eu…

Mas ela apenas balança a cabeça.

— Eu…

— Vá embora. *Por favor*.

Há uma longa pausa em que nós duas desviamos o olhar, e então vou embora, porque ela pediu, e só me resta lidar com a mágoa que eu mesma causei. Quando me afasto, nossos caminhos se cruzam outra vez, quase em câmera lenta, à medida que ela entra e eu saio. Britt vira o rosto e bate a porta da frente, e tudo o que escuto com o baque são os ecos de sonhos perdidos.

MIA

DIAS ATUAIS

Não volto para casa. Saio de bicicleta da garagem de Britt, com o pingente de rosa chacoalhando no guidão a cada pedalada. As ruas estão silenciosas a essa hora, e a contagem regressiva está prestes a marcar um dia. É um problema para amanhã, sua partida.

Meu cabelo voa para fora do rabo de cavalo frouxo e a jaqueta jeans balança ao vento, mas continuo a pedalar, com um destino certo em mente. Passo por varandas e casas de praia conforme avanço por esta cidade a que chamo de lar. Demora meia hora, tira todo o meu fôlego, mas enfim alcanço a costa arenosa da enseada que é minha e de Britt. Desmonto e empurro a bicicleta pelo resto do caminho, deslizando entre as rochas e sentindo o aroma da maresia.

Sentada no solo frio e úmido, tiro os sapatos e os jogo para o lado. Eles se chocam contra uma pedra e caem amontoados, enquanto eu me lanço em direção ao oceano. Deixo que a água me consuma, me domine, se transforme em mim. A cada braçada de costas, imagino essas ondas rasas absorvendo tudo isso antes de carregarem de volta para o mar, para algo mais vasto, mais grandioso que eu.

As lembranças de Britt me envolvem a cada mergulho, a cada fechada de olhos para não sentir o ardor. E o dia de ontem se transforma no ano passado, que se transforma no ano anterior, depois em um turbilhão de tudo o que tivemos. As recordações são tantas, tão numerosas, e, quando volto à superfície, escuto um leve toque vindo do meu celular. Por um segundo tolo, desejo a todas as estrelas que seja Britt, convocada pela reminiscência, dizendo-me para voltar, chamando-me para uma conversa. Mas não é.

É uma notificação do Instagram:

"Mensagem direta de @thesaraellis"

Não acredito que ela realmente...

Com os dedos enrugados e frenéticos, tremendo tanto que quase não consigo desbloquear a tela, abro o Instagram. A última foto de Britt aparece no topo do feed. Foi postada hoje à tarde e mostra ela, Amy e Sophie em frente ao carro. A legenda diz "amor de verão".

Passo direto por ela e clico na minha caixa de entrada. Lá está: uma mensagem de Sara Ellis, a pianista da Fate's Travelers, agora uma artista solo com mais seguidores que todos os outros membros da banda juntos. Ela realmente me respondeu.

Hoje, 19h39.

@thesaraellis: Mia. Caramba, eu não ouvia esse nome há um tempão. Tori estava acompanhando minha turnê quando decidiu te chamar assim, sabia? Ela estava fazendo minha maquiagem no camarim e começou a contar sobre sua cidade, depois mencionou a mulher a quem ela queria homenagear com esse nome. Na época, ela estava grávida de sete meses, com o maior barrigão, e mesmo assim insistiu em assistir ao meu show. Seu pai estava viajando, por isso Mateo e Edie foram lá buscar Tori. Edie e eu moramos juntas por um tempo antes de o M me pedir em casamento, e ela e Tori foram dividir uma casa.

Adorei saber que ela te deixou uma caça ao tesouro. Ainda me lembro de quando ela morreu.

Naquele dia, o mundo perdeu um pouco de sua luz. Tori era música, plena e completamente. A gente se respeitava, se admirava e se apoiava, e, sabe de uma coisa? Apesar de toda a dor que a morte dela causou, sou muito grata por ter conhecido sua mãe, por ela ter feito parte da minha vida. Esse é o lado curioso de perder alguém. Por mais que o sofrimento seja imensurável, você conhecia aquela pessoa, e não mudaria isso por nada. Pelo tempo que esteve lá, essa pessoa foi importante, e isso é eterno. É isso o que essa palavra significa. Pelo menos na minha experiência. Tenho certeza de que suas avós concordariam comigo. Escrevi uma canção sobre isso. Foi dedicada à sua mãe: "Field of Roses", se alguma vez você quiser ouvir outra história da amiga dela.

No que diz respeito à música, não posso ajudar. É uma experiência tão única, tão individual. Só posso dizer que estava assustada até o último fio de cabelo quando cheguei na Cidade da Música. Ainda estava assustada quando a Fate's Travelers decolou. Fui a primeira a sair da banda, e talvez esse tenha sido o momento mais assustador da minha vida, mas estou feliz por ter feito parte dessa história. Sou grata por ter conhecido todos eles. E satisfeita por ter decidido seguir em frente. Sua mãe era a estrela country perfeita que a indústria tanto almejava, e eu cansei de me esforçar o dobro para ter reconhecimento na minha própria banda. Por isso, decidi seguir por conta própria, porque era jovem, apaixonada e ávida para que as pessoas me escutassem. Eu amava Edie, Mateo e a sua mãe, e amava a música. Já estava na hora de ela voltar a ser minha. Precisei de um pouco de espaço para a clamar de volta. Mateo foi o primeiro a me reencontrar, claro. Tori e eu nos trombávamos por aí de vez em quando, depois nos afastávamos e voltávamos a nos encontrar. E era impossível escapar de Edie. Ela mais parecia areia movediça. Aquela garota dormiu no meu sofá ao longo de um ano inteiro entre um show e outro.

Para resumir, encontrei a minha própria música. Sua mãe encontrou a dela. Vale a pena perseguir a sua? Só você pode decidir. Sua mãe pode ter mostrado o caminho, mas não pode te ajudar a trilhá-lo. Posso te enviar esta mensagem, mas não posso dizer o que você deve ou não deve fazer. Eu sei que sua mãe partiu, mas a história dela não acabou. Sua mãe não deixou de existir no dia em que morreu.

E posso dizer, para deixar claro, que a Tori Rose que eu conheci nunca foi de se apegar muito aos próprios arrependimentos. Ela os tinha? Claro. Todos nós temos. E eu tinha? Sim. Mas não em relação à música. E Patrick? Edie? Mateo? Com certeza. Muitos. Mas nunca em relação uns aos outros. E os arrependimentos de Tori? Acredite em mim, eles jamais foram direcionados a você.

Beijos, Sara

Meu coração dispara quando leio as últimas linhas da mensagem. Nado até a rocha e me esparramo ali. Sara disse que a história da minha mãe não acabou, que ela não se arrependeu de mim. Como isso pode ser verdade, considerando a forma como a caça ao tesouro terminou?

A menos que esse ainda não seja o fim. A menos que ainda haja mais coisas para encontrar. Atordoada e à procura da resposta perfeita, pesquiso a canção de Sara no YouTube, com trinta e sete milhões de visualizações. A música não tem clipe nem letra, apenas um fundo estampado com rosas, embalada pelo som de sinos de vento e teclas de piano, uma melodia forte e melancólica, esperançosa em toda a desesperança, calma nos pontos em que se esperaria vigor e vice-versa. Tudo inesperado.

Enquanto o ar frio da noite belisca minhas bochechas, escuto a canção outra vez. Desço a tela para ler os comentários.

> Descanse em paz, lenda
> Ela faz falta
> Linda música, Sara
> </3 Adeus

Essas pessoas sentiram a falta dela, essas pessoas a conheciam. E a homenagem de Sara contou essa história por sete minutos, antes de os caminhos se separarem para sempre. Talvez cada um se lembre de Tori Rose à sua maneira. Talvez a história dela continue sempre que é recordada depois da sua morte. Talvez, dessa forma, a vida dela de fato nunca tenha terminado.

Avanço com passos instáveis para recolher meus sapatos, cantarolando ao som da melodia. E, quando me abaixo para os apanhar, a água escorre da minha clavícula em direção ao chão, pousando em um conjunto de iniciais que em todas as minhas visitas aqui eu nunca tinha procurado, nunca tinha visto.

TR esteve aqui.

MIA

DIAS ATUAIS

Atravesso o estacionamento silencioso ao som de "Don't Stop Believin'" e "Field of Roses" enquanto volto para nossa casa junto à pousada. Com o mínimo de barulho possível, abro a porta e avanço pelo assoalho de madeira, descalçando os sapatos e evitando qualquer tábua solta.

— Mia — chama Vovozinha, assim que atravesso a soleira da porta da cozinha. — Você chegou.

As duas me observam da mesa, cada uma munida de uma caneca de chocolate quente.

Paro onde estou.

— Só dei uma passada no Horizon. Depois saí para espairecer um pouco. Cantei uma música lá.

Elas nem comentam sobre minhas roupas úmidas.

— Estamos sabendo. — Vovó sorri para mim de uma forma que nunca fez por causa da música. — Linnea nos ligou para contar.

— Ah.

— Venha, sente-se aqui.

Caminho até lá e me acomodo no lugar de sempre, o mesmo desde pequena, bem ao lado do ponto da mesa onde minha mãe riscou as próprias iniciais. Observo a nossa casa descombinada e os retratos nas paredes.

— Mia — começa Vovó. — As coisas saíram um pouco do controle hoje de manhã.

Não peço desculpa, porque, apesar de me arrepender da forma como me expressei, não me arrependo das coisas que disse. Tenho direito a conhecer minha história, meu passado, e, uma vez que tudo isso está interligado à vida da minha mãe, não seria justo eu ser a única a não saber a verdade. Quero acreditar que a história dela ainda não terminou, mas antes preciso conhecer cada detalhe.

— Queremos que saiba que estaremos sempre ao seu lado — acrescenta Vovó. — A questão é que… seu pai era um homem distante. Ele e a sua mãe formavam um casal turbulento, na melhor das hipóteses, e ele te abandonou pouco depois de a sua mãe… falecer. Não queríamos que você tivesse que lidar com isso.

Abro a boca para responder, porém Vovó levanta um dedo, sinalizando que ainda não terminou.

— Mas agora você desvendou a história dela e começou a escrever a sua. Você se tornou uma jovem corajosa e ousada, e às vezes é difícil entender que você cresceu e já não é a garotinha de antes, mas nosso amor por você só aumenta a cada dia.

Ela deve ter visto as lágrimas nos meus olhos, assim como a descrença, porque trata de acrescentar:

— Esse amor é independente de quaisquer erros que você possa vir a cometer. Nós sempre amaremos sua mãe. Sempre te amaremos. Onde quer que esteja. Quem quer que seja. O que quer que faça.

Aperto os braços da cadeira e desvio o olhar enquanto minhas últimas confissões se derramam naquele momento de franqueza e confiança.

— A única pessoa com quem eu teria ido embora não quer mais saber de mim. O pior é que eu não a culpo. Não mesmo. É como se eu precisasse de companhia, precisasse de alguém comigo, como se isso fosse me tornar completa outra vez, mas sempre abandono as pessoas porque tenho medo de que elas me abandonem primeiro. Tenho tanto medo de tudo, e ela era a única que fazia eu me sentir corajosa.

— Só você pode resolver isso — declara Vovozinha, ecoando as palavras da mensagem de Sara, por meio da qual tive outro vislumbre da minha mãe.

Ao ouvir os conselhos das minhas avós, quero voltar a ser criança, para que elas possam cuidar de todos os meus arranhões, curar todas as minhas feridas com um beijo, mandar para longe todos os meus problemas. Mas agora cresci, e as coisas já não funcionam desse jeito.

— As pessoas que te amam continuarão ao seu lado mesmo depois de terem partido. Você merece isso. Merece esse amor eterno. Mesmo quando faz merda.

Rio da escolha de palavras, ainda que só um pouquinho.

— Mesmo quando achar que é complicada demais — acrescenta ela. — Mas há uma coisa que podemos resolver agora.

Alterno o olhar entre as duas, e de repente Vovó estica a mão e me entrega um pedacinho de papel, dobrado com esmero e escrito com sua caligrafia cuidadosa de sempre, tão diferente dos rabiscos despreocupados da filha. Quando abro, vejo um número de telefone.

Um número de telefone.

Será que...

— Vá ligar para ele — diz Vovó.

O celular está jogado em cima da cama, prestes a revelar quem é meu pai, a pessoa com quem a grande estrela do country Tori Rose se estabeleceu por um tempo. Esse número me chama, e a parte de mim que precisa dela, que precisa da verdade, também quer saber. É algo que posso ter, mesmo se não me permitir seguir a música. Outra coisa a que posso me apegar, algo que continuará sendo meu, mesmo que todos decidam ir embora.

Minha história, irremediavelmente entrelaçada com a dela.

Quando já não consigo tolerar o silêncio, aproximo-me da cama. Com as mãos um pouco menos trêmulas, imagino aquele palco, e a canção volta a me envolver. Journey me conduz até onde a aventura da minha mãe teve início. Tive a mesma sensação naquele segundo, suspensa no tempo, quando a cantei para Linnea... para Patrick Rose, para a minha mãe e para David Summers.

Senti o início da minha mãe antes mesmo de ter a chance de começar minha própria história.

Cada número que digito é uma promessa, e eu a sigo até o fim, com o celular pressionado ao ouvido.

— Alô?

Prendo a respiração quando ouço a voz dele pela primeira vez, um tom entre o agudo e o grave, rouco e suave, seguro e calmo. A televisão ecoa ao fundo, acompanhado do riso de uma mulher.

— Oi — começo a dizer. — Meu nome é Mia Peters... Caso você tenha esquecido, eu sou sua filha.

O silêncio que se estende do outro lado da linha é, ao mesmo tempo, gratificante e ensurdecedor, e eu queria dizer isso ao meu pai ausente que por tanto tempo me deixou sem uma única palavra.

Escuto a respiração dele, mas o som logo se esvai. Há um arrastar de pés, um murmúrio. Por fim, o ruído de fundo some e uma porta se fecha.

— Mia — diz ele como se testasse a sonoridade do meu nome, como Edie fez quando se abriu comigo. — É bom ter notícias suas.

— Teria sido bom ter notícias suas.

— Como você conseguiu meu telefone?

As palavras se tornam cautelosas e reservadas. Ele não pede desculpa por ter ido embora, não me pergunta como tenho passado, não me diz que sentia minha falta. Não sei como seria possível, como poderia sentir saudade de alguém que nunca conheceu, mas eu sentia a falta da minha mãe todos os dias, mesmo antes de conhecer sua história.

— Com as minhas avós. Preciso conversar com você.

Outro momento de silêncio até ele dizer:

— Devo tantas desculpas a você.

Sinto uma satisfação doentia ao ouvir essas palavras.

Decido me sentar para ter essa conversa, mas a cama já não me parece um lugar seguro. Todos os cantinhos deste quarto trazem alguma lembrança de Britt, por isso decido me acomodar no chão, com os joelhos encolhidos junto ao peito.

— Sinto muito — continua meu pai. — Eu não deveria tê-la abandonado. Deveria ter entrado em contato, mas o tempo foi passando e….

— É o que o tempo costuma fazer.

— Você já me faz lembrar dela.

Ouvi isso tantas vezes, de tantas pessoas, mas parece diferente vindo dele.

— Não sei como devo me sentir em relação a isso.

— Sua mãe era brilhante, então eu diria que deve se sentir bem para caramba.

— Fale mais sobre ela — peço.

— Ãh, bem… — Ele limpa a garganta, e eu tento imaginar seu rosto, mas as feições sempre mudam. — Acho que ela era a minha alma gêmea, em todos os sentidos, menos um.

— Em que sentido?

Inclino o corpo para a frente, como se estivéssemos cara a cara, como se essa fosse uma conversa casual, e não algo com potencial para mudar a minha vida.

— Ela estava apaixonada por outra pessoa.

Meu coração martela no peito, e as palavras começam a se acumular. Sei que vão escapar a qualquer momento, mas preciso escolher quais vou deixar sair. Preciso que ele continue a falar.

— Você é… seu nome é Patrick Rose?

Nada.

Finalmente, ele responde:

— Sim. Vejo que suas avós também me esconderam, assim como a sua mãe.

— Como assim, a minha mãe o escondeu?

Meu pai é Patrick Rose. Eu sou filha de Patrick e Tori Rose, Mia Emily Peters. Filha dos vocalistas da Fate's Travelers.

A filha dela e... dele.

Minha mãe não escolheu David, não escolheu o amor, mas também não estava sozinha. O que isso significa? As respostas estão nesse intervalo, nas páginas faltantes do diário.

Então era verdade. A história dela ainda não acabou.

Ele suspira.

—Tori adorava se manter em movimento, mas a atenção constante levou a melhor sobre ela. Sua mãe queria que a nossa relação fosse mantida em segredo. Ela nunca mais foi a mesma depois de ter se afastado do melhor amigo, mas ainda representava as melhores coisas da vida. O caos. A diversão. A alegria. Só que era tudo forçado a essa altura, um entusiasmo artificial no lugar de uma garota antes descuidada. Ela cantava músicas, lançava discos, era tudo o que sempre quis ser e nada do que havia planejado. Não queria se casar. Na metade do tempo, nem me queria por perto, mas continuei ao lado dela mais um pouco. E depois mais... quando descobri sobre você. Essa cidade me prendeu como sempre a tinha prendido, sem sequer perceber quem eu era. É realmente o lugar onde os sonhos morrem ao pôr do sol.

Isso não deveria me irritar, me perturbar, me magoar tão profundamente. Não quero que o sol leve embora a vida que tive esta semana antes de ter desistido dela. Não quero que o sol faça comigo o que fez com eles.

Ele ficou... quando descobriu sobre mim. Fui eu quem acabei com os sonhos dele?

— O que aconteceu com você? Continuou a cantar?

Eu quero saber mais. Quero saber onde ele mora, quem é a mulher com quem decidiu seguir em frente, onde ele está.

Outro suspiro escapa do outro lado da linha.

— Só canto em casamentos em cidadezinhas e, vez ou outra, como convidado especial nas turnês da sua mãe. Eu não era o artista que pensei ser. Percebi isso antes mesmo de a banda se separar. Eu não era uma estrela igual à sua mãe.

— Então por que você foi embora?

Por que também me abandonou, quando foi o único que teve escolha?

— Sua mãe e eu tínhamos problemas, Mia. Éramos fogo e fogo, e depois gelo e gelo. Estávamos sempre na mesma página e nunca do mesmo lado. Passávamos muito tempo separados, cometíamos muitos erros e nunca voltávamos a entrar em sintonia. Antes de partir na última turnê, ela me disse que estava tudo acabado entre nós, dessa vez para valer, e nunca mais voltou. A culpa que senti por nossa última despedida ter sido como foi... Não consigo explicar. Então, simplesmente fugi. E lamento muito por isso.

— Lamentar não muda nada.

— Você está de cabeça quente, não está?

— Não tem o direito de dizer isso.

Como ele não responde, decido arriscar.

— Ela se arrependeu?

Ouvi a versão de Sara, ouvi a das minhas avós, mas também preciso ouvir a resposta dele, preciso da versão do homem que ela escolheu. Especialmente se fui o que os levou a ficar juntos... se fui uma surpresa inesperada.

— De quê?

— Do sonho? Das músicas? — Minha voz falha. — De mim?

Ele respira fundo e quase parece magoado também.

— Não. Nenhum de nós se arrependeu.

Algo relaxa no meu peito, e a respiração vem mais fácil que antes.

Mas, se ela não se arrependeu, por que dedicou um álbum inteiro a arrependimentos? Se ele não se arrependeu, por que decidiu sumir dos palcos e da minha vida?

— Ela se arrependeu de alguma coisa? — pergunto.

Sara mencionou que todos tiveram sua parcela de arrependimentos.

Patrick dá risada.

— Se ela se arrependeu, só a tequila e as boates sabem. Eu... provavelmente não deveria ter contado isso.

— Histórias são melhores que o seu silêncio.

Olho ao redor do quarto e pego minha bolsa. Espalho os envelopes no banquinho da janela, um de cada vez. Atrás deles, coloco as páginas a que as cartas conduziam, alisando os vincos, deixando a história se acomodar.

— Como vocês acabaram juntos? — pergunto.

— A gente passou um tempo sem se ver depois do fim da banda, mas eu sempre pensava nela. Sempre ouvia as músicas dela. Voltei a Sunset Cove certo dia, e calhou que ela também estava na cidade. Ela estava lá. Na pousada. Em frente ao piano outra vez. Dissemos que era obra do destino.

— Você ainda está em Sunset Cove?

— Não.

— Vai me dizer onde está?

Mais uma vez, lembro-me do perfil dele no Instagram, repleto de fotos do oceano e de praias arenosas.

Outra pausa preenche o cômodo, e então ele mostra o quanto não está nem aí, o quanto de fato se arrependeu de mim:

— Ainda não. Depois de um tempo, eu também quis me esconder.

— Talvez você não fosse o centro disso tudo.

— Bom, me fale sobre você então.

Meneio a cabeça, e ele não consegue ver o gesto porque não está aqui. Essa ausência foi a única que não fiz por merecer.

— Você ainda não tem o direito de conhecer minha história, mas, quando estiver pronto para me ver, me ligar ou ser mais presente... talvez eu revele uma parte dela.

— Mia, eu sinto muito — repete ele.

Contemplando os envelopes e o céu mais além, eu desligo o telefone.

Por volta das quatro da manhã, ainda estou sentada à janela, depois de ter devorado taças de sorvete e episódios de *Gilmore Girls* com minhas avós. Britt vai embora amanhã.

Rolo de um lado para outro na cama, incapaz de pregar os olhos. Novas melodias vão ganhando vida na minha mente, tornando impossível desligar tudo o que encontrei e perdi tão depressa. O arco-íris de envelopes me encara, implacável, e sinto um leve incômodo em algum canto da mente, um detalhe que passou despercebido. Como quando não consegui me lembrar de onde conhecia Edie, de que modo suas feições se alinhavam na minha memória fabricada a partir de entrevistas no Google e filmagens de shows.

Tem alguma coisa faltando.

As histórias de Sara e Patrick estavam entre a última e a penúltima página, e algo claramente aconteceu nesse período. É aí que está a verdadeira resposta, e eu não conheço minha mãe por completo. Eu era muito nova quando a perdi, mas, depois de tudo, sei que ela não teria me deixado assim. Britt tinha razão em relação a isso, em relação a tudo.

A última mensagem, tão enigmática, confunde-me mais uma vez, e, não importa quantas vezes eu a releia e pense em escrever para Britt ou escalar a janela do quarto dela, sempre volto para aquelas palavras. Com os dedos voando pelas páginas, começo a reorganizar as letras.

É quando estou prestes a cair no sono, com a cabeça na beirada do banco e o cabelo esparramado por sua história, que as palavras enfim se encaixam. A faixa de cada álbum tem um número correspondente à canção, as cores do arco-íris têm uma ordem, e minha mãe disse que gostaria de estar sempre a um telefonema de distância, mas nunca esteve, por isso…

A pista foi encontrada em um telefone de lata. Se eu ordenar os envelopes do vermelho para o roxo e escrever os números das músicas nos respectivos álbuns…

Tiro uma caixa com os CDs da minha mãe do armário, pego papel e caneta na escrivaninha e começo a trabalhar. Não sei o que a impulsiona, que milésimo de segundo a desvendou, mas, quando termino, a caça ao tesouro se transformou em algo novo.

    Se eu estiver certa, aquelas páginas no diário não foram a última mensagem da minha mãe. Se eu estiver certa, em algum lugar dessas cartas, ela me deixou um número de telefone escondido.

MIA

DIAS ATUAIS

Digito os números no teclado do celular, junto com o código de área de Sunset Cove, e aperto o botão de ligar.

Não me senti tão nervosa quando esperei meu pai atender nem quando o ouvi falar da vida antes, durante e depois da minha mãe, todas as etapas sem mim. Essa é a última chance, a última tentativa de encontrar o final da história dela e, com isso, um novo começo para a minha.

— Por favor, mãe — sussurro.

O toque da chamada é interminável e inebriante, batendo no mesmo ritmo do meu coração.

Por fim, a ligação cai na caixa postal.

O silêncio se insinua por um segundo, e eu desmorono. Prestes a desligar, faço o de sempre e luto contra os meus sentimentos, porque é a única forma de superá-los.

De repente, começa.

— Oi, Mia.

A mensagem automática me deixa sem fôlego.

— Oi, amor. É a sua mãe.

O ar fica entalado na minha garganta, tal como quando descobri o diário dela.

Como ela fez isso?

Minha mãe continua a falar, e eu me apego a cada palavra. A voz dela é um pouco mais rouca do que eu esperava. Ainda assim, também é macia como algodão, quente como o sol, assim como nas suas entrevistas, do jeitinho que sempre imaginei que seria quando ela falasse comigo.

— Debati esse passo da caça ao tesouro por um bom tempo — conta ela. — Estou muito feliz por você ter descoberto. Obrigada por embarcar nessa jornada comigo. Temos três coisas importantes para discutir antes que o meu tempo acabe. Infelizmente, meu bem, terei que ser breve.

Uma pausa, e então:

— Primeiro, quero que você saiba que eu te amo, já que não vai se lembrar de ter escutado essas palavras ao vivo. Amo você desde o primeiro minuto. Nasceu tão quietinha. Eu, em contrapartida, era tão barulhenta. Mas você era um bebezinho doce e precioso nos meus braços. Tão contente por apenas ser e existir. Mas não se esqueça de viver. Corra atrás dos seus sonhos, filha. Sei que o diário terminou um pouco triste, mas eu queria dizer isso pessoalmente, caso as palavras não tenham ficado claras. Nunca vou me arrepender de ter perseguido o meu sonho. Eu me arrependo das pessoas que magoei. Das amizades que perdi. E me arrependo de ter perdido quem eu era na tentativa de encontrar outra pessoa em todos os outros e dentro de mim. Criei alguém completamente novo, só para evitar a mediocridade. Mas há magia em tudo isso e, se você conseguir enxergar a magia do momento enquanto persegue seus sonhos, vai acabar muito melhor que eu. Os momentos mais simples inspiram as melhores músicas. Não perca as pessoas que ama. Decepcionei minhas mães, meus amigos, o amor da minha vida, mas não foi por causa da música, e sim porque eu estava determinada a me perder de vista, a ir embora.

Ela continuou:

— Segundo, preciso que você entregue uma carta. Sei que já deve estar farta das minhas cartas a essa altura, mas é só mais uma. Por favor. Tem alguém com quem eu gostaria que você conversasse.

A carta está escondida na minha escrivaninha, no meu antigo quarto. Se bem conheço minhas mães, e acho que conheço, elas não se desfizeram de nada. Abaixo do tampo, há um compartimento fechado por um pequeno trinco. Fica escondido, mas você deve conseguir encontrar se olhar direitinho, se tiver chegado até aqui. Perdoe sua mãe pela bagunça.

Por fim:

— Terceiro, juro que nunca fui de fazer listas antes de criar esta caça ao tesouro. Mas pensei muito quando descobri que precisaria me despedir desse conceito de que eu tanto gostava. Como alguém que passou a vida cantando, percebi que eu teria uma última canção, algo totalmente novo. Eu teria uma última canção de amor. Escrevi canções de amor durante boa parte da vida, para qualquer pessoa que me chamasse a atenção. Dois rapazes em particular, como você bem sabe. Depois, um em especial. Ainda assim, eu nunca os amei como te amo. Nunca amei nada nem ninguém como te amo. Nem mesmo a música. Esse amor é algo que não posso deixar de lado. Não posso substituir. Não posso fingir ter esquecido. Eu te amo do fundo do meu coração. Você é a única coisa da qual nunca me arrependi, nem por um segundo. Então aqui está a minha última canção de amor. Aqui está a minha canção para você.

As lágrimas abrem caminho por meu rosto quando minha mãe começa a cantar uma música que nunca chegou às rádios. Bem aqui, neste quarto, ela canta uma canção destinada apenas a mim.

Passei a vida caçando vaga-lumes, pequenos sonhos a brilhar,
Lanternas ao vento, tempo perdido, em quem eu iria me tornar,
Escondi promessas, corações e melodias debaixo dessa cama,
Cantei tudo e mais um pouco, afogada no mar da minha fama.

Joguei pedidos ao mar, desejos ao céu e contei com a própria sorte,
Na esperança de ter na música o meu eterno norte
Eu estava perdida, mesmo com o farol iluminando o mar
Meu coração selvagem era algo que ninguém conseguiria domar.

Mas então do silêncio dessa dor, enfim, chegou uma canção
Uma manhã ensolarada, um arco-íris para pôr fim à escuridão.
E os arrependimentos foram embora pelos rasgos do meu jeans,
Eu não trocaria o mundo inteiro por tudo que você é para mim.

Segredos eu não esqueceria, nem erros apagaria,
por tudo o que você me faz sentir,
Nenhuma outra canção com uma melodia tão verdadeira
um dia vai surgir
Você tirou os espinhos das rosas e pôs o sol de volta em seu lugar
Foi mais preciosa que toda a jornada, sob a máscara não parei de te amar

Fui tomada de uma certeza, fugindo do holofote que ainda brilha
Minha última canção de amor não era para eles,
Era só para você, minha filha.

As lágrimas parecem infinitas, assim como o amor que sinto por essa mulher a quem nunca vou poder conhecer nem abraçar, a quem nunca poderei dizer tudo o que sinto, mas que amarei para sempre, mesmo quando for velha e grisalha, e os holofotes tiverem perdido para sempre o seu encanto.

Nunca acreditei em nada tanto quanto acredito nas palavras dela neste momento, tanto quanto acredito *nela* neste momento. Todo o medo se dissipa com aquela voz, com essa mensagem, com essas respostas, até sermos só minha mãe e eu ali, e eu *acredito* nela.

Ela me ama. E não se arrepende de mim.

Todo mundo tem direito a uma última canção de amor, uma última oportunidade de entregar seu coração ao mundo. Nem sempre se sabe quando, como, onde ou com quem isso vai acontecer. Mas a minha mãe, aquela mulher ousada, corajosa e inspiradora que finalmente estou conhecendo de verdade pela primeira vez, já sabia todas essas coisas. E aqui, neste telefone, ela escolheu dedicar a sua última canção de amor a mim.

— Por favor, deixe a sua mensagem após o sinal.

Não há como escapar desses sentimentos. Pela primeira vez, eu os recebo e os acolho, aceito essa parte de mim como uma coisa boa, e as canções da minha mãe se mesclam com as minhas.

Bip.

MIA

DIAS ATUAIS

O CLUBE ESTÁ QUASE FECHANDO, E UM MAR DE GENTE JORRA DAS saídas quando corro porta adentro para encontrar Edie.

Preciso consertar as coisas. No silêncio que seguiu o bipe, eu me dei conta de que não quero esse sonho só porque Tori Rose o aprova e me encorajou a segui-lo. Precisava de permissão, de um sinal, mas também quero ser capaz de escrever a minha última canção de amor quando chegar a hora. Quero ter uma aventura como a dela, uma vida que foi sentida, amada e vivida. Quero poder partilhar a minha história e defender cada parte dela.

Tenho um dia para resolver tudo.

Na outra extremidade do clube, banhada pelo nascer do sol, Edie limpa as manchas de vinho da bancada, com o cabelo roxo preso em um coque. Antes de eu ir embora naquela noite, ela me pediu uma última coisa: *Quando encontrar a resposta, por favor, me conte por que ela fez isso. Preciso saber o que ela tinha a dizer.*

— Oi, sumida — cumprimenta-me Edie agora. — Como anda a caça ao tesouro?

— Já terminei — conto. — Encontrei a última parte da história dela. Era uma canção. Para mim.

Edie para de limpar o balcão e, sob os letreiros escuros que lançam suas sombras pelo bar, ela parece mais velha do que me lembro, como se a tristeza a tivesse envelhecido mais rápido que a música.

— Posso ouvir? — sussurra ela.

Aceno com a cabeça. Pretendo mostrar a música para minhas avós assim que elas acordarem, para que também possam se despedir.

— Gwen, pode fechar o caixa para mim? — grita Edie para a outra mulher parada atrás do balcão e começa a me seguir antes mesmo de ouvir a resposta. — Vamos.

Depois de sair pela frente e contornar a lateral do clube, ela destranca a quinta porta e entramos no passado da minha mãe. Ali dentro, é seguro ligar para aquele número e chorar livremente e ouvir tudo de novo. Essa é a minha nova música favorita, e a primeira que me destrói tão completamente. Edie a escuta comigo dessa vez, chorando com a primeira nota da voz da amiga, e assim continua até o fim, até o bipe.

— Ela…

Edie tapa a boca com a mão e faz a única coisa que poderia me surpreender a essa altura: me abraça.

— Obrigada.

Retribuo o abraço e nos afastamos ao mesmo tempo, enxugando as lágrimas.

— Obrigada por me ajudar — respondo. — Obrigada por se importar com essa jornada.

— Venha me visitar antes de ir embora — pede Edie. — Tenho mais histórias para contar. Tantas histórias. Caramba, sua mãe era uma figura. Eu a amava tanto.

Não sei como Edie sabe que eu quero ir embora desta cidade, mas há um alívio em não precisar esconder essa decisão. Com ou sem a companhia de Britt, a verdade é que preciso conhecer um mundo que não esteja preservado em nome da minha mãe. Preciso levar o legado dela comigo e descobrir mais dessa história que está se tornando minha.

— Pode deixar. Não vejo a hora de ouvir essas histórias. Tem tempo para me contar uma agora?

Edie abre aquele sorriso travesso dos pôsteres da banda.

— Claro que tenho. Sua mãe é lembrada pela voz e pelos erros. Certa vez, um entrevistador teve a pachorra de perguntar sobre a vida amorosa dela, pois tinha ouvido falar que Tori Rose arrasava corações por onde passava, e fez uns comentários cheios de malícia. Sua mãe sorriu, olhou para a aliança de casamento do cara e perguntou, na lata, se ele estava triste por não ter tido uma chance com ela naquela época. Tori cometeu tantos erros, magoou muita gente, viveu, respirou e foi humana. Depois do fim da banda, demorou anos para reconhecer isso, mas, assim que o fez, recuperou a sua magia. Conseguiu se reencontrar. Cometemos tantos erros, Mia. Sua mãe cometeu uma porção deles. Mas não a limite a esses erros. Ela não se resumia a isso... você não se resume a isso. Não somos fruto dos nossos erros. Somos a soma do que aprendemos com todos eles.

As palavras chegam ao fim, e eu me apego a cada uma delas.

— Por que chegou ao fim? A banda?

Edie se limita a dar de ombros.

— Nós acabamos nos afastando. Acontece. É possível deixar lugares e pessoas para trás e ainda amar todos eles. Funciona assim comigo, pelo menos.

Ninguém nunca tinha me dito uma coisa dessas. Posso deixar Sunset Cove para trás e continuar a amar a cidade, continuar a visitá-la, conhecer outros lugares sem carregar a culpa a reboque.

— Tem alguém aí?

Ouvimos uma batida na porta, mais uma vez entreaberta com a ajuda de um engradado de cerveja, e avistamos uma mulher de cabelo ruivo parada ali.

Edie a observa e sorri.

— Olá, esposa.

Seus olhos estão tão repletos de felicidade e carinho, e isso me leva a pensar, assim como as palavras dela, que talvez eu também mereça ser feliz assim.

— Oi, esposa.

A mulher ruiva cutuca suas costas, depois se vira para mim, com os olhos arregalados.

— Jill Thorsted — apresenta-se e estende a mão para me cumprimentar. — Você é a filha de Tori Rose, imagino?

E, dessa vez, quando sou assim reconhecida, tenho a certeza de que não há ninguém que eu preferiria ser.

MIA

DIAS ATUAIS

Do clube, eu vou direto para o endereço anotado na carta que minha mãe me pediu para entregar. Atravesso as mágoas de Miner Lane, a enseada e o mar, e sigo direto pela porta da frente do Teatro Sunrise. Já sei quem vou encontrar, a pessoa que não reconheci durante todos esses anos, nem quando estive aqui com Britt.

Ele não está atrás do balcão, mas tenho a sensação, trazida por um pouco do destino em que minha mãe tanto acreditava, de que sei onde o encontrar. Passando por todos aqueles cartazes, avanço até o fim do corredor, em direção à sala 3A, o berço do seu último espetáculo, o lar do holofote de rosas.

— Olá? — chamo.

Escuto um estrondo e em seguida alguém diz:

— Ai.

Nos fundos do teatro, por baixo da cabine técnica, um homem aparece.

— David Summers? — pergunto, e ele me estuda com um ar apreensivo e distante.

Logo me acena através da janela para mostrar que ouviu, depois faz sinal e me convida a entrar pela porta aberta. Limpa as mãos em um pano, com as ferramentas espalhadas na bancada e na mesa de som.

— O que você quer? — questiona ele, e não é mais o rapaz ousado do diário da minha mãe.

— Eu me chamo...

— Mia Rose — completa ele com rigidez. — É, eu sei.

— Mia Peters, na verdade. — Estendo a mão para ele. — A filha da minha mãe, se eu tiver sorte.

David quase sorri.

— O que seu pai acha disso?

Ele se ocupa em arrumar um porta-canetas lotado de lápis e borrachas temáticas.

— Não faço ideia. Ele deu no pé quando eu ainda era bebê — respondo.

Estou diante de David Summers, o cara por quem minha mãe estava apaixonada, e, mesmo depois de o meu pai ter seguido em frente, ele continua aqui, na cidade deles.

David meneia a cabeça.

— Sinto muito.

Estendo-lhe o envelope com o endereço e o nome escritos com uma caligrafia rebuscada, o verso adornado por um coração.

— Tenho uma carta para você.

— Poderia ter mandado pelo correio, sabe.

— É uma entrega especial.

Ele suspira e enfim se vira para mim, encarando-me com aqueles olhos verdes cansados, como se a mera ação lhe tirasse toda a energia.

— Ótimo. Vamos ver do que se trata.

Entrego a carta e, pela expressão boquiaberta, sei que ele reconhece a letra logo de cara.

Não li o conteúdo, mas uma nova narrativa se desenrola nas feições de David assim que desdobra o papel de carta cor-de-rosa e começa a ler. Seu olhar é duro no início, frio e magoado de uma forma que conheço bem, de uma forma que eu gostava de fingir diante do espelho e agora tento desaprender. Quando chega à segunda metade da primeira página — são quatro páginas frente e verso, ao que parece —, os olhos dele começam a suavizar e ficam marejados no meio da segunda página. A primeira lágrima cai, e sinto que estou me intrometendo em algo deles, por isso viro o rosto e observo o palco, que já não está iluminado de vermelho.

Escuto o vinco no papel quando ele termina de ler e dobra as folhas, inclina o corpo para a frente e apoia as mãos na bancada enquanto desmorona.

— Sinto tanta saudade dela — confessa ele.

— Ela te amava — sussurro, e é tão difícil dizer.

Pode ser muito doloroso ouvir tais palavras quando não se pode dizê-las de volta.

— Eu sei. E eu a amava. Ainda a amo. Muito — admite ele, sem se conter. — Eu deveria ter contado isso a ela quando tive oportunidade.

— Ela… se declarou para você?

Isso não estava no diário nem na mensagem de voz.

David prende a respiração bruscamente, depois assente com a cabeça.

— Quando… cada um seguiu seu rumo, nós queríamos coisas diferentes. Estávamos em Nashville e eu precisava ir para casa, mas Tori queria que eu ficasse. Ela disse que me amava, que me queria, mas queria mais a música. Sabia que ela voltou uma vez? Para ver *Grease*. Eu a vi na plateia e nem tive coragem de dizer oi. Ela me ligou naquela mesma noite. Por mais que eu não tenha dito uma palavra, ela sabia que eu a estava ouvindo. E aí confessou que ainda sentia a minha falta, que ainda me amava… e eu não falei nada.

Ao contrário de todas as outras pessoas com quem conversei, David conta tudo isso sem me perguntar nada em troca.

Em seu rosto, vejo a colagem na parede do depósito, o túnel de fotografias no farol, os fluxos de memórias que ela também fez em seu nome. Milhares de conexões perdidas, todas escondidas em melodias e memórias.

Seguro a chave no meu colar antes de tirá-la do pescoço e oferecer a David.

— Acho que isso é seu.

Ele enxuga os olhos.

— O que é isso?

— Uma pista. Minha mãe deixou uma parte dela para trás. Deixou a chave naquela casinha junto ao mar para que você encontrasse. Há dois lugares que você deve visitar, um se abre com esta chave e o outro não. Acredite em mim, vale a pena ir até lá.

Um olhar nostálgico toma conta de suas feições.

— A antiga casa da minha família. Eles se mudaram de lá há alguns anos.

Eu o observo por um segundo, depois pergunto:

— Posso te mostrar uma coisa?

David não pediu nada em troca, mas posso lhe oferecer alguma coisa, mostrar que minha mãe ainda está aqui.

Faço sinal para ele me seguir e ele nem responde, mas obedece, ainda enxugando as lágrimas dos olhos.

— Para onde estamos indo? — pergunta David a meio caminho do palco, atravessando os corredores.

— Fique ali no meio do palco — instruo e começo a subir sozinha a passarela suspensa.

— Foi isso que você veio fazer no meu teatro aquele dia?

Há quase um tom de brincadeira na pergunta.

— Mais ou menos.

Alcanço o holofote que ela deixou para mim, aperto o botão e vejo o brilho rosado de Tori Rose cair sobre David, incendiando-o com a sua luz... com a luz dela.

Ele fica boquiaberto.

— Como é que ela...

— Ninguém sabe — respondo e o observo novamente. — Pode me contar uma história? Como você voltou para cá?

Ao falar, David se dirige tanto para a plateia vazia quanto para mim.

— Não consegui continuar lá. Tori sugeriu um verão de sonhos, o nosso Verão dos Sonhos. É uma longa história, difícil de explicar.

Mal sabe ele o quanto estou familiarizada com essa história.

— O plano era passar metade do verão em Nashville e a outra metade em Nova York. No fim, Tori nunca saiu de Nashville, e eu nunca fui para Nova York. Ela não queria seguir os planos comigo, e eu não queria ir até o fim sem ela. Como eu disse, acabamos nos afastando. Quando cada um seguiu seu rumo, voltei para cá e passei um tempo lambendo as feridas. Fiz teatro comunitário. Naquela vez em que a vi... Meu maior arrependimento é não ter ido falar com ela. Não sei até que ponto a visita dela me abalou, mas aquele foi o meu último espetáculo.

Faz uma pausa antes de continuar:

— Depois disso, viajei pelo país inteiro para ver os shows dela e a vi se tornar uma estrela, como sempre disse que se tornaria. Minha ficha caiu bem rápido. Acho que logo percebi que as músicas eram sobre mim, sobre ela e sobre nós, mas nunca tive coragem de retornar aquela ligação, e ela nunca mais voltou a me procurar. De vez em quando, eu me convencia de que ela tinha me visto no meio da multidão. Quando Tori veio para cá, voltou a sair com Patrick. Mantiveram o namoro em segredo, mas a cidade inteira sabia. Sunset Cove sabe como esconder as coisas do resto do mundo... Enfim, assumi o teatro quando meu diretor favorito morreu, que Deus o tenha. Dirigi algumas peças e depois simplesmente parei. Agora só trabalho na manutenção.

A história de David se entrelaça com a da minha mãe, de Patrick, Edie, Sara, Linnea, com a das minhas avós e com a minha. Cada uma delas a retrata de formas diferentes, por isso nenhuma pessoa poderia completar a imagem de Tori Rose por conta própria.

— Você deveria voltar para os espetáculos — digo, aproximando-me. — Aposto que havia algo na carta da minha mãe sobre seguir os seus sonhos.

David protege os olhos da luz escarlate e me observa, embora eu tenha certeza de que não consegue me ver aqui na passarela suspensa. A expressão dele me diz que acertei quanto ao conteúdo da carta.

— Talvez eu faça isso mesmo. Quer me ajudar?

— Não posso, foi mal. Também preciso correr atrás dos meus sonhos.

E espero fazer isso ao lado de certa garota, juntas do nascer ao pôr do sol neste e em todos os verões, se ela ainda me quiser, se meu medo e minhas ressalvas não tiverem sido demais.

— Já tem alguma peça em mente?

— Tenho — responde David, gentil e carinhoso. — *Verão dos Sonhos: A história de Tori Rose*. Passou da hora de esta cidade conhecer a história toda. Saber quem era Tori e a amar por inteiro, não apenas pela fama.

Meu coração acelera no peito.

— Posso ler?

— Claro. Está guardada em algum lugar. Escrevi há anos.

— Acho que ela ia gostar.

— Você é muito parecida com ela, sabia? — comenta David Summers, o rapaz do passado da minha mãe, ainda a olhar para mim.

Abro um leve sorriso.

— É, foi o que me disseram.

MIA

DIAS ATUAIS

Vovó contou que as flores preferidas da minha mãe eram rosas, para a surpresa de ninguém, e levamos um buquê para o túmulo dela no início da tarde.

— Estou feliz por você finalmente ter conhecido sua mãe — diz Vovó, com a mão apoiada nas minhas costas.

Está usando joias escarlates, arrematadas por um vestido do mesmo tom. Segundo me contou, minha mãe pediu que a cidade inteira usasse aquela cor para o seu funeral. Na ocasião, Sunset Cove passou uma semana coberta de vermelho e rosa.

— Sua mãe era especial. Ela própria era uma canção.

Minhas avós têm me contado histórias da infância da minha mãe em cada minuto que podem, como se quisessem recuperar o tempo perdido.

Eu as amo nos dias em que falam sobre ela, e, mesmo com toda a dor que isso nos causou, também as amo nos dias em que não conseguem.

— Ela era tantas canções — concordo.

Vovó me dá um beijo carinhoso na testa.

— Muitas canções. Queria que pudesse nos ver agora. Eu e sua avó casadas. Você toda crescida.

— Ela cantava sobre isso. Imaginou todas essas coisas. Já é algo.

— Olhe só para você, toda disposta a ver o lado bom das coisas.

Dou uma palmadinha no violão apoiado no meu peito, todo cor-de-rosa para combinar com a blusa e com as flores bordadas nas laterais da minha calça jeans. O instrumento também se tornou uma parte de mim.

— Tenho grandes planos para esta noite. Acho que ser otimista pode me trazer um pouco de sorte.

— Você não precisa de sorte.

Mas preciso muito, desesperadamente. Acho que minha avó lê isso na minha expressão, porque entrelaça os dedos aos meus antes de se afastar.

— Vou deixar vocês a sós.

— Obrigada — sussurro, conforme ela caminha para longe.

No meio do caminho, Vovó se vira e faz o sinal de *Eu te amo* com as mãos, como fazemos desde que eu era pequena. Repito o gesto e a observo se afastar por entre as lápides, toda de vermelho, enxugando as lágrimas do rosto.

Em seguida, ela sai pelo portão do cemitério de Sunset Cove antes mesmo de eu me acomodar na grama.

As rosas tingem levemente o ar, e eu sinto seu perfume enquanto leio a lápide da minha mãe.

TORI ROSE PETERS
1971 – 2006
DESCANSE EM MÚSICA

É como se eu tivesse oito anos outra vez, tendo enfim reunido coragem suficiente para visitar o túmulo dela, mas ainda sem a maturidade necessária para compreender a sua perda, apenas para saber que me faltava alguma coisa, uma presença que só poderia ser preenchida por ela.

— Oi, mãe — digo como no dia em que abri seu diário. — Sinto tanto sua falta. Obrigada por tudo o que você fez por mim. Mesmo sem estar aqui, você me ensinou a ter coragem, a sonhar e a ir atrás do que quero. E me mostrou que a vida não era fácil, que você se arrependia de algumas coisas, mas isso fazia parte. Queria que você pudesse me ver agora. Vou me esforçar todos os dias para deixá-la orgulhosa. Nunca vou me esquecer de você. Nunca. Andei pensando em tudo o que me disse. Sobre ter uma última canção de amor. Pensei em como você me dedicou a sua. Não sei quando será a minha última canção de amor. Espero só descobrir daqui a um bom tempo, mas também sei que as coisas são imprevisíveis e, talvez, assim como você, eu descubra mais cedo do que gostaria. Não posso impedir que isso aconteça, da mesma forma que não posso me impedir de ter sentimentos, esquecer a música dentro de mim ou deixar de sentir a sua falta. Sinto tanta saudade de você.

Faço uma pausa antes de continuar:

— O que eu posso impedir, espero, é outro coração partido. Conheci uma garota. Eu a conheço desde que nasci, na verdade, e a tenho beijado pelo que parece uma eternidade, mas sempre dou um jeito de estragar tudo. Fui injusta e a magoei, e espero que essa canção seja um começo em vez de um fim, porque eu a amo. Amo muito. E já cansei de me esconder. Por isso, eu queria compartilhar esta canção com você.

Sentada de pernas cruzadas no cemitério, respiro fundo e dedilho os primeiros acordes. Deixo a música fluir e divido com minha mãe aquela que pode ser a minha última canção para a garota dos meus sonhos, mas que também pode ser o início de uma nova jornada entre nós.

Espero, com cada fibra do meu ser ainda em formação, que seja a segunda alternativa e que ela me dê uma última chance.

MIA

DIAS ATUAIS

No que parece ser uma versão irremediavelmente trágica de Romeu e Julieta, ainda mais do que escalar a treliça da casa de Britt como faço há anos, decido jogar pedrinhas na janela dela, banhada pelo brilho azul do detector de movimento. Depois da canção no cemitério, ainda estou com o violão a tiracolo e as esperanças nos bolsos de trás. Na quarta pedrinha, a janela se abre, e Britt enfia a cabeça para fora, já irritada.

— O que você quer, Mia? Estou tentando dormir.

São nove da noite, e a última vez que ela foi para a cama tão cedo assim foi depois de ter passado a noite em claro à espera de um novo álbum.

— Preciso falar com você. Prometo ir embora depois disso. Nem precisa abrir a boca. Só quero admitir que eu estava errada. Você tinha razão.

— Sempre tenho.

Há uma segurança em seu olhar, e acho que foi por isso que me apaixonei por ela, por isso que ainda estou e sempre estarei apaixonada por ela. Não quero chegar aos cinquenta anos e chorar no meio de um teatro porque deixei o amor escapar. Quero amar agora e quero viver isso com Britt. Não posso perder a melhor coisa que já me aconteceu.

— Eu estava com medo — admito. — Você está acostumada com isso, e não a culpo por ter se cansado, porque não é justo para você. Não é justo pedir que me espere e depois a fazer esperar ainda mais.

Britt fica em silêncio, com a cabeça entre as mãos e os lábios cerrados, enquanto me observa da janela. Ainda não me disse para dar o fora daqui, então encaro como um bom sinal.

— Eu queria tanto a música e você, mas fiquei assustada e entrei em pânico — continuo. — Tive medo de termos mais arrependimentos que finais felizes.

Minha confissão é recebida por outra rodada de silêncio, mas não desisto. Aproveito essa oportunidade para mostrar que nunca haverá um dia em que eu não sinta saudade dela, não a ame, não cante para ela.

— Também me enganei em relação à minha mãe. Mais uma vez, você tinha razão. Eu terminei a caça ao tesouro. Ela me disse para correr atrás dos meus sonhos.

— Mia — interrompe Britt, e meu coração dá um salto —, que bom que você se resolveu, mas não quero um pedido de desculpas só porque alguém te disse para seguir seus sonhos. Se tiver vindo para ter uma conversa séria, vá em frente. Se for só repetir o que sua mãe falou, pode ir embora. Eu quero que essa decisão parta de você. Não quero saber de desculpas.

Ela quer que a decisão parta de mim... isso significa que ainda me quer?

Como da última vez também alardeei minhas certezas antes de voltar atrás, agora preciso lhe oferecer mais que palavras, mais que promessas. Preciso mostrar algo real.

Começo a tirar coisas dos bolsos e, em vez de envelopes com o passado da minha família, são as partes da minha própria história, uma que espero viver ao lado dela. Começo a mostrar cada uma dessas coisas, uma por vez.

— Quero provar que estou falando sério. Estou comprometida com essa decisão, do começo ao fim. Aqui está uma lista de dezesseis hotéis com preços acessíveis em Nashville. Esta outra aqui é de vagas de emprego no centro da cidade, para a gente poder pagar a hospedagem. Tem mais uma dos lugares onde celebridades e estrelas do country fizeram sua grande estreia. Esta lista aqui são os estúdios de gravação e as gravadoras, uma forma de nos incentivar a conquistar nossos objetivos no futuro.

Continuo a tirar folhas e mais folhas da calça jeans, do casaco, da bolsa, a revelar mais e mais camadas dessas promessas antes de dizer:

— Essas são as canções que escrevi, a maioria sobre você, a maioria hoje, quando estava com saudade. E…

Puxo a última surpresa.

— Pedi um favor. Entrei em contato com o Bluebird Café como filha de Tori Rose, e agora você tem um show marcado lá. As pessoas frequentam aquele lugar pela música, pela descoberta. A reserva está no seu nome, não no meu. É para você e para as suas músicas, não importa o que aconteça entre a gente. Quero que fique com isso. Quero que siga o seu sonho, mesmo que ele não me envolva. Quero que você conquiste o mundo.

E quero mesmo. Ainda depois de tudo, se Britt me disser para ir embora, eu irei. Vou ter de abrir mão dela.

Britt ainda me observa atentamente lá da janela, sem dizer uma palavra.

— Tenho só mais uma coisa — continuo. — Uma última promessa para mostrar minha certeza em relação à Cidade da Música, a esse sonho, a tudo isso, se você ainda me quiser. Descobri recentemente que todo mundo tem uma última canção de amor. Por isso, Britt Garcia, saiba que a minha última canção de amor sempre será destinada a você.

Com isso, eu me sento embaixo do salgueiro e começo a cantar, na esperança de que a melodia e o pedido de desculpas cheguem até ela.

Poucos encontram o para sempre aos dezoito anos,
"Até que a morte nos separe" quase nunca está nos planos,
Pois corações jovens e selvagens tais promessas vão temer,
Mas por ela eu lançaria ao vento um "por ora, eu e você",
Fazendo da eternidade minha epifania, meu sonho perdido,
Os pilares do meu coração erguidos por esse verso vivido,

Porque conheci uma garota em uma cidade abandonada,
Onde o oceano se estende longe e sonhos encerram sua jornada,
Conheci uma garota que me ensinou a nascer quando o sol se põe,
Uma garota que era cada constelação de que esse céu dispõe,
Uma garota que ressuscitou minhas esperanças quando as deixei morrer,
Que me mostrou além do horizonte, com a vista a se perder,
Conheci uma garota que provou que o amor podia ser confiável,
E eu era jovem, quebrada, fragmentada, medrosa, vulnerável,
Mas conheci uma garota que me ensinou que o eterno vem quando se ousa,
Então meu para sempre vem bem cedo, mas por ela, qualquer coisa.

Eu pintaria o céu com novas cores, faria as estrelas chamarem seu nome,
Apostaria tudo com a lua, implorando que não a levasse para longe
Calabouços, dragões e as mentiras dolorosas estou disposta a enfrentar,
Para nunca causar mágoas, e seu coração cheio de estrelas preservar.
E neste para sempre que vem aos dezoito, assim tão cedo,
Quero seguir a música e os sonhos com ela, desta vez sem medo.

Recupero o fôlego, e as últimas estrelas piscam com aquelas notas, sem amor como as fiz. Quando ergo o rosto, no entanto, um pouco da frieza desapareceu do seu olhar.

— Como é o título? — pergunta Britt, completamente inescrutável.

— O título é "Desculpa, Britt Garcia, você está sempre certa"?

Ela quase ri, quase sorri, mas ainda está cautelosa, vigilante.

— Não, sério, como é que se chama?

— "Forever 18."

— Pelo jeito encontramos a música que faltava no repertório das Lost Girls quando formos juntas para Nashville. Não acha?

Meu coração quase sai pela boca, direto para as mãos dela.

— Calma, é sério? Britt, eu não preciso fazer parte disso. Sei que voltei atrás, e Amy e Sophie devem me odiar porque eu as deixei na mão. E...

— Ah, eu tenho condições.

Ela se inclina sobre o parapeito da janela.

Parece justo.

— Sejam quais forem as condições, eu topo.

Pouso o violão da minha mãe, agora meu, entre as ervas daninhas e as flores silvestres que crescem no gramado.

— Talvez seja melhor você ouvir primeiro.

— Aceito todas elas. Qualquer coisa por você. Eu falei sério na música.

Britt levanta cinco dedos, e eu esboço um sorriso quando ela começa a enumerar:

— Primeira, eu tenho que vencer nossas próximas cinco discussões. E ponto-final.

— Por mim, tudo bem.

— Segunda, você quem vai dirigir durante o dia, porque está calor e eu gosto de pegar a estrada à luz das estrelas.

— Sem problemas.

— Terceira, vamos partir amanhã, e eu quero ver sua lista de coisas para pôr na mala esta noite, porque você é esquecida e eu não vou dividir minha comida nem a escova de dentes.

O sorriso dela começa a aparecer.

— Tudo bem — concordo, dando risada.

— Quarta, você precisa cantar essa música sempre que for me pedir desculpas. É o único pedido de desculpas que vou aceitar daqui em diante.

Começamos a ficar emotivas, com a voz embargada.

Dou um passo para perto da janela, para perto de Britt. Ela é a única pessoa em quem consigo confiar sem medo, porque é a única que sempre esteve ao meu lado.

— Combinado.

— Quinta condição: nunca mais desista de mim, de nós, da banda ou de qualquer canção que me prometa. Desta vez, você precisa ter plena certeza. Nunca mais me faça abrir mão de você. Foi difícil, Mia. Não podemos perder uma à outra.

— Eu nunca quero perder você. Desculpa. Por tudo.

— Por último…

Sorrio para Britt, e dessa vez ela retribui, e eu, enfim, consigo respirar.

— Ué, mas não eram cinco condições?

— Pensei em outra.

— E qual é?

Ela se inclina mais sobre o peitoril.

— Por último, você precisa vir aqui me beijar.

— É para já — respondo e subo a treliça dela uma última vez.

Sorrio sob a luz das estrelas e nunca fiz tantas descobertas e amei tantas pessoas a ponto de poder desmoronar, mas estou disposta a correr o risco. É assustador, mas eu me aproximo e a beijo nessa noite de promessas.

Britt me beija de volta, e tropeçamos janela adentro.

— Eu te amo — sussurro. — Eu te amo.

Quando digo as palavras em voz alta, é tudo o que sinto, e já não quero fugir.

— Eu também te amo — responde Britt.

Intensifico ainda mais o beijo, e ela retribui.

À medida que nos tornamos eternidade, essa canção, essa melodia, essa sensação brilhante entre nós é mais forte que o medo, e as estrelas sem amor que me despedaçaram já não têm a menor chance.

EPÍLOGO

MIA

DIAS ATUAIS

Hoje, trago as rosas por conta própria e as coloco na lápide da minha mãe, ao lado das flores murchas do dia anterior. Com elas, deixo uma carta e depois me afasto para ficar ao lado de Britt, entrelaçando meus dedos nos dela antes de dar uma última olhada no oceano além dos portões do cemitério, o verdadeiro horizonte de Sunset Cove, que deu nome ao restaurante favorito da cidade.

— Nem acredito que vamos embora mesmo — digo para Britt, para mim mesma, para minha mãe, para esta cidade.

Britt é a única que responde, com um aperto na minha mão e um sussurro que se transforma em grito perto do fim.

— Finalmente vamos sair daqui.

Ela beija meu rosto, e eu sorrio porque o sonho está tão perto, afinal, e estou prestes a alcançá-lo.

Para uma pessoa tão acostumada a despedidas, as de hoje não deveriam ser assim tão difíceis. Minhas avós e eu tivemos a nossa noite de cinema mais longa da história, depois de eu ter mostrado a lista de pertences para Britt e empacotado tudo, e eu estava exausta quando as abracei pela última vez e arrastei a mala pelo corredor. Saí pela porta da frente para um ar que cheirava estranhamente a possibilidades.

Quando passamos no Horizon, Linnea nos deu café da manhã para viagem e nos abraçou tão forte que eu quase não a soltei mais. Tivemos uma última canção na máquina de karaokê, só Britt e eu. Linnea nos fez jurar que daríamos notícias, e depois saímos da lanchonete pelo que poderia ser a última vez em sabe-se lá quanto tempo.

Meu pai, Patrick Rose, ligou-me esta manhã, quer tenha sido coincidência ou obra do mesmo destino que o levou a conhecer minha mãe. Eu disse a ele que talvez aceitasse a oferta de passar qualquer dia desses na casa dele de praia, para dizer oi e quem sabe gritar com ele ao vivo, antes de compartilhar um pouco da minha história. Edie veio em seguida, e eu consegui conversar com ela por uns bons quinze minutos antes de Britt me puxar pela porta e me beijar atrás do clube. Corremos juntas para a casa dela, onde almoçamos com Amy, Sophie e o resto da família antes de virmos para o cemitério e para aquela que talvez fosse a minha despedida mais difícil do dia.

Com o marulhar das ondas atrás de mim, dou um passo à frente, pressiono os dedos nos lábios e depois os pouso na lápide dela.

— Vejo você nas estrelas, mãe.

Britt estende a mão para acariciar minhas costas, com um brilho no olhar.

— Mia, a gente vai mesmo fazer isso.

— Vai, sim — declaro com firmeza, tão certa quanto antes.

Eu a envolvo em meus braços e a beijo uma última vez nesta cidade antes de seguirmos estrada afora.

— Vamos embora — chama ela, acenando com a cabeça para o portão onde as garotas nos esperam.

Nossa banda. Vai levar algum tempo para convencê-las de que estou nessa para valer, a fim de compensar tudo o que fiz até me perdoarem por completo, mas pretendo fazer por merecer essa oportunidade todos os dias.

Dou uma última olhada na carta sob o buquê de flores frescas. Em seguida, seguro a mão de Britt, e ela me puxa para perto, e, juntas, corremos para o último pôr do sol deste verão e além.

Atrás de mim, deixo uma parte da minha história para a minha mãe, como uma forma de agradecer por tudo.

Tudo começou no verão em que eu era Mia Peters e encontrei o diário que você me deixou. Começou quando eu tinha perguntas sem resposta, um coração com medo de amar e todas as melodias erradas dentro de mim. Começou no verão em que decidi me entregar à música e à garota dos meus sonhos, e descobri que não as deixaria para trás tão cedo.

Tudo começou quando segui a sua história para, enfim, encontrar a minha.

AGRADECIMENTOS

Muito obrigada por ter lido *A última canção de amor* e passado um tempinho com Mia e o resto de Sunset Cove. Este livro traz tanto da minha esperança, do meu medo e do meu amor, e só existe graças a pessoas verdadeiramente incríveis a quem não vejo a hora de agradecer.

A Alex Rice, que é meu feroz defensor, o ser humano mais gentil que conheço e uma das minhas pessoas favoritas do mundo. Sou incrivelmente grata por aquele *sim* que tornou os meus sonhos realidade ter vindo de você. Agradeço também a Bianca Petcu, Marine Adzhemyan, Kathryn Driscoll e a toda a equipe da Creative Artists Agency, que tornam a agência confortável como um lar.

Daniel Ehrenhaft, não consegui parar de sorrir na primeira vez que você assinou um e-mail como "seu fã", e continua a ser uma alegria e uma honra tê-lo como editor; sou uma grande fã sua! Obrigada, Ember Hood, pelas revisões de texto fantásticas, e Katrina Tan e Adrienne Roche, por todo o trabalho que tiveram neste livro. Agradeço a Tatiana Radujkovic e Francie Crawford, por suas ideias, seu apoio e seu entusiasmo. A Larissa Ezell, por ter capturado o meu livro de forma tão perfeita nessa capa maravilhosa e por ter deixado tudo tão bonito por dentro e por fora. A Josh Stanton e Brendan Deneen, um simples *obrigada* não parece o suficiente por todo o seu apoio a este livro. Tenho muita, muita sorte de ser publicada pela Blackstone.

Quero agradecer à comunidade de escritores pelo entusiasmo maravilhoso que esta história recebeu desde o início. Sou muito grata a todos que leram as primeiras páginas e os rascunhos, que me apoiaram ou deixaram comentários de incentivo. A Rosiee Thor e a K. Kazul Wolf, por terem me ajudado a aperfeiçoar a minha arte, e a Rosiee, mais uma vez, por sua adorável orientação, mesmo depois de anos. A Jordan Kelly, por ter me ensinado tanto sobre escrita e mercado editorial. A Camille Simkin, que foi a primeira pessoa a ler este livro e que me deu uma carta de recomendação formidável. A Emma Baker, por sua gentileza e seus comentários brilhantes. A Emily Charlotte, *A última canção de amor* talvez seja apenas uma caça ao tesouro para encontrar aparições suas. A Leah Jordain, uma das melhores autoras e pessoas que conheço; suas edições perspicazes sempre me fazem melhorar como escritora, e sua amizade significa o mundo para mim. A Shana Targosz, que sempre me faz sorrir. A Janice Davis, que uma vez se autodenominou a Senhorita Honey (com facas e Shibas) da minha Matilda: eu te adoro de montão.

    A Zoulfa Katouh, que tem o coração e os livros mais lindos. A Jenna Miller, pela amizade e pelo apoio. A Jenna Voris, por ser a minha gêmea de livro sáfico de música country de abril. A Safa Ahmed, Ann Zhao, Sydney Langford, Arushi Avachat, Trinity Nguyen, Alina Khawaja e Christy Healy, com quem estou tão empolgada por dividir a estreia e que me ajudaram a chegar viva a 2024. Agradeço a De Elizabeth, que foi uma das razões para eu ter sobrevivido às trincheiras/grande guerra do mercado editorial. A Aymen Ali, cuja arte me inspira e quem criou um encarte maravilhoso para este livro. A Arin, pela fantástica impressão de prévia. A Tiffany Wang, pelo PowerPoint, que foi uma das coisas mais gentis que já me fizeram. A Author Mentor Match Round 6, por ser a minha primeira comunidade de escrita e por me fazer sentir muito bem-vinda.

    Para Alex Felix, Gabrielle Bonifacio, Aarti Gupta, Aza, Brighton Rose, M. K. Lobb, Natalie Sue, Lindsey Hewett, Savannah Wright, Cristin Williams, Nicole Chartrand, Christie Megill, Page Powars, Ellie Blackwood, Marcella, Hannah Bahn, Cath Tseng, Layla Noor, Laila Sabreen, Sophie Wan, Chelsea Abdullah, Britney Shae Brouwer, Eric Smith, Elle Gonzalez Rose, Lauren Kay, Tamar Voskuni, Taleen

Voskuni, Victoria Wlosok, Brian D. Kennedy, Riss M. Neilson, Anna Gracia, Susan Azim Boyer, M. K. Pagano, Ambika Vohra, Bethany Baptiste e Hadley Leggett, por todo o apoio. Quero agradecer a três autoras incríveis, por sempre me lembrarem por que amo tanto os livros e por me deixarem fazer parte dos seus: Safa Ahmed (outra vez), Evelyn Ding e Kaitlin Stevens. Para o grupo de bate-papo: Nadia Noor, Sophia Hannan, Theresa Fettes, Rania Singla e Birdie Schae; gosto muito de todo mundo aí. A Addie Yoder, por trazer tanta luz e alegria para a vida de toda a minha família. E a Tara Creel, que já é da família a essa altura e leu o meu primeiro livro, este e todos os outros.

Quero agradecer a tantos autores que admiro e que cuidaram de mim. A Courtney Kae, por sua bondade, seus conselhos e muito mais; obrigada por ser a minha companheira de conferências, uma amiga incrível e, literalmente, o ser humano mais maravilhoso do mundo. A Carolina Flórez-Cerchiaro e Jennie Wexler, por terem acreditado em mim e neste livro desde o início. A Christina Li, por ter respondido à mensagem de uma fã alucinada de dezesseis anos. A Catherine Bakewell, por ser tão maravilhosa e oferecer os melhores conselhos motivacionais. A Emily Wibberley e Austin Siegemund-Broka, por serem o meu primeiro *blurb*, além de amigos fantásticos e duas das pessoas mais legais que já conheci. A Jessica Parra, por literalmente tudo: eu te adoro. A Kyla Zhao, que me surpreendeu com um monte de docinhos quando contei sobre o contrato de publicação deste livro e que tem sido a pessoa mais querida do mundo comigo. A Jacqueline Firkins, que é um poço de talento. A Jennifer Probst, que me convidou para socializar com os outros autores no lobby. A Dahlia Adler, Nina Moreno, Rachael Lippincott e Bridget Morrissey, por terem tirado um tempinho para ler *A última canção de amor* e dizerem coisas tão encantadoras.

Obrigada aos amigos que me fazem sentir útil nos meus piores e nos meus melhores dias. A Ananya Devarajan, por mais coisas do que consigo traduzir em palavras; obrigada por acreditar em mim desde o início, por sua bondade imensurável e pelo amor e carinho que dedica a cada momento da nossa amizade. A Birdie Schae, por ser a minha parceira de todas as horas; adoro nossas ligações caóticas e as mensagens de texto aos berros, e não vejo a hora de te conhecer pessoalmente. A Caitlin Cross, com quem venho trocando mensagens todos os dias pelos últimos quatro anos, e não há ninguém que eu preferisse ter como mentora que se tornou irmã adotiva e melhor amiga no árduo processo de publicação; eu me sinto a pessoa mais sortuda do mundo por você ter ficado ao meu lado durante todo esse tempo. A Gwen Lagioia, que é a melhor amiga e parceira de escrita; minhas lembranças preferidas do período de escrita envolvem nossas tentativas de ajeitar a vida e o fuso horário para fazer sprints de produtividade juntas. A Leila Dizon, porque David e eu te amamos, e porque você deve ter lido esta história mais vezes que qualquer outra pessoa. A Swati Hegde, pelas conversas noturnas, pela amizade inabalável e por cuidar de mim como uma irmã e uma melhor amiga; sou muito grata por conhecê-la. Amo muito todos vocês.

Às pessoas da minha vida off-line, que me lembram de estar presente. A Ana Mara, pela amizade genuína, gratificante, hilária e revigorante que mal consigo descrever. À família Mara, pelo cuidado e pela atenção com que todos vocês encaram a vida. A Brittany Machado, que é uma amiga autora com quem tenho tido a sorte de conviver no mundo real e virtual. A Colby, por ter apoiado a minha escrita durante tanto tempo. A Robyn, Maddy e Piper, por me fazerem sentir em casa na universidade pela primeira vez. A Rya, Faith e Emily, por terem me apoiado tanto neste livro. A Emili, pelas sessões de escrita e pelas conversas presenciais. A Sydney, por ter transformado as letras deste livro nas mais belas músicas. A Eva, por estar sempre ao meu lado e ser uma amiga tão fantástica. A Nishayla, pelos nossos bate-papos no carro, pelas noites maratonando *Crepúsculo* e pelos anos de amizade.

Aos professores que incentivaram o meu amor pela escrita e enxergaram meu potencial antes de mim mesma. A Tammie Chernoff, pelos dias em que me deixou ficar até mais tarde na sala de aula por estar ansiosa, por toda a sua orientação e por acreditar em mim;

obrigada por despejar seu coração em tudo o que faz. A Nicole Dyck, que é uma pessoa e uma educadora brilhante, gentil e empática; sou muito grata por todas as vezes em que você se desdobrou para me apoiar. A Catherine Davies, Eilidh MacConnell e Brenda Hatson, por fazerem a biblioteca parecer uma segunda casa. A Shane Mummery e Matt Greenfield, por terem transformado a matéria mais temida em uma aula que eu não perdia por nada. A Krystie Shirlaw, que sempre acreditou em mim e nos meus livros: obrigada por sempre me dar um lugar para escrevê-los. A Trisha Lumsden e Kayt Etsell, por terem sido o meu porto seguro na escola: o impacto de vocês vai muito além da sala de aula. A Michelle Superle e Brett Pardy, por serem professores tão incríveis e meus favoritos para todos os cursos que eu possa fazer.

Aos artistas cujas canções me inspiraram durante tanto tempo. Quero agradecer especialmente a Kelsea Ballerini e a Taylor Swift, cujas músicas sempre estiveram ao meu lado quando precisei.

À minha família: meu amor por vocês é tão grande que nem consigo expressar em palavras. Obrigada, vovó, por ser a minha primeira melhor amiga e ter passado tantas horas comigo, especialmente aquelas em que dava corda nas caixinhas de música para que eu pudesse ouvir as melodias. E a vovozinha, que é uma das pessoas mais fortes que conheço, pelos almoços e por ter me apresentado a *Mamma Mia!*. À tia Brenda, por ser a tia mais legal de todas e a melhor pessoa com quem trocar recomendações de livros. Aos tios Dave, Jack e Violet, por serem três das minhas pessoas preferidas do mundo. Ao vovô e ao vovozinho, por sempre acreditarem em mim. A Denise e Ira, por tanto amor, risadas e canções no violão. A Brent, Brandon e Amy, por terem feito de mim uma família.

Quero agradecer a Riley, por um número inestimável de coisas que integram a quantidade também inestimável de razões pelas quais eu te amo. Pelas noites de cinema e pelas conversas até tarde da noite. Por ser o meu porto seguro. Por me ajudar a acreditar que mereço coisas boas e por me fazer voltar a acreditar em histórias de amor. Pelo seu entusiasmo, pela sua bondade, pelas suas paixões, pelos seus interesses, pelas suas ideias, pelo seu apoio e pelo seu amor que, de alguma forma, tive a sorte de receber todos os dias. Eu te amo. Você sabe.

E às pessoas que fizeram de mim o que sou hoje. Ao meu pai, por ser o meu treinador, a pessoa mais engraçada que já conheci, a fortaleza da nossa família, a pessoa que me incentiva a ser sempre melhor e que me mostrou, enquanto eu crescia, como o amor deve ser. Se Mia tivesse um pai tão incrível quanto você, este livro nem teria saído do papel. Para Ames, por ser a minha melhor amiga desde que nasceu; graças a você, sou melhor como amiga, pessoa e irmã, simplesmente por você existir e iluminar qualquer lugar por onde passa, e ser a sua irmã mais velha é uma das melhores coisas que já me aconteceram. E para mamãe, que é a minha heroína. Nunca consegui resumir o quanto você é importante para mim nos cartões de aniversário ou nas mensagens de Dia das Mães, por isso escrevi um livro inteiro para tentar. Este aqui sempre foi dedicado a você.

MINHA PLAYLIST

Escrever *A última canção de amor* tocou tantas partes do meu coração, e uma das minhas partes favoritas do processo foi trabalhar nas letras originais entrelaçadas ao longo da trama. O livro está estruturado em torno da sua própria playlist, uma discografia que existe dentro da história. Quando passava muito tempo sem escrever e precisava retornar à vida de Mia e Tori, eu sempre recorria a uma playlist das minhas músicas favoritas. Estou empolgada por compartilhar todas elas com vocês.

A playlist traz uma mistura de gêneros, décadas e artistas — e, claro, uma faixa de *Mamma Mia! Here We Go Again* —, mas acho que Kelsea Ballerini, Taylor Swift e Maisie Peters predominam. Surpreendendo um total de zero pessoas, elas também encabeçam os primeiros lugares da minha Retrospectiva do Spotify todos os anos. Essas artistas em particular me trouxeram alento e segurança durante muito tempo. Quando enfrentei minha primeira desilusão amorosa aos quinze anos, Kelsea Ballerini tocava sem parar. Quando me apaixonei pela primeira vez, ouvia uma série de canções de amor da Taylor Swift. E Maisie Peters está sempre presente na crise existencial única que é passar pelos seus vinte e poucos anos.

Em *A última canção de amor*, Mia se conecta com Tori por meio das canções que ela escreveu. Sempre encontro partes de mim tanto nas músicas quanto nos livros. Espero que, nesta história e na playlist que a acompanha, você encontre algo que continue a ressoar no seu coração mesmo depois de ter virado a última página.

— Kalie Holford

ESCANEIE O QR CODE PARA OUVIR A PLAYLIST
QUE INSPIROU O LIVRO.